登高

높은 곳에 오르다

바람 세고 하늘 높은데 원숭이 울음소리 애절하고
강가 물 맑고 모래 흰데 새 맴돌며 난다
끝없이 나무들에선 낙엽이 우수수 떨어지고
그치지 않는 장강은 출렁출렁 밀려온다

風急天高猿嘯哀 渚清沙白鳥飛廻
無邊落木蕭蕭下 不盡長江滾滾來

長江水路寨

장강수로채

Fantastic Oriental Heroes

長江

장강수로채 4

박현 新무협 판타지 소설

초판 1쇄 찍은 날 § 2004년 12월 29일
초판 1쇄 펴낸 날 § 2005년 1월 10일

지은이 § 박현
펴낸이 § 서경석

편집장 § 문혜영
편집 § 장상수 · 서지현 · 한지윤
마케팅 § 정필 · 강양원 · 이선구 · 홍현경

펴낸곳 § 도서출판 청어람
등록번호 § 제1081-1-89호
등록일자 § 1999. 5. 31
어람번호 § 제2-0501호

주소 § 경기도 부천시 원미구 심곡1동 350-1 남성B/D 3F (우) 420-011
전화 § 032-656-4452   팩스 § 032-656-4453
http://www.chungeoram.com
E-mail § eoram99@chollian.net

© 박현, 2004

ISBN 89-5831-375-7 04810
ISBN 89-5831-303-X (SET)

박현 新무협 판타지 소설

長江水路寨
장강수로채
Fantastic Oriental Heroes
長江

4
용틀임

도서출판
청어람

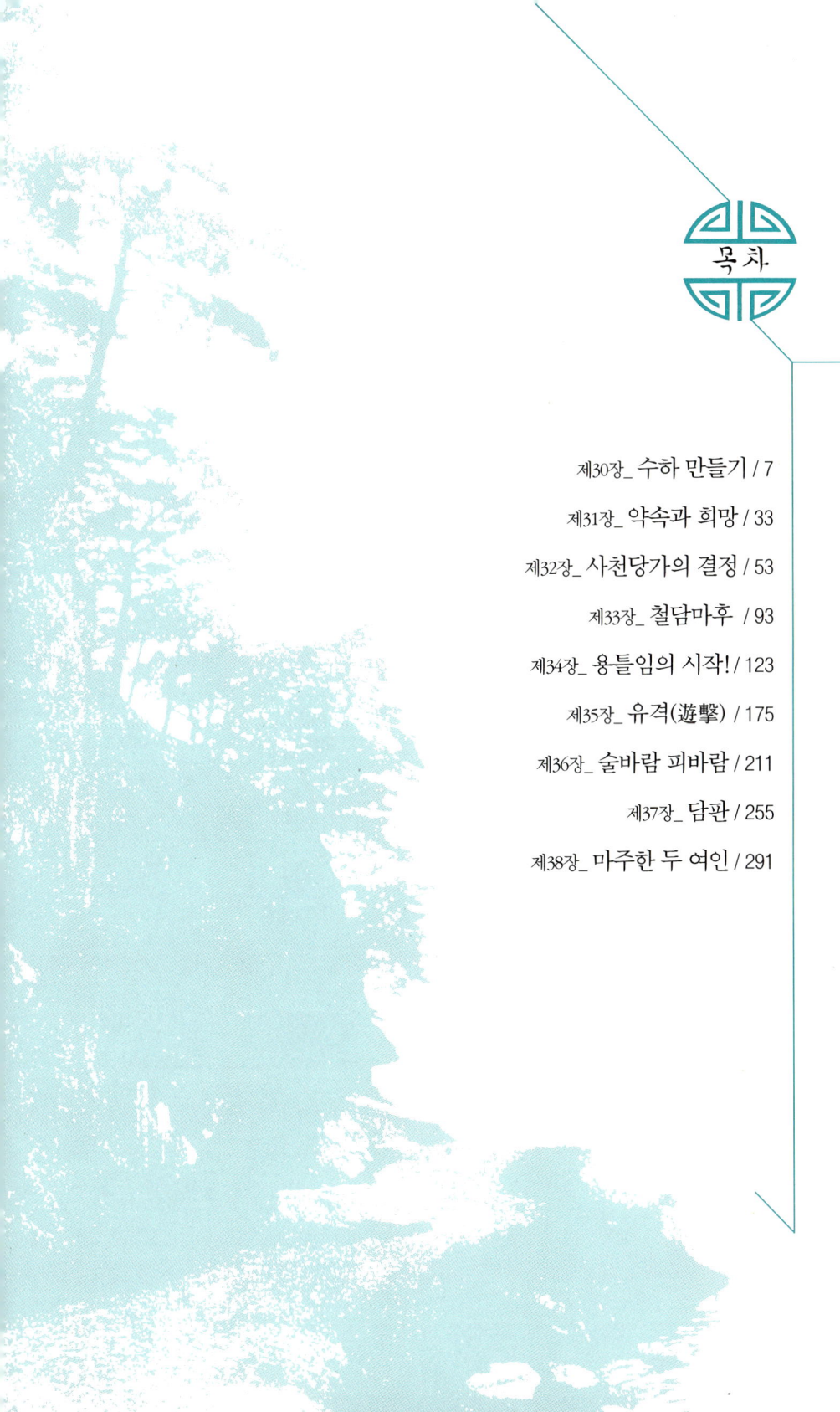

목 차

제30장
수하 만들기

곽무한이 관아를 뒤엎고 난 다음날.

선주들이 돈을 보내왔다.

금액은 예전, 관아에 바치던 세금의 반이었다.

곽무한은 돈을 받지 않았다.

"대협, 왜?"

"난 관에 바치던 세금의 차액을 받기로 했소."

"헉?"

딱딱한 곽무한의 말에 심부름 온 선주의 안색이 급변했다.

"그, 그럼 대협 말씀은?"

"며칠 전까지 바치던 세금의 차액, 지금 금액의 일곱 배를 보내시오."

곽무한은 그 말을 끝으로 차갑게 등을 돌려 버렸다. 그러자 오후 무렵 장 노인이 흰 수염을 날리며 달려왔다.

"대협, 이 늙은이가 실수를 했소이다. 부디 용서를……."

장 노인은 곽무한을 밀고한 죄책감 때문인지 제대로 낯을 못 들면서도 연신 보호세를 낮추어달라고 애원했다.

그러나 곽무한은 단호했다.

"남아일언은 중천금이오. 약조한 대로 보내주시오."

"아이고, 대협……."

"대신!"

애원하는 장 노인을 보며 곽무한은 조건을 달았다.

"그대들이 하는 걸 봐가면서 낮추어주겠소."

순간적으로 번쩍했던 장 노인의 얼굴은 다시 일그러졌다.

수적이 한 말을 어찌 믿을 수 있느냐는 표정이었다.

"역시 우린 저들과 다른 세계에 살고 있어……."

곽무한은 불신의 표정으로 돌아서는 장 노인을 보며 씁쓸히 웃고 말았다.

다음날.

쩔그렁!

선주들은 곽무한이 요구한 대로 돈을 보내왔다.

"와! 대단한데?"

궤짝을 열어본 수하들은 일제히 환호성을 질렀다.

자금 문제가 해결되자 곽무한은 또 다른 고민에 빠졌다.

아무리 생각해 봐도 현재의 수룡채 인원은 너무 적었다. 이 숫자로는 복수는커녕 채의 운영조차 제대로 되지 않을 판이었다.

곽무한은 고민고민하다가 담우치와 지렁이를 불렀다.

"이렇게 합시다."

곽무한은 일단 이곳 선착장의 운영권을 먼저 장악한 후, 인근의 파락호들을 끓려 이런 저런 일거리를 맡기면서 수채의 일원으로 동화시키자고 했다.

원래 선착장과 관련한 이권은 관아의 소관이지만, 세상사 으레 그렇듯 관에 뇌물을 바치고 대신 운영하는 무리들이 있었다. 예전엔 그 관리를 대녕채가 맡았었지만, 지금은 대창현의 인근 산채인 쌍부채(雙斧寨)가 맡고 있다.

"좋습니다. 선착장 운영권쯤이야 식은 죽 먹기지요."

"좋은 계획입니다만, 저희들의 정체가 탄로나기라도 한다면……."

담우치는 고개를 끄덕였으나 지렁이는 망설였다.

곽무한은 두 사람의 반응을 예상했다는 듯 강하게 말했다.

"우린 숨으려고 모인 게 아니라 다시 일어서려고 모인 것이오. 다가올 위험이 두려워 떨고 있기보다는 그 시간 동안 오히려 힘을 키우는 게 더 낫다는 것이 내 생각이오."

"으음, 채주께서 그렇게 생각하신다면……."

지렁이는 한참 머리를 굴리다가 결국 고개를 끄덕였다.

곽무한은 결론이 내려지자마자 자리에서 벌떡 일어났다.

"굳이 다 같이 갈 필요는 없겠지요?"

"헉! 지금 당장 가시려구요?"

"당연하지요. 쇠뿔도 단김에 빼랬는데."

곽무한의 대답에 담우치는 혀를 내두르며 말했다.

"그래도 몇 사람은 데려가셔야 뒤처리가 쉽지 않겠습니까?"

"뒤처리라… 그도 그렇군."

결국 담우치를 비롯, 몇 사람이 곽무한과 함께 가기로 했다.

바쁜 걸음으로 궤짝을 옮기는 사내들과 한 켠에서 생선을 다듬는 사람들. 날품을 파는 사람들과 어구(漁具)를 들고 오가는 사람들.

선착장은 규모에 비해 붐비는 편이었다.

인근에서 유일한 선착장이기도 했거니와 며칠에 한 번씩 장이 서는 곳이어서였다.

"야! 거기 뭣들 해? 해지기 전까진 이것들을 마저 옮겨야 한다구!"

한 사내의 우렁우렁한 고함 소리가 선착장 뒤편에 자리한 창고 쪽에서 흘러나올 무렵, 곽무한 일행이 선착장에 모습을 드러냈다.

"저것들은 뭐야?"

잡역꾼들을 다그치던 사내, 왕평달은 우연히 고개를 돌리다가 곽무한 일행을 발견했다.

한눈에 보기에도 불량스러워 보이는 행색들. 거기다가 어깨를 나란히 하며 다가오는 곽무한 일행의 모습을 유심히 살피던 왕평달은 그중 담우치의 얼굴을 발견하고는 깜짝 놀라 후다닥! 창고 안으로 들어갔다.

"형님, 문제가 생겼습니다!"

다급한 왕평달의 말에 상반신이 땀으로 번들거리는 고슴도치사내가 고개를 돌렸다.

"이 자식이 죽으려고 환장을 했나? 인기척도 없이 감히 어딜 함부로 들어와?"

사내는 고리눈을 떠 보이며 황급히 바지를 끌어 올렸다.

방사(房事) 중이었는지, 사내가 일어선 침상에는 이불로 돌돌 말린 조그만 동산이 생겼다.

"파, 파리 떼가 나타났습니다. 대녕채 놈들입니다."

"대녕채? 그놈들은 다 달아나고 없잖아?"

"그런 줄 알았는데, 지금 이곳으로 오고 있습니다. 모두 여섯 명입니다."

이어지는 왕평달의 말에 이곳의 책임자로 있는 고슴도치사내, 쌍부채 소두목 장가덕은 인상을 굳히며 벽에 걸린 도끼를 집어 들었다.

"이 자식들이 간이 배 밖에 나왔나? 허접 쓰레기 몇몇이 모여 흘러간 옛노래를 부르려는 모양인데, 오냐! 두고두고 후회하도록 자근자근 밟아주마. 어이, 왕평달. 나가서 애들 몽땅 불러 모아!"

"예! 형님."

왕평달은 부리나케 밖으로 나가 동료들을 불러 모았다.

얼추 헤아려 봐도 서른 명이 훨씬 넘었다.

그동안 별다른 사건이 없어 무료했던지 최근에 합류한 어중이떠중이까지 모두 모여든 것이다.

"흐흐흐. 자식들, 한번 죽어봐라."

왕평달은 앞으로 전개될 일방적인 격투를 상상하며 쪼르르 창고 뒤로 가 숨었다.

"흠. 예상외로 숫자가 좀 되네?"

곽무한은 음흉한 웃음을 흘리며 다가오는 장가덕 일당을 보고는 잠깐 미소를 지었다.

"저희가 먼저 몇 놈 치울까요?"

"됐어. 내가 처리할 테니 뒷정리만 해."

분수자를 내비치며 묻는 담우치를 손사래로 막은 곽무한은 성큼성큼 큰 걸음으로 놈들에게 다가갔다.

그때 곽무한의 앞을 막아선 사람은 낫 두 자루를 든 쥐상의 사내.

"어이, 애송이. 앉은뱅이로 만들어 버리기 전에 제자리에 서!"

그러나 녀석의 말이 채 끝나기도 전이었다.

번쩍!

"쿠에엑!"

뭔가가 번쩍였다 싶은 순간, 쥐상의 사내가 피를 뿜으며 나동그라졌다. 그와 동시에 곽무한의 모습이 모두의 시야에서 감쪽같이 사라져 버렸다.

"헉! 하늘, 하늘이다!"

순식간에 허공으로 치솟은 곽무한의 신형. 그 모습을 발견한 사람은 창고 뒤에 숨은 왕평달뿐이었다. 그러나 왕평달의 경고성이 채 나오기도 전에 이미 곽무한의 공격이 시작되었다.

빠바바박!

뭐가 어찌 된 상황인지 알아차리기도 전에 날아드는 곽무한의 공세.

분명 권법과 각법이었건만, 어찌나 빠르고 강했던지 누구도 막을 엄두를 내지 못했다.

"쿠에엑!"

"어이쿠!"

꼬리를 물고 이어지는 비명 소리.

장가덕은 추풍낙엽처럼 날아가는 수하들의 모습에 깜짝 놀랐다.

"저, 저, 저런 놈이?!"

워낙 돌풍 같은 기세라 도끼만 매만지며 당황하던 장가덕.

어느 순간 그의 눈앞에 곽무한의 등판이 보였다.

"이놈!"

기회를 놓칠세라 장가덕은 힘차게 도끼를 휘둘렀다.

부와앙!

바람을 가르는 도끼 소리.

그러나 결과는 장가덕의 예상을 훌쩍 벗어났다.

탁!

아름드리 통나무조차 한 방에 찍어 넘기는 그의 도끼질.

그러나 곽무한은 손가락 두 개로 잡아버렸다.

"이이익! 이이익!"

장가덕은 눈알이 튀어나올 정도로 놀랐지만, 젖먹던 힘까지 뽑아내어 도끼를 움직여 보려 했다. 그러나 결과는,

뚜캉! 뚜캉!

장가덕은 자기 눈을 의심했다.

강철을 담금질한 도끼, 그 단단한 날이 놈의 엄지와 검지, 그 두 손가락조차 감당하지 못하는 것이 아닌가?

"으으으… 세상에, 이럴 수가!"

장가덕은 온몸에 힘이 빠져 버렸다.

"맞고 꿇을 테냐, 아니면 그냥 꿇을 테냐?"

장가덕은 곽무한의 차가운 눈빛에 그만 얼어버렸다.

"져, 졌소!"

장가덕이 무릎을 꿇자 나머지 파락호들도 엉거주춤 무릎을 꿇었다.

"이런. 우리가 할 일이 없잖아?"

"그래도 도망 못 치도록 감시하는 일은 남았죠."

담우치는 어깨를 으쓱했고 무견은 아쉬운 표정을 지었다.

"모두 안으로 들어와!"

곽무한은 제집처럼 창고 안으로 걸어 들어갔고, 장가덕 일당은 고개를 푹 숙인 채 그 뒤를 따랐다.

"으아아. 괴물, 괴물이다!"

창고 뒤에 숨어 있던 왕평달은 오금을 떨며 부리나케 달아났다.

왕평달, 그가 달아난 곳은 쌍부채였다.

대창현 뒤에 병풍처럼 늘어선 대파산.

험준하기 그지없는 산중턱 즈음에 외진 계곡이 보인다.

그 계곡은 우거진 숲 사이로 거대한 암벽들이 잔뜩 늘어선 곳이었는데, 그중 가장 크고 높은 암벽 사이로 얼기설기 엮은 목책과 넝쿨로 뒤덮인 통나무집들이 보인다.

이곳이 바로 대창현과 무계현 인근을 호령하는 쌍부채의 본거지이다.

해거름 무렵.

"뭣이라고?"

쌍부채의 본채에서 커다란 호통 소리가 나왔다.

왕평달의 보고에 열받은 쌍부채의 채주, 스스로의 별호를 무적쌍부(無敵雙斧)라 지은 곽패(郭覇)가 내지른 호통이었다.

"아이고, 채주. 제발 좀 진정하시고……."

왕평달은 탁자를 부숴대며 광분하는 곽패를 향해 연신 머리를 조아렸다.

"진정? 네놈이 지금 나더러 진정하라고?"

휙! 시선을 왕평달에게 돌리는 곽패.

그는 부리부리한 눈에 주먹코를 지녔다. 그리고 천생신력이라도 타고난 듯 코끼리만한 체구였다.

곽패의 시선에 놀란 왕평달은 얼른 기어들어 가는 음성으로 말했다.

"손가락으로… 손가락으로 도끼를 부순 잡니다. 함부로 상대하셨다가는……."

"손가락으로 도끼를 부쉈다고? 흥! 그따위 건 나도 할 수 있어!"

왕평달의 말에 자존심이 상했는지 곽패는 자신의 팔뚝에 철봉을 집어넣고는 보란 듯이 구부렸다. 과연 어린아이 팔뚝만한 굵기의 철봉이 엿가락처럼 휘어져 버렸다. 가히 천생신력이었다.

그러나 봉을 휘는 것과 도끼날을 부수는 것은 엄연한 차이가 있다.

왕평달은 차마 그 말까지는 하지 못하고 전전긍긍, 고개만 숙이고 있었다.

그때 부채주 이필(李弼)이 나섰다.

그는 왕평달의 표정을 보고 대충 상황을 짐작했다.

"채주, 대녕채 놈들도 합류해 있다고 하지 않습니까? 그러니 곧바로 놈들을 치기보다는 계략을 먼저 써보도록 하지요."

"계략?"

곽패가 마음에 들지 않는다는 듯 검미를 꿈틀거렸다.

이필은 다급히 말했다.

"물론 채주께서 나서시면야 금방 해결되겠지만, 아직 놈들의 세력이 어느 정도인지, 어느 놈이 수괴인지도 모르는 형편 아닙니까? 그러니 관부를 이용해 보지요."

"관을 이용한다고?"

곽패의 솔깃한 표정에 이필은 속사포처럼 빠르게 말을 이었다.

"예. 우리가 그동안 갖다 바친 뇌물이 얼맙니까? 그러니 그들에게 놈들을 잡아들이라고 부탁해 보시지요. 놈들과 바로 부딪쳤다가 행여 우리 아이들이 상하기라도 하면 그 손해가 얼맙니까? 그러니 손 안 대고 코 푸는 방법, 관부를 이용하는 게 오히려 낫지 않겠습니까?"

"흠. 일리가 있군. 좋아! 그 방법을 먼저 쓰도록 하지."

곽패는 손 안 대고 코 푼다는 말에 혹해 관에 전령을 보냈다.

그러나 다음날.

"으아아아! 이런 빌어먹을 일이 있나?"

곽패의 고함 소리가 다시 울려 퍼졌다.

현청에 갔다가 돌아온 전령, 그가 전한 관의 답변 때문이었다.

관에서 보내온 답변은 간단했다.

〈알아서 하시오. 만약 이기게 된다면 그때 다시 연락을 주시오.〉

이제껏 바친 뇌물을 봐서라도 이렇게 대답할 수는 없었다. 이건 오리발을 지나 무관심에 다름 아니었다.

"좋아, 좋아! 똥파리 새끼들을 믿은 내가 어리석지! 모두 준비해! 오늘 밤에 놈들을 친다!"

곽패는 괜한 말을 꺼내 이런 모욕을 받게 만든 이필을 깔아뭉개고 앉아 흉흉한 목소리로 명을 내렸다.

*   *   *

밤 늦은 관아에는 횃불만 외롭다.

횃불 그림자만 어른거리는 관사(官舍).

며칠 전의 소동 때문인지, 떡대 같은 포졸들이 불침번을 서고 있는 지현 나리의 방 입구.

휙!

갑자기 찬바람이 불었다.

"뭐야? 컥!"

"아니, 무슨… 끽!"

불침번을 서고 있던 포졸들이 갑자기 비명을 지르며 쓰러졌다.

포졸들을 순식간에 통나무로 만든 바람은 지현의 처소에 이르렀다.

스르륵!

소리없이 열리는 방문.

사박, 사박.

눈과 입만 드러낸 복면 차림의 그림자가 조용히 침상으로 접근했다.

"나으리……."

복면인의 입이 막 열릴 때였다.

"네 이놈!"

와장창!

갑자기 천장에서 두 사람의 그림자가 나타나 복면인과 침상 사이를 막아섰다.

천장에서 뛰어내린 두 사람은 모두 시퍼런 칼을 꺼내 들고 있었는데, 그들은 모두 포두 복장을 하고 있었다.

"자, 잠깐만, 잠깐만요!"

복면인은 느닷없는 칼 빛에 놀라 주춤주춤 뒤로 물러나며 말을 더듬었다.

"잠깐이고 나발이고, 감히 지현 나리의 처소에 암행을 하다니!"

포두 복장의 한 사람, 곽 포두는 코웃음을 치며 칼을 휘둘렀다.

"히익? 포두 나리! 저, 접니다!"

복면인의 다급한 목소리에 곽 포두는 칼을 멈췄다.

"아니, 자네는?"

포두들은 곤혹스런 표정을 지었고, 복면인은 낭패한 표정을 지었다.

그 소란에 지현 나리가 잠에서 깼다.

"헉! 또, 또 왕림하신 게냐? 아이고!"

지현 나리는 깨어나자마자 바닥에 코부터 박았다.

"나으리, 아닙니다. 그분이 아니고……."

곽 포두는 민망한 표정으로 지현 나리를 일으키고는 매섭게 복면인을 노려봤다. 그 서슬에 우물쭈물하던 복면인, 복면을 벗고 고개를 푹 숙였다.

"나으리, 놀라게 해드려 죄송합니다. 쌍부채의 이필입니다."

"뭣이라? 쌍부채?"

지현 나리의 얼굴이 와락 일그러졌다.

"네 이놈! 여기가 감히 어디라고!"

지현 나리의 입에서 호통이 터지자 이필은 황급히 큰절을 올렸다.

"아이고, 나으리. 잠시만 고정을… 소인이 이렇게 밤도적 흉내를 낸 것은 다름이 아니오라……."

그러나 이필은 날을 잘못 잡았다. 하필이면 지현 나리가 밤마다 악몽에 시달리는 이 시국이라니…….

"다름이고 나발이고 간에 주둥이 닥쳐라, 이놈! 네놈이 본관의 명줄을 끊으려고 작심을 했지, 이 야심한 밤에 본관의 침소에 뛰어들어? 여봐라! 포두들은 뭣들 하느냐? 당장 저 무례한 놈을 때려잡지 않고!"

이미 곽무한에게 한밤중의 공포를 겪은 지현 나리. 이필의 변명을 듣기도 전에 때려죽일 기세였다.

"아, 아이고, 나리. 제발, 이것부터 좀 보시고……."

지현 나리의 반응에 놀란 이필은 얼른 가지고 온 은자 꾸러미를 내밀었다.

"이것이고 저것이고… 저것인데… 엥? 그게 무엇인고?"

다행이었다. 약발이 통했다.

"험, 험, 밤이슬을 밟는 놈치고는 성의가 있구만. 그래, 용건은 무엇인고?"

"헤헤. 다름이 아니오라, 아침에 드린 전갈 때문이온데……."

"아침? 음… 무슨 내용이었지? 자다가 일어나서 그런지 잘 기억이 나지 않는데?"

이때까지는 분위기가 좋았다.

"거 왜… 대녕채 놈들이 이곳 민심을 흉흉케 한다는… 그래서 저희들이 놈들을 때려눕힐 거라는… 그러니 오늘 밤에 벌어질 일에 대해서는 모른 척해주십사……."

그러나 대녕채 이야기가 나오자마자 분위기가 급변했다.

"흉흉? 때려눕혀? 누가? 너희들이?"

지현 나리의 목소리에 한기가 날아날 싶더니 급기야는 상상치도 못한 불호령이 떨어졌다.

"이런 같잖은 것들! 포두들은 뭣들 하느냐? 이 정신없는 놈을 당장 때려잡지 않고!"

"아이쿠, 나리!"

이필은 어찌나 놀랐던지 순간적으로 눈앞이 캄캄해지는 기분이었다.

그토록 돈을 밝히던 위인이 은자 백 냥을 바쳤음에도 오히려 자신을 잡으라고 하다니? 실로 천지가 개벽할 일이었다.

다행히 눈치 빠르기로는 둘째가라면 서러운 이필인지라 포두들이 들이닥치는 순간, 오히려 지현 나리 쪽으로 몸을 날려 부리나케 달아나고 말았다.

"저런, 저런! 썩어도 준치라더니, 과연 산적패의 이인자(二人者)답구나!"

지현 나리는 이필이 박차고 나간 창문 쪽을 한참 바라보다가 슬쩍 은자 꾸러미로 눈을 돌렸다.

"이 불경기에 은자 백 냥이라. 고맙구나, 고마워. 그러나 말이지……."

지현 나리는 은자를 챙기며 혼잣말로 중얼거렸다.

"내가 아무리 시골구석의 지현이라지만 사람 보는 눈은 있단 말이야. 겨우 네놈들 따위로 그를 덮쳐? 미친 것들! 죽으려면 무슨 짓을 못해!"

지현 나리는 혀를 끌끌 차다가 곽 포두에게 몇 가지 명을 내렸다.

잠시 뒤.

관아 앞마당에 수십, 수백 개의 횃불이 모였다.

"나리의 명이시다! 멀리서 지켜보다가 싸움이 끝났다 싶으면 앞으로 나선다. 내 명령 없이는 절대 먼저 움직이지 말도록!"

숨죽인 목소리가 나오고, 조용한 끄덕거림이 있었다.

그리고 한참 뒤.

횃불은 모두 꺼지고 은밀한 발길들이 관아를 나섰다.

*　　　*　　　*

"제기랄. 주는 돈도 마다하다니. 저놈의 자식, 요즘 못 먹을 걸 처먹 었나?"

어찌나 황급히 도망쳤던지 담벼락에 이마를 찧어 혹이 주먹만해진 이필. 볼멘 소리로 투덜대다가 그나마 위안거리를 찾았다.

"그래도 포졸들을 보내지 않는 걸 보니 모른 체하시겠단 말씀이지?"

뒤쪽을 돌아보며 혼잣말로 구시렁거리던 이필. 갑자기 무슨 생각이 떠올랐는지 인상을 찌푸렸다.

"제기랄! 그리고 보니 그 자식, 돈 받아먹는 수법이 더 늘었잖아? 챙 길 건 챙기면서도 오히려 큰소리라… 존경스럽다, 존경스러워."

설마 하니 관에서 소리 소문조차 없이 움직일 거라고는 꿈에도 생각 지 못한 이필. 감탄 반 투덜 반으로 걸음을 옮겼다.

한참을 걷다 보니 어느새 오늘 야습하기로 한 놈들의 본거지가 보였 다.

"자! 화가 나면 물불 안 가리는 우리 채주께서 과연 놈들을 어떻게 요리하시나 슬슬 구경이나 해볼까?"

이필은 잔뜩 기대 어린 표정으로 언덕배기 위에 세워진 장원, 수룡 채로 향했다.

　　　　　*　　　　　*　　　　　*

휘리릭!

그림자들이 담벼락을 넘었다.

저마다 검은색 일색인 백여 명의 사내들. 그들은 다름 아닌 쌍부채의 산적들이다.

"쫄딱 망했다더니 본거지는 우라지게 잘 꾸며놓았군."

무적쌍부 곽패는 눈앞을 막아선 문을 보며 짜증스런 어투로 투덜댔다. 기껏 담을 넘었더니 또 담이 앞을 가로막아 짜증이 난 것이다.

"그냥 부숴 버리지요?"

한 놈이 나섰다가 곽패의 눈빛에 찔끔해 얼른 뒤로 물러났다.

"조용히… 최대한 조용히, 전광석화처럼 일시에 덮친다. 그게 야습의 기본이야!"

곽패는 이필의 말을 떠올리며 수하들에게 주의를 줬다.

파라락!

그림자들은 다시 담을 넘었다.

통통통통!

지글지글!

매옥은 밤늦게 요리를 하고 있었다.

"오라버니는 먹는 게 너무 부실해. 매일 무나 콩 따위로 끼니를 때우시니… 후훗. 탈나시기 전에 미리 영양 보충을 시켜 드려야지."

매옥은 콧노래를 부르며 요리에 열중했다.

스스슷!

검은 그림자들이 연무장을 가로지를 즈음,

"후훗! 다 됐어. 내일 아침이면 오라버니께서 깜짝 놀라시겠지?"

매옥은 상보에 덮인 음식들을 바라보다가 흐뭇한 표정으로 몸을 돌렸다. 그리고 막 안채로 걸음을 옮기다가 정원 사이로 움직이는 그림자들을 보게 되었다.

"까아……!"

매옥은 비명을 지르다가 가슴이 철렁했다.

누군가의 손에 입이 막힌 것이다.

"읍, 읍!"

매옥은 거칠게 몸부림을 쳤다. 그러나 조용히 귀를 파고드는 목소리에 힘이 쭉 빠져 버렸다.

"쉿! 괜찮아. 소리 지르지 않아도 돼. 이미 알고 있으니깐."

곽무한이었다.

'오, 오라버니?'

매옥은 멍하니 서 있다가 갑자기 느껴지는 공허함에 번쩍 정신을 차렸다.

스스스.

어느새 정원을 지나 어둠에 잠겨들고 있는 곽무한의 그림자.

'아아……'

매옥은 잠시 입술을 만져 보며 뜻 모를 탄식성을 흘리다가 천천히 비도를 꺼내 들었다.

파파팟!

곽무한은 번개가 무색하게 움직였다.

땅을 한 번 박찼다 싶은 순간 벌써 연무장 위를 날고 있었다.

사실 곽무한은 조금 전에 약간 긴장했었다.

난입한 복면인들의 정체가 혹시 금사상채 놈들이 아닐까 해서였
다.

그러나 아무리 봐도 강맹한 기파를 보이는 놈이 없었다.

게다가 무식하게 도끼와 철퇴, 낫 등을 꺼내며 수하들의 방을 덮치려
는 것을 보고 나서야 비로소 금사상채 놈들이 아님을 알아차렸다.

혹시나 하던 놈들이 아니니 행할 것은 단 하나.

벌써 연무장에 다다른 곽무한. 또 한 번 땅을 박찼다.

파라라락!

옷자락이 뒤늦게 떨었다.

곽패는 간간이 들려오는 코 고는 소리에 입이 찢어졌다.

놈들은 정말 한심했다. 불침번조차 세우지 않는 바보 같은 놈들이었
다.

"와하하! 모두 조겨!"

곽패는 쾌재를 부르며 수하들에게 소리쳤다.

명이 떨어지자마자 몇 명의 수하가 방문을 부수기 시작했다.

"헉? 뭐야?"

잠에서 막 깬 당혹스런 외침이 귀를 즐겁게 해준다.

"모조리 죽여!"

곽패는 신바람이 나 목청을 돋웠다. 그런데 바로 그때,

"타하압!"

어디에선가 고막이 찢어질 듯한 호통 소리가 들려왔다.

"헉!"

곽패는 자기도 모르게 고개를 돌렸다.

그 바람에 보게 됐다.

호통 소리와 함께 갑자기 하늘에서 뚝 떨어진 신형.

사막의 용권풍이 저러할까?

콰자자자작!

"케에엑!"

"아이쿠!"

그가 움직일 때마다 수하들이 태풍에 휘말린 낙엽처럼 쓰러졌다.

"저놈부터 조져!"

곽패는 허리춤에서 도끼를 꺼내 들며 소리쳤다.

"와아아!"

자신의 명을 들었는지, 수하들이 병장기를 휘두르며 벌 떼처럼 달려들었다. 그 때문인지 회오리바람이 잠시 멈춘 듯했다.

그러나,

"우아아아압!"

뒤이어 터져 나온 기합성은 이전보다 더 컸다.

곽패는 고막을 틀어막다가 어느 순간 창백한 표정으로 굳어버렸다.

천둥 벽력음과 함께 다시 시작된 그의 움직임, 그 무시무시함에 얼어버린 것이다.

파파파팡!

"쿠에엑!"

풍차 돌리듯 날린 그의 연환퇴에 한 방에 한 명씩, 수하들이 붕붕 날아 바닥에 처박혔고,

퍽퍽퍽퍽!

"끄윽!"

속사포처럼 내지른 그의 주먹에 수하들이 피를 토하며 거꾸러졌다.

그뿐인가?

"야합!"

등 뒤로 날아드는 칼을 겨드랑이 사이로 빼앗은 사내, 번개같이 돌아서며 그 칼로 횡으로 한 번 긋자,

쉐에에엑!

기음과 함께 칼 빛이 몸서리치게 뻗어나갔다.

도저히 믿기지 않았다.

네 자 길이의 칼이 여섯 자, 일곱 자로 늘어난 것이다.

수하들은 칼 빛에 닿자마자 짚단처럼 쓰러졌다.

'도기(刀氣)… 도기다!'

곽패는 마음속으로 비명을 질렀다.

술자리에서 수하들과 입에 침을 튀기며 이야기하던 도기!

강호에 이름난 무인조차 꿈에서라도 그 경지에 다다라 보길 소원한다는 그 도기가 지금 자기 눈앞에 나타난 것이다.

곽패는 소름이 돋아 눈을 질끈 감았다.

쨍그랑! 쨍그랑!

잠시 시간이 흐르자 바닥에 병장기 떨어지는 소리가 났다. 뒤이어 장내가 쥐 죽은 듯 조용해졌다.

곽패는 천천히 눈을 떴다.

예상대로 수하들은 넋이 나간 상태로 버쩍 얼어 있었다.

슥!

사내의 눈이 자신에게로 향했다.

"헉!"

곽패는 자기도 모르게 주춤했다.

저 눈빛!

어둠 속에서 시퍼렇게 빛나는 그의 눈빛은 도저히 인세의 것이 아니었다. 알 수 없는 빛깔, 알 수 없는 힘으로 자신을 올올이 엮고 있었다.

곽패는 진저리를 치며 이를 악물었다.

산전수전을 거치며 먹은 칼밥이 삼십 년. 기세에 질리면 이미 죽은 목숨이나 진배없음을 알고 있는 까닭이다.

곽패는 이리 죽으나 저리 죽으나, 하는 심정으로 쌍도끼를 휘두르며 앞으로 나아갔다.

부와아앙!

바람이 수십 조각으로 나뉘었다.

사내의 신형도 수십 조각으로 나뉘었다.

그러나 환상이었고 꿈이었다.

오금이 저려와 생각으로만 돌진한 것이었다.

치리릿!

사내의 눈빛이 다시 한 번 날아든 순간, 곽패는 있는 힘껏 도끼를 움켜쥐었다. 그리고 세차게 이를 악물었다. 어찌나 세게 물었던지 잇몸에서 피가 흐를 정도였다.

사내의 눈에서 언뜻 이채가 스치고 지나갔다.

"우와아악!"

이미 수하들 앞에서 망신당할 대로 당한 몸. 당당하게 죽으리라!

곽패는 목이 터져라 고함지르며 사내를 향해 몸을 날렸다. 삶과 죽음을 모두 뛰어넘은 오기이자 용기였다.

번쩍!

눈앞에서 불이 번쩍했다.

곽패는 눈앞이 캄캄함을 느끼며 정신을 놓고 말았다.

"기개가 있는 놈이군."

사내의 중얼거림이 꿈결처럼 아련했다.

'맙소사! 손도 안 대고… 손도 안 대고……'

담벼락에 숨어 그 장면을 지켜보던 이필은 학질에라도 걸린 듯 몸을 떨었다.

'아아, 도망쳐야 하는데… 어서 달아나야 하는데……'

생각은 벌써 구만리를 달아나고 있었건만, 이놈의 다리는 말뚝에라도 박힌 듯 움직일 줄을 몰랐다.

그렇게 이필이 울상이 되어 어쩔 줄 모르고 있을 때,

찌리릿!

곽무한의 눈빛이 얼음 송곳처럼 이필에게 향했다.

"아이고! 항복, 항복입니다요."

이필은 앓는 소리를 내며 허물어지고 말았다.

채신머리없이 아랫도리가 뜨끈해져 왔다. 어릴 적 이후 처음이었다.

한참 후,

"꿇어라!"

낮고 쉰 목소리가 들려왔다.

사내의 목소리는 기이하게도 뇌리를 흔드는 것 같았다.

"꿇을… 꿇을 힘도 없다구요."

이필은 힘없이 중얼거리며 바닥에 얼굴을 쿡! 처박았다.

쌍부채 제일의 법은 '절대 먹잇감에게 무릎을 꿇지 않는다' 였지만, 지금 상황에서 먹잇감은 그가 아니라 자신들이었다.

제31장
약속과 희망

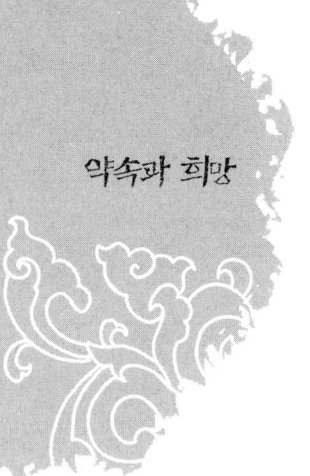

약속과 희망

싸움은 이미 끝났다.

뒤늦게 쌍부채를 에워싼 수룡채의 사내들.

그들의 눈은 한 사람을 향해 있었다.

손짓 한 번과 눈빛 하나로 백여 명의 산적을 꿇려 버린 곽무한.

그 강인한 모습에 모두 매료된 것이다.

매옥 역시 마찬가지였다.

곽무한을 볼 때마다 늘 가슴이 뛰는 매옥.

매옥에게는 남모르는 근심이 있다.

'그 여자……'

설아가 남기고 간 영약과 처방 때문에 일약 채의 귀하신 몸이 되어
버린 매옥이다. 그러나 그날, 곽무한에게 설아 이야기를 숨긴 것이 날

마다 비수가 되어 가슴을 찌르고 양심을 찔러왔다.

'어쩔 수 없어! 오라버니는 내 거야! 절대 빼앗길 수 없어! 어떻게든 그녀를 떠올리지 못하게 만들 거야!'

곽무한을 향한 매옥의 눈은 묘한 열기로 들떠 있었다.

시선을 곽무한에게 고정하기는 무견 역시 마찬가지였다.

처음 만났을 때 곽무한은 한 마리 짐승 같아 보였었다.

그러나 시간이 지날수록 그에게 빠져드는 자신을 느꼈다.

그에게는 자신이 가지지 못한 용기와 의리, 그리고 눈물이 있다.

그리고 이제, 그는 자신의 우상이 되었다.

'나도 언젠가는!'

곽무한을 바라보는 무견의 눈엔 강한 열기가 일렁였다.

'제기랄. 저놈⋯⋯.'

장직은 쓰게 입맛을 다셨다.

처음엔 분명히 같이 시작했었는데, 지금은 하늘과 땅 차이로 변해 버렸다.

'그리고 저년⋯⋯.'

장직은 일그러진 눈빛으로 매옥을 노려봤다.

이성(異性)을 모르고 지내던 시간들.

그러다가 어느 날 갑자기 가슴을 가득 채운 영상.

매옥⋯⋯.

그러나 그녀는 자신이 가장 싫어하는 놈에게 빠져 있다.

'반드시! 반드시 그를 밟고 너를 취하고야 말 것이다!'

장직의 눈엔 독기가 일렁였다.

곽패는 그냥 멍했다.

이젠 끝이구나, 생각했었는데 다시 정신을 차리고 말았다.

그래서 그를 보게 됐다.

바람에 날린 머리카락이 그의 눈을 가렸지만, 기세만은 가릴 수 없었다.

'제기랄. 내 꼴이 이게 뭔가?'

그와 비교해 보니 자신이 너무 초라해 보였다.

'그냥 자진을 해버릴까?'

바로 그때 그의 목소리가 날아들었다.

"그대가 채주라고?"

웅웅 울리는 낮고 거친 목소리.

곽패는 자신도 모르게 고개를 번쩍 들었다.

"그렇… 소."

고개를 들 때는 애써 으름장이라도 놓고 싶었는데, 막상 눈을 마주치니 기가 죽었다.

"그럴 만하더군."

사내는 그 한마디를 끝으로 고개를 돌렸다.

'그럴 만하더군?'

무심히 던진 한마디였다. 그런데 묘한 전율이 등줄기를 타고 흘렀다.

이상하게 가슴이 벅찼다. 마치 학동이 스승에게 칭찬을 받은 기분이었다. 그 때문일까? 곽패는 자기도 모르게 연무장 중앙에 서 있는 곽무한을 다시 한 번 쳐다봤다.

곽무한은 자신을 향한 눈빛들에는 아랑곳없이 건너편 어둠으로 시선을 던졌다.

"나오시오!"

곽무한의 말이 떨어지자 쥐 죽은 듯 조용하던 담벼락이 깨어났다.

"이미 알고 계셨군요."

머쓱한 표정으로 나타난 사람은 곽 포두였다. 그의 등 뒤로 포졸들이 줄줄이 나타났다.

"굳이 대인께서 손을 쓰실 필요 없이 저희가 저들을 잡아가겠습니다."

곽패 일당은 가슴이 덜컥해 서로를 돌아봤다.

곽패는 멍하니 곽무한을 바라보다가 자신들을 체포하겠다는 말에 놀라 곽 포두를 쳐다봤다. 그러나 비릿한 표정으로 자신의 눈을 피하고 마는 곽 포두.

'크윽! 안면 몰수를 하다니!'

곽패는 비통한 심정이 들었다. 이게 패자의 말로인가 싶었다.

당시의 법은 엄격했다.

누구라도 범죄에 연루되면 무조건 사형이었다.

곽패는 순간적으로 달아날까를 생각했다.

바로 그때 그의 목소리가 들렸다.

"돌아가시오! 모두 내 수하들이오."

'내 수하들?'

곽패가 그 말의 의미를 되짚어보기도 전이었다.

"아! 그렇… 습니까? 알겠습니다. 모두 철수!"

곽 포두는 잠시 머쓱한 표정으로 서 있다가 이내 뒤돌아섰다.

그 광경을 본 곽패는 깜짝 놀랐다.

관과 범죄자는 원래 물과 기름 같은 사이다. 그래서 뇌물로 서로 눈 가리고 아웅할 수는 있지만, 현행범이거나 현장에서 잡히면 앞뒤 사정 이 없었다. 그런데 저 사내의 말 한마디에 두말없이 고개를 숙여 버리 다니? 이제껏 자신이 아무리 뇌물을 바쳐도 항상 오만하기만 하던 곽 포두였는데?

'도대체 저자가 뭐기에?'

곽패 입장에서는 그런 의문을 가질 만했다. 그러나 오늘 자신이 당 한 충격을 그들이 먼저 겪었다는 것을 알았다면 당연히 고개를 끄덕였 으리라.

"들어가지."

갑자기 그의 목소리가 들려와 곽패는 퍼뜩 정신을 차렸다.

성큼, 성큼.

그는 뒤도 돌아보지 않고 벌써 저만치 걸어간다.

'나보고 들어오란 소리야?'

좌우를 둘러보니 모두 말없는 재촉의 표정이다.

곽패는 한참 동안 하늘을 올려보다가 어느 순간, 힘없이 어깨를 늘 어뜨리며 곽무한의 뒤를 따랐다. 수적, 산적 할 것 없이 흑도 세계에서 는 힘이 곧 법이었기에.

"그대와 그대 휘하는 앞으로 수룡채의 가족이 된다."

담담한 곽무한의 말에 곽패는 잠깐 몸을 떨다가 고개를 푹 숙였다.

"고생이 될 테지만… 버텨보라. 나 이외에는 그 누구에게도 머리를 숙이지 않게 해주겠다."

곽패는 곽무한의 말에 몸을 부르르 떨었다.

"그 누구에게도 머리를 숙이지 않게 해주겠다."

정말 가당찮은 이야기였지만, 이상하게 가슴에 와 닿았다.

늘 쫓기며 살던 시간들.

어린 시절부터 해서 이제껏 지내온 세월들이 주마등처럼 떠올랐다.

한 번 패하고 나니 갑자기 약해진 것일까?

"앞으로 형님으로 모시겠습니다."

곽패는 깊숙이 고개를 숙였다.

"형님이 아니라 채주다, 그대는 부채주고. 본 채에는 그대를 포함해
이제 세 명의 부채주가 생겼다."

곽패의 말을 정정해 준 곽무한은 옆 자리의 담우치에게 말했다.

"오늘 새로운 식구들이 생겼소. 기쁜 날이니 다 같이 술판을 벌여봅
시다."

"알겠습니다, 채주."

담우치는 미소를 지어 보였다.

"와아아아!"

때 아닌 환호성이 연무장을 뒤덮었다.

조금 전까지만 해도 칼 빛이 서리치던 연무장에 술판이 벌어진 것이
다. 말단 수하들은 인근 주막으로 가 정신없이 술동이를 져 날랐다.

안주는 없었다.

그러나 연무장 중앙에 마련된 화톳불과 몇 알씩 지급된 소금을 안주 삼아 모두 술잔을 나눴다.

술잔을 나누는 이 순간부터 모두 하나가 된다는, 시시하고도 단순한 의식이었다. 그러나 모두 칼밥을 먹는 거친 사내들이어선지 금방 분위기에 적응하며 술잔을 나눴다.

크르릉!

뒤늦게 청랑이 기어 나왔다.

덕분에 한바탕 소란이 벌어졌다.

"으악! 괴물이다!"

난생처음 보는 송아지만한 늑대, 그것도 말로만 듣던 흡혈청랑이라 쌍부채들은 혼비백산했다. 그러나 곧, 말 잘 듣는 강아지처럼 곽무한에게 재롱 떠는 모습을 보고는 또 한 번 곽무한에게 감탄했다.

어쨌거나, 말도 안 되게 수룡채 식구가 된 사내들.

서로 주거니 받거니 술을 마시다가 연무장 중앙으로 나서는 곽무한을 발견하고는 모두 시선을 모았다.

아직 술에 익숙지 않은 곽무한이다.

몇 잔 술에 호기가 치솟았는지, 곽무한은 벌겋게 상기된 얼굴로 모두를 둘러보며 말했다.

"난 그대들에게 많은 약속은 해줄 수 없다. 그러나 이것 하나만큼은 약속하겠다. 앞으로 수룡채의 이름으로 나설 때, 그대들은 더 이상 남들에게 손가락질을 받지 않을 것이다!"

수적, 산적들은 단순했다.

처음엔 무슨 말인가 하여 눈만 멀뚱거리던 그들은, 누군가가 먼저 박수를 치자 덩달아 환호성을 지르며 손뼉을 쳤다.

"와아아!"

사내들의 후끈한 함성 소리. 물론 취기 때문이었을 것이다.

그러나 곽패가 곽무한에게 다가가 술잔을 내민 것은 결코 취기 때문이 아니었다.

"채주께 부탁이 있소이다!"

곽패는 먼저 석 잔의 술을 마신 후, 곽무한에게 술을 따르며 말했다.

"오늘 쌍부채의 이름을 접는 마당에, 채주께 제 한 가지 소원을 말씀드리고 싶습니다."

"말하시오."

술잔을 단숨에 비운 곽무한이 물었다.

"칠반채(七盤寨)라는 곳이 있습니다. 그곳을 무너뜨려 주십시오."

"칠반채?"

술을 마신 때문인지 곽패의 목소리는 무척 컸다.

칠반채 이야기가 나오자 쌍부채 사내들의 동작이 일제히 굳어졌다.

"저희와 앙숙인 산채입니다. 아니, 우리가 당하기만 하던 산채지요. 그놈들 때문에 우리가 이 외진 곳에 처박히게 됐습니다."

주정 부리듯 토로하는 곽패의 하소연.

칠반채는 대파산과 이어지는 산, 미창산(米蒼山)의 노른자위에 자리한 산채였다.

알다시피 산채의 수입원은 산채 주변을 오가는 사람들.

사천 동북부 인근에서 수입이 많은 곳은 미창산 부근이었다.

그곳엔 섬서와 감숙으로 통하는 젖줄, 가릉강이 흐르고 있었기에 늘 오가는 사람들로 붐볐다. 그러니 곽패가 쯩구 아닌 이상 미창산으로 진출하고자 애를 쓰기 마련.

그러나 미창산엔 이미 터줏대감이 자리하고 있었다.

그곳이 바로 칠반채였다.

두 산채는 미창산을 두고 수없이 세력 다툼을 벌였다.

그러나 결과는 언제나 쌍부채의 패배.

더구나 마지막 전투에서는 하나뿐인 동생까지 잃었다.

그래서 곽패는 늘 절치부심, 칠반채에 복수를 다짐하고 있었다.

"음……."

곽무한은 잠시 침음성을 흘렸다.

미창산으로 가려면 과거 세 번째 출정을 하려 했던 곳, 주하채와 파하채를 거쳐야 했다. 게다가 미창산은 막강하기로 이름난 가릉채의 영역권. 나중이라면 몰라도 지금의 이 세력으로는 계란으로 바위치기였다.

"이렇게 합시다."

곽무한은 다시 술잔을 비운 후 말했다.

"어차피 우리의 꿈은 보다 넓은 터전을 일구는 것. 그러나 모욕을 당하고도 참는다면 그건 장부가 아니지. 약속하겠소. 다가오는 해, 그 해 안에 칠반채는 그대의 발 아래 있을 것이오!"

"채주, 정말이시오?"

곽패의 눈이 급격히 출렁거렸다.

"단!"

곽무한은 강하게 말을 끊었다.

"그날이 올 때까지 그대들의 힘은 최소한 지금의 두 배는 되어야 하오! 지독한 훈련이 될 것이오. 그것만 이겨낸다면 칠반채뿐만 아니라 사천 동부 지역은 그대의 발 아래 있을 것임을 약속하오!"

"하겠습니다! 이겨내겠습니다!"

곽패는 격동에 몸을 떨다가 두 주먹을 불끈 쥐며 대답했다.

조금 전의 그 무섭던 신위! 그 반의 반만 익힐 수 있다면 충분히 가능한 이야기였다.

"약속하셨소."

"물론입니다."

대화 속에 약속을 끼워 넣은 두 사내는 동시에 술잔을 비웠다.

"사천 동부까지!"

주변 사내들도 덩달아 술잔을 털어 넣으며 소리쳤다.

짧은 시간에 꿈과 목표를 세운 밤이었다.

세월은 멈추어 있는 듯하나 늘 유수(流水)처럼 흐른다.

해가 바뀌어도 봄 햇살은 여전히 따가웠다.

정오 무렵.

구릿빛 근육들이 따가운 햇살을 받으며 움직인다.

"헉, 헉!"

"다 왔어. 조금만 더!"

서로를 격려하며 거친 호흡으로 산길을 오르는 사내들.

그들은 얼추 서른 명 정도로, 하나같이 흉포해 보였다. 그리고 그들 뒤로도 몇 무리의 사내들이 땀을 뻘뻘 흘리며 쫓아오고 있었다.

"헉, 헉. 이 새끼들아! 오늘도 질 거야? 모두 힘내!"

누가 소리쳤는지는 몰라도 뒤쪽에서 나온 호통 소리엔 다급함이 묻어 있었다.

그러나 앞쪽에서 달리는 놈들 역시 여유롭지 못했다.

"이제부터는 앞을 조심해!"

맞은편 언덕 위를 쳐다보는 모두의 얼굴엔 은근한 긴장이 어렸다.

이유는 금방 알 수 있었다.

"흐흐흐. 모두 이곳까지 오느라 고생들 많았네."

위쪽에서 징그러운 미소로 반기는 사내가 있었다.

그는 고슴도치 수염 장가덕이었는데, 올라오는 사내들을 보며 연신 흉흉한 눈빛이었다. 그의 등 뒤에 서 있는 서른 명의 사내도 모두 마찬가지 눈빛이고.

"이번엔 제발 살살……."

올라가던 사내들 중 누군가가 앓는 소리를 냈다.

"흐흐흐. 그랬다가 채주께 걸리는 날이면 오히려 우리가 죽어난다네. 애들아, 모두 쳐!"

"와아아!"

장가덕이 어림도 없다는 표정으로 소리치자, 장가덕의 등 뒤에 있던 사내들은 기다렸다는 듯 목도를 휘두르며 아래로 뛰어내려 갔다.

"제기랄! 뭐 해? 우리도 공격!"

"와아아!"

올라가던 사내들 쪽에서도 맞고함이 터져 나오며 목도들을 휘두른다.

따다닥!

퍼퍼퍽!

"케에엑!"

"어이쿠!"

가파른 산비탈은 금방 목도 부딪치는 소리와 비명 소리로 뒤엉켰다.

원래 싸움이란 지형이 중요한 법이다. 그러니 아래로 내려가며 공격하는 편이 절대적으로 유리하다는 것은 삼척동자도 알 일. 게다가 언덕 위로 오르는 사내들 쪽은 이미 이곳까지 오느라 기진맥진한 상태.

결과는 뻔했다.

"으갸갸갸!"

"으아아. 내 팔, 내 다리!"

구슬픈 비명과 울먹이는 신음이 나오는 쪽은 어김없이 위로 오르던 쪽.

"푸하하! 이게 뭐야? 고작 이각도 못 버텨?"

"끄응. 내일 두고 보자고."

바닥에 나뒹굴던 사내들은 터지고 깨진 상처 부위를 매만지며 이를 갈았다. 그러나 장가덕 일행은 여전히 능글 웃음이다.

"푸흐흐. 그러든지 말든지. 자, 이제 저놈들을 조져 볼까?"

장가덕은 널브러진 사내들에게서 시선을 돌려 아래쪽을 쳐다봤다.

"푸하하하! 모두 올라오느라 고생들 많았네!"

장가덕의 웃음소리가 다시 울려 퍼지고, 조금 전과 똑같은 상황이 재현되었다.

"아이고, 나 죽네."

"끄응. 아무리 그래도 코뼈를 때리는 게 어딨어?"

일방적인 격전 후, 흙먼지가 가라앉은 비탈길엔 끙끙대는 신음 소리와 날 선 원망 소리로 가득했다.

그러나 앓는 소리들은 오래가지 못했다.

"뭣들 하나? 밤새 누워 있을 거야? 다음 장소로 이동!"

호통성의 주인공은 다름 아닌 곽무한.

호통 소리에 놀란 사내들은 서로를 의지하며 다시 몸을 일으켰다.

"목표는 전방의 절벽. 뛰어!"

사내들은 피와 땀을 흘리며 다시 뛰었다.

비틀비틀 힘겹게 언덕을 오른 사내들 앞을 막아선 건 수직으로 치솟은 절벽.

"아이고, 미치겠네. 이번엔 매듭조차 없어."

"아예 죽여라, 죽여. 흑흑."

절벽 앞에 선 사내들은 모두 암담한 표정을 지었다.

그럴 만했다.

까마득한 절벽. 위에서 아래로 늘어뜨려진 밧줄.

며칠 전까지만 해도 그나마 오르기 쉽게 매듭을 지워뒀는데, 이번엔 매듭조차 없었다. 그러니 밧줄을 오르다가 미끄러지기라도 하면 어디가 부러져도 단단히 부러질 지경이다.

"뭣들 하나!"

다시 들려온 호통 소리에 사내들은 허겁지겁 밧줄을 잡고 절벽 위로 기어올랐다. 그리고 사내들이 절벽을 반 정도 올랐을 무렵, 꼭대기에서 뭔가가 마구 떨어져 내렸다.

우당탕, 쿵탕!

휘리리릭!

요란한 소리를 내며 떨어져 내리는 건 팔뚝만한 크기의 나무토막들.

"으갸갸! 저게 뭐야?"

"어이쿠. 사람 살려!"

혼비백산한 사내들은 저마다 필사적으로 몸을 뒤틀었다. 그러나 몇 사람은 어깨나 머리를 얻어맞고 아래로 곤두박질치고 말았다.

"으으으. 세상에! 심해도 너무 심하다."

"끄응. 정말 지독하군. 과거에 우리들이 겪은 훈련을 다시 보는 기분인걸?"

뒤에 도착한 사내들뿐만 아니라, 예전 적호채에서 지옥 훈련을 받던 장직이나 무건조차 혀를 내두를 정도였다.

좌우간 무수히 쏟아지는 통나무를 맞으며, 피하며 몇몇 사내들은 기어코 등반에 성공했다.

"후아, 후아. 진땀이 다 나는군."

"헉, 헉. 죽을 맛이야. 온몸에 성한 곳이 없어."

사투 끝에 절벽을 오르는 데 성공한 사내들은 저마다 뿌듯한 표정으로 바닥에 벌렁 드러누웠다.

그러나 훈련은 끝이 아니었다.

휴식을 취한 지 반 각이나 되었을까?

어느새 곽무한이 절벽 위에 모습을 드러냈다.

"모두 일어섯! 지금부터 종횡도법 실시!"

"아이고……."

앓는 소리도 번뜩이는 곽무한의 눈과 부딪치면 어김없이 사그라진다.

"헤엑, 헤엑, 사백구십구."

"흐으으. 사백구십구."

어찌어찌 도법 훈련을 겨우 마치고 나면 뉘엿한 해가 어느새 서산에 걸려 있다. 이제 모두 파김치가 되어 널브러질 즈음.

"모두 수고했어. 오늘은 낙오자가 별로 없군. 그런 의미에서 모두에게 멋진 휴식을 주마!"

휴식이란 말에 모두 눈을 번쩍 떴다. 그러나 이어진 곽무한의 말에 모두의 표정은 휴지 조각처럼 일그러지고 말았다.

"지금부터 사냥을 시작한다. 각 조에게 한 시진의 여유를 주마. 그 때까지 가장 많은 사냥감을 잡은 조는 그 사냥감으로 회식을 벌인다. 그러나 그렇지 못한 조는 다시 야간 훈련에 들어간다. 자, 지금부터 한 시진이다. 자든지 쉬든지 놀든지 알아서들 하라!"

"맙소사!"

"한 시진이야! 어서 움직여!"

"뭣들 해? 그나마 쉬려면 무조건 일등을 해야 해!"

사내들은 비명을 지르면서도 다시 몸을 일으켰다.

"와아아! 잡아라!"

"이쪽이야, 이쪽! 이리로 몰아!"

서서히 어둠이 내려앉는 산자락.

골짝골짝 사내들의 함성이 울려 퍼졌다.

"흠. 이제야 조금씩 틀이 잡히고 있군."

절벽 꼭대기에 걸터앉아 수하들의 움직임을 살피던 곽무한은 계곡을 울리는 함성 소리에 희미한 미소를 지어 보였다.

훈련을 시작한 지도 어언 사 개월이 지났다.

적호채에 비해 쌍부채 출신들은 기초 체력이 형편없었다.

대부분이 먹고살기 힘들어 산적이 된 어중이떠중이들인 때문이기도 했지만 힘 좀 쓴다 하는 놈도 바위 틈이나 숲 속에 숨어 영업하는 산적질에 물들어 모두 하체가 부실했다. 그러니 이런 그들에게 기초 체력부터 시작해 무공까지 가르치자니 보통 일이 아니었다.

그러나 이제 조금씩 나아지고 있었다.

오늘 보다시피 모두들 육체적, 정신적으로 점점 강해지고 있었다.

"이제부터 수상 훈련에 들어가도 되겠군."

곽무한은 계곡에서 들려오는 수하들의 함성 소리를 들으며 혼잣말로 중얼거렸다.

대파산을 온통 헤집다시피 한 이때까지의 훈련.

전체를 놓고 봤을 때 가장 큰 성과는 뭐니 뭐니 해도 강화된 조직력이었다. 그리고 수적, 산적 구분없이 훈련하다 보니 서로 동질감도 커졌다. 더구나 오늘처럼 훈련이 끝난 뒤, 함께 발로 뛰며 잡은 사냥감으로 술잔까지 나누게 된다면 머잖은 시간에 수룡채들은 서로 생사를 나누는 동료 사이로 발전하게 될 것이다.

끼깅.

한참 생각에 빠져 있던 곽무한은 청랑의 울음소리에 고개를 돌렸다.

"후훗. 수고 많았다, 청랑."

곽무한은 곁에 다가온 청랑의 턱밑을 만져 주며 흐뭇한 표정을 지어보였다.

사실 어둠이 깔린 산에서 사냥을 한다는 게 얼마나 위험한 일인가?

더구나 수하들은 모두 지칠 대로 지친 몸이 아닌가?

곽무한은 혹시나 수하들에게 불의의 사고라도 닥칠까 봐, 그리고 그들에게 조그만 기쁨을 안겨주려고 따로 청랑에게 부탁한 것이 있었다.

위험하다 싶은 맹수들은 멀리 쫓아버리고, 대신 살이 도톰히 오른 사냥감들을 몰고 오라는.

지금 청랑은 그 임무를 마쳤다며 자랑스레 얼굴을 부비는 것이다.

화르르!

연무장 중앙에 모닥불이 피어올랐다.

모닥불 주위에는 웃통을 벗어 젖힌 사내들이 빙 둘러앉았다.

어둠을 걷어내는 모닥불처럼, 사내들의 얼굴에 환한 웃음이 어렸다.

"와하하! 그래서 내가 말이야, 이 토끼를……."

"푸하하. 겨우 토끼가지고 으스대기는. 난 저기 보이는 멧돼지를……."

와자한 웃음소리와 함께 서로에게 오가는 술잔들.

비록 봄이라지만 아직도 차가운 밤 기온이다. 그러나 흥분과 열기에 들뜬 사내들은 추위를 아랑곳하지 않았다.

저마다 오늘 훈련 때 자신이 어떻게 했었는지, 또는 사냥 때 무엇을 어떻게 잡았는지 입에 침을 튀기며 자랑하고 놀란 눈으로 탄성을 지르는 등 정신없이 먹고 마시며 떠들고 웃었다.

곽무한은 수하들의 모습을 보며 흐뭇한 미소를 짓고 있다가 문득 자기처럼 한쪽 구석에 앉아 있는 매옥을 발견하고 걸음을 옮겼다.

"함께 어울리지 않고 여기서 뭐 하니?"

"예? 예… 그냥 구경하고 있어요."

안색을 흐리며 고개를 숙이는 매옥.

곽무한은 매옥의 기분을 알 것 같았다.

이미 민대머리와 혈두타, 두 번에 걸쳐 치욕을 당한 매옥이다. 그러니 함께하고 싶어도 사내들과의 술자리가 꺼려질 밖에.

곽무한은 그런 매옥이 안쓰러웠다. 그래서 천천히 손을 내밀었다.

"가자, 매옥. 나도 오늘은 술을 한잔하고 싶구나. 나와 한잔하자꾸나."

평소에는 술을 잘 안 하는 곽무한이다. 그러나 오늘은 정말 한잔하고 싶었다. 서로 술잔을 기울이며 정을 나누는 수하들의 모습을 보자니 환한 내일의 희망이 보이는 것 같아서였다. 그래서 오늘은 그 희망을 안주 삼아 마음껏 취하고 싶었다.

제32장
사천당가의 결정

사천당가의 결정

휘우웅!

바람이 무성한 수초를 흔들었다.

수초 너머로 가파른 절벽과 무너진 요새가 보였다.

휙!

한줄기 미풍이 부는가 싶더니 강변에 몇 개의 그림자가 나타났다.

그림자들은 모두 검은 복면 차림에 두툼한 장갑들을 끼고 있었다.

"찾아!"

한 사내가 명을 내리자 복면인들이 사방으로 날아갔다.

잔영이 뒤늦게 선을 그리며 따라가는, 실로 가공할 신법들이었다.

한동안 수채 이곳저곳을 둘러보던 복면인들은 자갈밭에서 다시 모였다.

"뭐야? 아무것도 없는 폐허잖아? 정보가 잘못된 거 아냐?"

호리호리한 체구의 복면인이 등 뒤로 고개를 돌리며 물었다. 그러자 한 사내가 고개를 갸웃하며 대답했다.

"이상하군요. 분명히 이곳이라고 들었는데… 풍각에서 무슨 실수를 한 게 아닐까요?"

사내의 입에서 풍각(風閣)이란 말이 나왔다.

풍각이라면 당문의 정보를 총괄하는 곳이 아닌가?

"으음… 어떻게 된 거지?"

호리호리한 체구의 복면인이 한참 침음성을 흘리고 있을 때 뒤늦게 한 사내가 합류했다. 유리알 같은 눈빛을 지닌 자였다.

"부단주님, 모두 어디론가 이동한 것 같습니다."

"이동?"

"예. 남겨진 흔적으로 미루어 떠난 지 이십 일 정도 됩니다. 배를 탄 모양입니다."

"제길. 그럼 어쩌지?"

부단주라 불린 사내가 곤혹스런 눈빛을 지었다.

"일단은 철수할 수밖에 없습니다. 따로 수배를 내리시는 게……."

"으음, 그럼 놈을 잡는 데 시간이 걸리겠군. 할 수 없지. 모두……."

부단주라 불린 사내가 막 철수를 명하려는 순간,

"누가 옵니다."

뒤쪽에 있던 복면인이 말했다.

"음? 누구지?"

잠시 고개를 갸웃거리던 복면인들, 순식간에 몸을 움직여 어둠 속으로 사라졌다.

삐이꺽! 삐이꺽!

멀리서 노 젓는 소리가 들려왔다.

복면인들은 잔뜩 숨을 죽인 채 전방을 주시했다.

턱.

이윽고 거뭇한 배의 형체가 맺히더니, 수십 개의 발자국이 강물을 헤치며 다가왔다.

"쳇! 괜히 긴장했군요. 대부분 삼류들인데요?"

"그렇군."

복면인들은 모두 긴장을 풀었다.

그들의 정체는 상납금을 받으러 온 금사상채의 수적들.

금사상채 놈들은 누군가가 자기들을 주시하고 있는 줄도 모르고 서로 잡담을 나누며 무너진 건물 안으로 들어갔다.

"어라? 도욱이 녀석 어디 갔어?"

"짝귀 녀석도 안 보이는데?"

잠시 후, 건물 안에서 분분한 소란성이 흘러나왔다.

녀석들은 이미 곽무한이 처치해 버린, 적호채 감시 임무를 맡은 동료들의 모습이 보이지 않자 당황한 모양이었다.

"그러고 보니 적호채 놈들도 없어! 이거, 그 친구들이 당한 거 아냐?"

"설마 그럴 리가?"

"설마가 아니라 사실인 것 같은데? 봐봐. 방마다 텅텅 비었어."

"아니, 이것들이 뒈지려고 환장을 했지. 이 바닥에서 가면 어디로 가겠다고? 어서 채주님께 알리자!"

상황을 파악한 금사상채 놈들은 씩씩거리며 밖으로 나왔다.

슈우욱, 퍼펑!

신호탄이 터졌다. 뒤이어 몇 척의 배가 어둠을 헤치며 다가왔고, 수백 명의 그림자가 강변 위로 올라섰다. 그중에는 호위들에게 둘러싸인 혈두타의 모습도 보였다.

"뭐야? 놈들이 사라졌다고?"

"예, 아무도 없습니다."

"혹시 모르니 다시 한 번 샅샅이 뒤져 봐!"

얼마간 웅성거리는 소리가 들리나 싶더니 수적들이 사방을 뒤지기 시작했다.

"음? 저놈이 우두머린가 본데요? 수적 나부랭이 치고는 기파가 상당하군요."

"음… 그렇군."

"어쩔까요? 몇 놈 잡을까요?"

강변 쪽을 바라보던 유리알 사내가 부단주란 자에게 물었다.

"아니, 됐어. 깃발을 보니 최근 들어 기세를 올린다는 금사상채 놈들이군. 그보다는… 엇? 조심!"

부단주란 자가 갑자기 표정을 굳혔다.

"부단주님? 왜……!"

"쉿! 저 뒤쪽에 누군가가 있어. 고수야!"

"예? 고수라구요?"

복면인들은 일제히 기척을 숨겼다.

부단주란 자는 한참 어둠 속을 살피다가 원하던 기척을 찾아냈는지 조용히 손을 들어 맞은편 숲 쪽을 가리켰다.

"보아하니 방금 도착한 듯한데… 누굴까요?"

"글쎄… 일이 재미있게 돌아갈 것 같군. 잠시 지켜보자구."

복면인들은 맞은편 숲과 강변 쪽을 번갈아 응시하며 숨을 죽였다.

맞은편 숲.

잔뜩 몸을 웅크린 채 강변 쪽을 바라보고 있는 사람은 두 명으로, 그들 역시 검은 복면 차림에 두툼한 장갑을 끼고 있었다.

강변을 주시하던 두 사람 중 두툼한 입술의 사내가 안타까운 표정으로 중얼거렸다.

"으음… 이번에도 한발 늦은 모양이군."

"그렇군요… 당잠 형님, 이거 잘못하다가는 대소저뿐만 아니라 대공자, 금엽당주께서도 곤경에 처하시겠는데요?"

뚱뚱한 복면인이 눈빛을 흐리며 두툼한 입술의 사내를 쳐다봤다.

"휴우. 모두 내 불찰일세. 풍각에서 그렇게 빨리 움직일 줄이야……. 더구나 그들이 혈우단(血雨團)까지 움직일 줄이야……."

당잠이라 불린 사내는 강변을 내려다보며 한숨을 내쉬었다. 그러자 안쓰런 표정으로 당잠을 쳐다보던 뚱뚱한 사내가 천천히 입을 열었다.

"상황을 보아하니 공자께선 이미 이곳을 뜨신 모양입니다. 그러니 본 가로 돌아가 사람을 더 푸는 쪽으로 말씀드리는 게 나을 듯합니다."

"휴우… 아무래도 그래야겠지? 그러나 이 넓은 사천 땅에서 어떻게 그분의 종적을 찾는단 말인가? 더구나 가문의 눈을 피해가며……."

당잠은 망연한 표정으로 긴 탄식을 흘렸다.

사실 당잠 입장에서는 가슴이 답답할 만했다.

먼 친척 동기인 외성 경계 조장으로부터 곽무한의 소식을 들을 때까지만 해도, 아니, 당군혜의 부탁으로 옛 수신호위대 출신인 의제, 당극과 함께 가문을 나설 때까지만 해도 일이 이렇게까지 꼬일 줄은 몰랐다.

아무리 사람들이 동정수채 동정수채 하며 엄지를 치켜들어도 고작 삼류수적들이 모인 집단이니 손쉽게 호혜린을 빼내을 수 있을 것 같았다. 그러나 그렇게 쉽게 생각할 일이 아니란 것은 동정수채에 도착해서 알았다.

바다처럼 드넓은 호수.

그 광대한 넓이에 우선 질려 버렸으며, 이중 삼중으로 된 놈들의 경계망에 또 한 번 질려 버렸다.

검문, 또 검문, 또 검문… 끝도 없었다.

인근에서 밥 한 끼 사 먹을래도 말 한마디 물어볼래도 일일이 놈들의 이목을 피해야 했다. 그러다 보니 놈들의 본채로 접근하는 데만도 수삼 일이 흘러 버렸다.

그 바람에 늦어버렸다.

당잠이 도착했을 때는 이미 호혜린이 사라진 직후였다.

사실 그때까지만 해도 망연자실하기는 했지만 절망적이진 않았다.

왜냐하면 자신의 의제인 당극이 당가 제일의 추종술을 지녔으니 곧 그녀를 찾을 수 있으리라 여겼던 때문이다.

그러나 그건 오만이었고 착각이었다.

"헉! 형님, 일이 커졌습니다. 혈우단의 흔적입니다. 벌써 가문에서 알아차린 모양입니다."

사색이 되어 부르짖는 의제의 목소리를 듣는 순간, 당잠은 아득한 나락으로 추락하는 기분이었다.

결국 염려하던 최악의 사태가 닥치고 만 것이다.

그때부터 당잠은 절실한 심정으로 바뀌었다.

서둘러 가문으로 되돌아간 당잠은 간이 타 들어가는 심정으로 호혜린을 찾았다. 이미 한발 늦어버린 상황이지만, 무슨 수를 쓰더라도 혈우단의 손길이 닿기 전에 곽무한을 빼돌려야 했다. 그래야만 대소저와 전대 가주의 부담을 덜 수 있다.

결국 각고의 노력 끝에 찾은 호혜린.

그 후, 약물에 취한 혜린에게서 곽무한의 행방을 알아낸 후 전력을 다해 이곳으로 달려왔다.

그러나 상황을 보니 또 한발 늦어버린 것 같아 온몸에 힘이 빠져 버린 것이다.

"형님, 미련을 버리고 이만 돌아갑시다."

당극이 막 당잠을 재촉하는 순간이었다.

"크아아! 이놈, 살아 있었구나!"

갑자기 분노에 찬 괴성이 들려왔다.

괴성의 주인공은 혈두타였다.

한겨울이라 아직 부패하지 않은 수하들의 시신. 거기에서 절대 잊을 수 없는 흔적, 곽무한의 흔적을 발견하고 괴성을 지른 것이다.

마치 두부를 자른 듯 매끈하게 잘려져 나간 시신.

분명 백제성에서 죽은 수하들의 주검과 상태가 동일했다.

"크흐흐. 그래, 살아 있었단 말이지? 살아 있단 말이지! 이노오오옴!"

한동안 하늘을 올려다보며 이를 갈던 혈두타. 무슨 생각을 떠올렸는지 회심의 미소를 지으며 몸을 돌렸다.

"발 빠른 몇 놈을 추려 웅풍산장으로 보내라. 놈이 살아 있다고 전해."

"존명!"

혈두타의 명이 떨어지자 몇 명의 사내가 빠르게 어둠 속으로 사라졌다.

그 순간,

"형님! 놈들의 뒤를!"

"놈들에게서 정보를 얻자!"

당잠과 당극의 시선이 빠르게 교환됐다.

수적들의 움직임을 보니 곽무한에 대해 뭔가 알고 있는 것 같았다. 그렇다면 그들을 잡아 조금의 실마리라도 얻을 수 있다면 아무것도 모르는 상태에서 곽무한을 찾는 것보다 백 배 나은 상황이 된다.

파파팟!

두 사람은 서둘러 사내들의 뒤를 따랐다.

"은하신법?"

복면인들은 날아오르는 두 사람을 보고 놀란 표정을 지었다.

"흠. 본 가의 인물이라……."

부단주라 불린 사내의 입꼬리가 차갑게 말렸다.

"어찌할까요?"

유리알 사내가 물었다.

"어쩌긴 뭘 어째? 허락도 없이 나다니는 놈들이다. 구린 구석이 있어. 가자!"

복면인들은 일제히 당잠의 뒤를 추적했다.

그리고 잠시 뒤.

혈두타 일행 역시 세도류를 떠나갔다.

모두가 떠나 버린 강변엔 쓸쓸한 바람만 불었다.

부는 바람 탓에 불길이 거세게 번졌다.

벌써 그들에게 쫓긴 지 두 시진.

"헉, 헉!"

당잠은 숨이 막혀왔다.

가슴 어림에 박힌 암기가 자꾸만 호흡을 막아온 것이다.

그러나 당잠은 신형을 멈출 수 없었다. 지금 몸을 멈추면 대소저 집안이 궁지에 몰려 버린다. 그러니 죽는 한이 있더라도 달려야만 했다.

"끄윽. 아마도 사천 동부 쪽일 거요. 예전에 대녕채와 쌍강채, 그리고 용문 근처를 관할했었으니……."

앞서 출발한 수적들을 잡아 원하던 정보를 얻어냈다.

이제 동료들의 협조를 얻어 그를 찾기만 하면 되는 상황.

이때까지만 해도 당잠은 하늘을 날 것 같은 기분이었다.

그때 갑자기 하늘에서 날벼락이 쳤다.

쐐애애액!

퓨퓨퓨퓻!

온 하늘을 뒤덮으며 날아드는 섬뜩한 암기 세례.

"흐흐흐. 이놈들!"

으스스한 표정으로 나타나는 무수한 복면인들.

'맙소사! 혈우단……!'

하늘이 무너지는 기분이었다.

칠공에 피를 쏟으며 나동그라진 의제를 뒤로한 채, 그때부터 필사의 도주가 시작되었다.

"헉헉! 대소저, 저에게 힘을!"

당잠은 혼신의 힘으로 신형을 날렸다.

문득 눈앞에 가파른 내리막이 보였다.

내리막길 끝에는 출렁이는 강물이 보였다.

"저기만 지나면……."

당잠은 이를 악물었다.

내리막이 보이는 높다란 언덕.

"후후후. 어리석은 놈."

부단주라 불리던 복면인이 당잠을 내려다보고 있었다.

이미 놈을 추적할 때부터 본 가에 신호전을 올렸다. 그러니 놈이 달려가는 저곳엔 이미 천라지망이 기다리고 있을 것이다. 그러나 놈은 그 사실을 모른다.

"자! 사냥을 마무리해야지?"

부단주라 불린 사내는 등 뒤를 돌아보며 말했다. 그 순간, 그의 등 뒤에 있던 복면인들이 유령처럼 날아올랐다.

그로부터 한참 뒤.

"으아아아아아!"

비통한 절규가 움터오는 먼동을 흔들었다.

*　　　*　　　*

날개 달린 상어 문장이 휘날리는 곳, 동정수채.

정문 쪽이 갑자기 소란스러워졌다.

때마침 연무장을 지나고 있던 동정용왕이 그 소리를 들었다.

"무슨 소란이냐?"

동정용왕은 창백한 표정으로 뛰어오는 수하들을 보고 눈살을 찌푸리며 물었다.

"대제시여… 괴물, 괴물이……."

"괴물이라니?"

난데없는 소리에 동정용왕은 직접 몸을 날렸다.

"헉! 저게 뭐야?"

정문에 다다른 동정용왕은 입을 쩍 벌렸다.

크와앙!

동정용왕의 시선에 가장 먼저 들어온 건 눈처럼 하얀 털의 거대한 표범 두 마리.

과연 수하들이 괴물이 나타났다고 할 만했다.

놈들이 쩌렁쩌렁한 포효성을 지르며 몸을 날릴 때마다 도처에서 수하들의 비명이 난무했다. 더구나 놈들의 움직임이 어찌나 빨랐던지, 이곳저곳에서 하얀 빛살이 번쩍이는 것 같았다.

그러나 다행인 것은, 아직 죽거나 크게 다친 수하는 없다는 점이었다.

사방에 널브러져 있는 수하들은 대부분 놈들의 꼬리나 다리에 얻어맞아 기절한 것뿐이었다.

"도대체 어디서 저런 괴물들이……?"

마침 자기 앞으로 다가오는 표범을 본 동정용왕은 공력을 일으키며 크게 한 걸음을 내디뎠다.

막 장력을 발출하려는 순간,

"아빠!"

허공에서 짜랑짜랑한 목소리가 들려왔다.

"연아?"

동정용왕은 하늘을 쳐다보다가 입을 쩍 벌리고 말았다.

신선이 따로 없었다.

연분홍 경장을 입은 두 개의 신형이 공중에 둥둥 떠 있었다.

하나는 분명 딸아이고 다른 한 사람은?

"신녀!"

동정용왕은 안력을 모으다가 황급히 고개를 숙였다.

장강의 물결이 오가며 만들어낸 바다처럼 넓은 동정호.

그 호수의 중앙에는 군산이란 조그만 섬이 떠 있다.

섬의 중앙.

푸른 차밭을 가로지르며 빙 두른 목책 사이에 몇 개의 목조 건물들이 세워져 있고, 건물들 한가운데에는 나름대로 운치가 느껴지는 삼층 누각이 세워져 있다.

누각 안.

다탁을 사이에 두고 세 사람이 앉아 있었다.

다탁 위에는 은은한 향이 흐르는 찻잔이 놓여 있건만, 마주 앉은 세 사람은 각자의 생각에 잠겨 있었다. 그래선지 방 안에는 한동안 침묵만 흐르고 있었다.

"아빠, 도대체 어떻게 된 일이에요? 린아가 납치를 당하다뇨?"

한동안 찻잔 속에서 오르락내리락하는 찻잎을 보며 생각에 잠겨 있던 은화연이 시선을 동정용왕에게 돌리며 물었다. 그러자 뚫어져라 철담마후만 쳐다보고 있던 동정용왕이 화들짝 놀라며 어색한 표정을 지었다.

"응? 아! 그것이 어떻게 된 일인고 하니……."

은기룡은 머뭇거리며 철담마후를 쳐다봤다.

철담마후가 반드시 들어야만 하는 이야기였기 때문이다.

그러나 철담마후는 무심히 창밖의 풍경에만 심취해 있다.

"아이, 아빠!"

"응? 응. 뭐, 뭐라 그랬니?"

은화연이 다시 한 번 빽 소리를 지르자 은기룡은 그제야 딸아이에게 시선을 향했다.

"사천당가라니, 도대체 말이나 되는 소리예요? 좀 자세히 말씀해 보세요."

"험, 험, 그것이 말이다……."

헛기침으로 목청을 가다듬은 은기룡.

"먼저 이것을 보거라. 그들이 이런 비열한 술수까지 썼더구나."

보란 듯이 은침을 내밀었다.

"이게 뭐예요?"

"보면 모르냐? 암기 아니냐, 그것도 극독이 발린. 강호에서 이런 미세한 암기를 쓰는 곳이 어디 흔하다더냐? 그리고 내가 서찰에 썼다시피 린아의 침상에도 극독이 살포되어……."

동정용왕이 아까 하다가 끊긴 이야기를 다시 이어나가려 할 때였다.

"폭우이화침(暴雨梨花針). 당가가 틀림없군."

철담마후가 중얼거리듯 말했다.

"사부님, 틀림없어요? 정말 당가 맞아요?"

"그래."

은화연의 질문에 가볍게 고개를 끄덕여 준 철담마후는 다시 창밖으로만 시선 고정이다.

"도대체 그들이 왜?"

"아비의 말이 바로 그 말이다. 그들이 왜 린아를 납치해 갔는지 도무지 알 수가 없구나. 이건 분명히 우리 동정수채에 대한 도전이야."

은기룡은 철담마후를 훔쳐보며 과장되이 말을 이었다.

"아비는 화가 났다. 분노가 치밀었지. 공포에 떨고 있을 린아를 떠올리니 잠도 오지 않았단다. 그러나 그들은 다름 아닌 사천당가. 우는 아이도 울음을 그친다는 공포의 집단이 아니냐? 그래서 아비도 함부로 나서질 못하겠더구나. 자칫 잘못하다간 아비의 사업체까지 무너질 판이니……. 그래서 너를 불렀단다. 네가 우리 채의 항의 사절로 가 그들과 협상을 벌여 린아를……."

"협상?"

갑자기 차가운 목소리가 끼어들었다. 철담마후였다.

"예, 협상이오. 하하… 아무래도 인질이 있으니, 그리고 무력보다는 대화가 서로 간의 분위기를 부드럽게……."

"됐어. 애를 납치하는 놈들과 협상은 무슨 협상."

동정용왕이 채 대답을 마무리하기도 전에 철담마후가 자리를 박차며 일어났다.

"사부님?"

"신녀?"

부녀는 얼떨떨한 표정으로 철담마후를 올려다봤다.

"그쪽과는 안 좋은 기억이 있어서 망설였지. 그러나 아무리 생각해도 납치는 용서가 안 돼. 절대 용서할 수 없지."

차갑게 내뱉는 말투, 서릿발 같은 표정. 장난이 아니었다.

동정용왕은 다급해졌다.

이렇게 되어서는 곤란했다. 이번 일을 계기로 연분을 맺어보려는 자신의 계획에 차질이 생긴다.

"신녀, 잠시만… 잠시만 제 이야기를 들어주십시오. 인질이 있습니다. 더구나 독을 쓰는 놈들입니다. 린아에게 무슨 독을 먹였을지 모릅니다. 그러니 일단 대화로……."

"됐어!"

철담마후는 여전히 눈도 꿈쩍 않았다.

"연아, 가자!"

"네, 사부님."

덩달아 딸아이까지도 제 사부의 기세에 동화됐는지 입술을 잘근 씹으며 자리에서 일어난다.

동정용왕은 정말 다급해졌다.

"아이고, 신녀. 그러면 흑경단, 흑경단을 붙여 드리겠습니다."

벌써 획 돌아서고 있는 철담마후를 보니 당가와의 한판 드잡이질은 기정사실이다. 동정용왕은 안 되겠다 싶어 수하들을 딸려 보내려 했다. 적발귀를 통해 딸아이에게 자신의 안배를 설명하는 미봉책이나마 써 보려고.

"됐어."

그러나 또 말을 끊어버리는 철담마후.

동정용왕은 울고 싶어졌다. 최후의 수단으로 딸아이를 불렀다.

"잠깐만, 연아."

벌써 문지방을 넘어서는 딸아이를 겨우 불러 세운 동정용왕. 철담마후의 눈치를 살피며 몰래 귀엣말을 건넸다.

"잘 들어라. 네 사부가 잘 몰라서 저러시는 모양인데, 사천당가는 원한을 맺으면 대대손손 그 원한을 잊지 않는 자들이다. 그러니 네 사부께 말씀드려 무작정 싸우지 말자고 부탁드려. 네가 먼저 나서란 말이다. 알겠느냐?"

딸아이의 표정은 심드렁하기 짝이 없다.

"이것아! 우리 집안의 흥망이 달린 문제란 말이다. 네 사부가 언제까지고 우리 집안을 지켜주진 못할 거 아니냐?"

"알겠… 어요."

그제야 딸아이의 눈빛이 수그러든다.

"그래, 그래. 그러니 네가 먼저 나서되, 린아를 데려오기 전에 반드시 그곳에서 며칠을 머물러야 한다. 보나마나 네 사부 때문에 그들의 심기가 편치 않을 것이니 네가 머물면서 화기(和氣)를 조성하란 말이다. 알겠니?"

은화연은 입을 삐죽이며 마지못해 고개를 끄덕였다.

동정용왕은 그제야 흐뭇한 표정을 짓다가 무슨 생각이 떠올랐는지 다시금 딸아이를 붙잡았다.

"아무래도 안 되겠다. 혹시 모르니 가기 전에 곱게 화장을 하고 가거라."

"아빠! 화장이라뇨?"

은화연은 어이가 없어 빽 소리를 질렀다. 그러나 부친의 고리눈을 보고는 할 수 없이 간단한 화장을 하고 나왔다.

"다녀올게요."

부친과 작별 인사를 나눈 은화연은 뭍에 다다르자마자 얼른 화장을 지워 버렸다. 화장을 하자마자 떠오른 얼굴 때문이었다. 자신의 미모에도 소 닭 보듯 하던 그 자식의 얼굴……

"화장한 모습이 훨씬 예쁜데 왜 지우니?"

철담마후가 의아한 표정으로 물었다.

'예쁘면 뭘 해요? 알아주는 놈도 없는데……'

씁쓸한 미소로 대답한 은화연은 근처 장터에서 남장 차림으로 바꾸었다.

"별 괴상한 취미를 가졌구나."

사부가 뭐라 투덜댔다.

은화연은 다시 한 번 쓰게 웃고 말았다.

철담마후와 은화연이 떠난 뒤, 동정용왕은 한바탕 수선을 피웠다.

"급하다, 급해!"

허겁지겁 서찰을 만든 동정용왕은 적발귀를 불렀다.

"어서!! 어서 전령을 보내라!"

그러나 애써 쓴 서찰은 별 효력을 발휘하지 못했다.

"미친놈!"

화르르.

동정용왕이 쓴 서찰은 사천당가의 외성조차 통과하지 못한 채 경계 무사의 손에 의해 재로 변하고 말았다.

$$* \qquad * \qquad *$$

드넓은 토성을 아우르며 펼쳐진 수많은 전각들.

그중에서 인공으로 만든 산과 연못이 내려다보이는 화려한 전각.

어칸 위 포벽(包壁)에 큼지막한 편액이 걸려 있다.

〈독화제명(毒火齊明)〉

독과 불로써 밝음을 추구한다는 말이다.

달빛이 흘러드는 전각 안.

하관이 빠른 얼굴에 눈꼬리가 위로 치켜진 초로인이 앉아 있다.

그는 당금 사천당가의 가주인 추혼나백(追魂拿魄) 당장욱이다.

당장욱은 맞은편에 서 있는 사내의 보고에 한참 동안 귀를 기울이다가 천천히 고개를 끄덕였다.

"잘됐군. 좋은 기회야."

당장욱은 잠시 혼잣말을 중얼거리더니 무언가를 결심한 듯 눈을 번쩍 떴다.

"원로들께 회의가 있다고 여쭈어라."

"회, 회의 말입니까?"

사내는 화들짝 놀란 표정을 짓다가 후다닥 밖으로 나갔다. 그리고 잠시 후, 수많은 신형이 사방으로 날아올랐다.

"이제야 발 뻗고 잘 수 있겠군."

창 너머로 수하들의 신형을 좇던 당장욱은 차가운 미소를 지었다.

늦은 밤.

당가의 회의실인 뇌풍청(雷風廳).

고아한 벽화와 병풍이 둘러쳐진 회의실에 흰머리 노인들이 줄지어 앉아 있다.

가장 상석. 병풍 앞에 앉은 당장욱이 모두를 둘러보며 천천히 입을 열었다.

"기별을 받으셨겠지만, 모두를 모신 것은 다름 아닌 혜아, 그 아이 때문입니다."

당가의 가주가 애칭으로 부른 이름, 혜아.

당가의 원로들은 모두 그 이름을 알고 있었다.

전대 가주의 딸, 당군혜.

칠 년 전에 이어 또다시 그녀 문제로 회의가 열린 것이다.

당장욱은 원로들의 표정을 찬찬히 훑다가 내심으로 쾌재를 불렀다.

한사코 자신의 형, 생사협(生死俠) 당장명만을 끼고 돌던 원로들의 눈빛이 크게 흔들리고 있음을 발견한 때문이었다.

"한때 혜아를 둘러싼 불미스러운 소문… 사실로 밝혀졌습니다. 아이가 있었다고 합니다. 그 아이가 신패를 지녔다더군요. 더구나… 수적이랍니다."

"뭣이라고?"

"맙소사!"

충격으로 장내가 술렁였다.

예상한 반응이었다.

"문제는 혜아가 그 사실을 감추었을 뿐만 아니라, 이제껏 그 아이를 돌봐주고 있었다는 사실입니다."

"헉!"

"세상에!"

회의실은 삽시간에 얼어붙었다.

"그럴 리가 없소!"

갑자기 호통 소리가 터져 나왔다.

'그래, 그렇게 나오시는 게 정상이지.'

당장욱은 애써 침통한 표정을 지었다.

"믿기지 않겠지만 사실입니다, 형님."

당장욱은 짐짓 슬픈 표정으로 자신의 형, 전대 가주인 당장명을 쳐다봤다.

"가주, 다시 살펴보시길. 딸아이는 이제껏 유폐되어 있었소이다. 단한 걸음도 외부로 나간 적이 없소!"

당군혜의 아비, 당장명이 비통한 음성으로 소리쳤다. 그러나 그는 곧 창백한 표정으로 얼어붙고 말았다.

"아쉽지만 형님, 질녀가 움직였다는 증거가 있습니다."

당장욱은 시시각각 변해가는 형의 표정을 만끽하며 천천히 설렁줄을 잡아당겼다.

쿠당탕!

문이 열리고 피투성이가 된 한 사람이 내동댕이쳐졌다.

피투성이 사내를 본 당장명의 얼굴은 참혹하게 변해 버렸다.

"크윽… 가주……."

사내는 당장명의 시선을 피하며 굵은 피눈물을 흘렸다.

"당잠, 네가… 네가?"

당장명은 물론이고 원로들까지 모두 할 말을 잃어버렸다.

피투성이 사내의 정체는 당잠.

원로들은 모두 그를 알았다. 그가 바로 당군혜의 호위 무사란 걸.

"놈은 본 가의 허락도 받지 않고 무단 이탈을 했습니다. 그리고 그 아이가 머물던 곳에서 잡혀왔습니다."

당장욱의 표정은 마치 사형 선고를 내리는 판관 같았다.

당장명은 한동안 몸을 떨다가 힘없이 고개를 떨어뜨리고 말했다.

"이 일에 대해 의논을 드리고자 모두를 모셨습니다."

당장욱은 형형한 눈길로 원로들을 쳐다봤다.

"네가 감히 본 가를 능멸하려 들다니……."

당잠을 노려보는 원로들의 얼굴에는 서서히 분노가 맺혔다.

회의는 새벽 이슬이 내릴 때까지 계속됐다.

희뿌연 먼동이 터올 무렵, 드디어 최종 결정이 내려졌다.

당장욱은 엄숙한 표정으로 원로원의 결의를 공포했다.

"당가는 야합으로 낳은 아이를 인정치 않는다. 수일 내로 추적대를 구성, 그 아이를 찾는다. 그리고 그 아이의 종적을 발견하는 즉시 목숨을 거두고, 가문의 신패를 회수한다."

딱딱한 목소리였다.

그 목소리가 이어질 때마다 생사협 당장명의 고개는 점점 아래로 떨어뜨려졌다.

"마지막으로……."

당장욱은 극적 효과를 위해 슬쩍 말을 끊고 당장명을 쳐다봤다.

그러나 이미 고개를 깊이 숙여 버린 당장명의 얼굴에서 더 이상 아무런 표정도 읽을 수 없었다.

"금엽당 당주의 차기 가주 직위 승계는 그 아이 문제가 해결될 때까지 보류한다. 이상!"

결정은 끝이 났다.

당가는 가문의 수치를 지우기 위해 곽무한에게 사형 선고를 내렸다. 그리고 당군혜의 오라비인 당중기의 가주 승계 문제도 원점으로 되돌리고 말았다.

*　　　*　　　*

당가의 내성(內城), 그중에서도 후미진 곳의 조그만 모옥.

이른 새벽. 애간장을 찢는 오열이 흘러나왔다.

"아들아… 내 아들……."

당군혜는 눈물을 멈출 수가 없었다.

하늘이 원망스러웠다.

하늘은 왜 이토록 자신에게 가혹한 운명을 주시는가?

가문도 원망스러웠다.

가문의 명예가 무엇이기에 이렇게 사람의 운명을 희롱한단 말인가?

자기가 당하는 것은 아무 상관이 없었다. 그러나 아들의 목숨을 건드리려 하다니?

당장에라도 이곳을 나가 아들을 찾고 싶었다. 도망가라고 말하고 싶었다. 그러나 힘이 없다는 사실이 너무 원통하고 절통했다.

"대소저……."

시녀들은 오열을 터뜨리는 당군혜를 보며 함께 울었다.

당군혜는 한참을 울다가 어느 순간 눈물을 그쳤다. 그리고 피가 나도록 입술을 깨물었다.

"오냐. 가문이 내 아이를 버리겠다면 나도 가문을 버릴 것이다."

당군혜는 충혈된 눈으로 모옥을 나섰다.

"대소저… 밖으로 나서시면 아니 되옵니다."

시녀들이 말렸다. 모옥 주변에 경계를 서고 있던 무사들도 강압적인 눈빛을 보내며 앞을 막아왔다. 그러나 당군혜는 물러서지 않았다.

"날 죽이려면 막고, 그럴 용기가 없다면 비켜라!"

아들을 구하려는 일념이 눈빛에 녹아났다.

경계를 서고 있던 무사들은 기세에 질려 주춤주춤 뒤로 물러났다.

비록 유폐된 상황이라지만 그녀는 당가 적통인 전대 가주의 딸이자, 당가 최고 어른인 노대부인의 총애를 받고 있는 몸이다. 더구나 그녀의 오라비 당중기는 당가 무사들의 우상이나 다름없었다. 그런 그녀를 한낱 방계 출신에 불과한 그들이 막아설 수는 없는 노릇이었다.

경계 무사들을 뿌리친 당군혜는 퉁퉁 부은 얼굴로 오라비를 찾아갔다.

"아니, 혜아야?"

당중기가 깜짝 놀라 그녀를 맞았다.

그도 원로원의 소식을 들었는지, 얼굴에 그늘이 드리워져 있었다.

오라비를 보니 마음이 흔들렸다. 그러나 당군혜는 입술을 잘근 씹었다. 모진 각오로 입을 열었다.

"전 오라버니를 잘 압니다. 도와주세요. 제 아들이자 오라버니의 조카입니다."

"혜아야?"

"제게 붙여주신 청운대 출신 무사들뿐만이 아니겠지요? 아마도 예전의 혈우단 무인들도 거느리고 계신 줄로 압니다. 오라버니, 제가 철이 들고는 처음으로 하는 부탁입니다. 제 아들을 살려주세요."

당중기는 침통한 표정으로 당군혜의 눈을 피했다.

자신이 비록 당가의 중추, 당가십걸(唐家十傑) 중의 수좌이고, 벌써 몇 해 전에 차기 가주 직위를 내락받은 신분이라 따르는 수하들이 이루 헤아릴 수 없을 정도라지만, 얼굴 한 번 본 적 없는 조카를 구하기 위해 가문과 등을 돌릴 순 없는 노릇이었다.

당군혜는 오라비의 표정을 보고 크게 심호흡을 했다. 그리고는,

챙!

"제가 여기서 목숨을 끊어야 움직이시겠죠?"

비수를 꺼내 자기 목을 겨누며 처연한 미소를 지었다. 미소 속에는 아들을 위해서라면 죽음도 불사하겠다는 각오가 서렸다.

당중기는 더 이상 침묵만 지키고 있을 수 없었다.

"휴우… 비수를 내리거라."

당중기는 긴 한숨을 토하며 힘들게 입을 열었다.

"혜아야… 그 아이를 살리는 건 정말 쉽지 않다. 이미 원로원의 결정까지 난 상황이라……."

당중기는 침통한 표정으로 말을 이어나갔다.

"우리에겐 두 가지 방법밖에 없다. 하나는 남궁… 세가요, 다른 하나는 가문과 등을 돌리는 일이다. 그러나 가문과 등을 돌린다는 것은 가문과 싸워야 한다는 말이다."

당군혜는 머리가 아득하고 심장이 지글지글 끓었다.

오라비의 말은, 자신이 가문을 위해 남궁세가로 재가(再嫁)를 가든지, 아니면 자기 아들을 위해 친척 간에 서로 죽고 죽여야 한다는 말이

었다.

"저는… 저는……."

싸워달라고, 가문과 등을 돌리자고 말하려고 왔는데, 막상 현실을 깨닫고 나자 그 말이 차마 입 밖으로 나오지 않았다.

그렇다면 남은 방법은 하나뿐.

당군혜는 입술을 바들바들 떨었다.

이미 자신은 몸뿐만 아니라 마음까지 남편에게 다 주었는데, 남편의 자취는 아직도 자신의 영혼을 사로잡고 있는데 다른 사내에게 안겨야 하다니…….

당군혜는 자기도 모르게 눈물이 줄줄 흘러내렸다.

"가겠어요. 남궁… 세가에……."

당군혜는 그 말을 내뱉다가 몰려드는 서러움을 이기지 못해 그만 까무러치고 말았다.

"혜아야!"

당중기는 깜짝 놀라, 쓰러지는 동생을 안아 들었다.

동생의 창백한 안색을 보니 가슴이 아팠다.

얼마나 예쁘고 아름답던 누이동생이었던가?

아비의 자랑이었고 자신의 자랑이었다. 그리 곱던 아이의 일생에 왜 이리 가슴 아픈 일들만 벌어지는 것일까?

동생을 내려다보는 당중기의 눈에서 굵은 눈물이 뚝뚝 흘러내렸다.

'아아! 하늘이여…….'

두 사람의 대화를 듣다가 비통한 표정으로 몸을 떠는 사람이 있었다.

당장명은 딸아이의 울먹이는 말을 듣다가 그만 심장이 터져 버리는 것 같았다.

돌이켜 보니 다 자기 탓이었다.

왜 딸아이의 심정은 헤아리지도 않고 남궁세가와의 정략결혼을 응낙하고 말았을까? 딸아이의 인생을 망친 것은 어쩌면 자신인지도 몰랐다.

'가문… 가문이 무엇이기에……'

가주 자리를 벗어나고야 깨달은 사실이었다. 그러나 돌이키기엔 이미 너무 늦어버렸다.

'혜야… 아비가… 이 아비가 나서마!'

늦었지만, 지금이라도 딸아이를 위해 뭔가를 해야만 했다.

비록 그 결과가 가문에 죄를 짓는 것일지라도…….

처소로 돌아간 당장명은 은밀히 옛 수하들을 불렀다.

사흘 뒤.

추적대가 구성됐다.

추적대는 가문의 방계들 위주로 구성됐다.

곽무한이 삼류 축에도 못 끼는 수적이란 정보 때문에 굳이 고수들을 합류시킬 이유가 없었던 것이다.

달빛 캄캄한 밤.

가문의 수치를 지우는 일이라 추적대는 변변한 환송연조차 없이 당문을 나섰다. 그리고 추적대가 떠난 뒤, 은밀한 그림자들이 그들의 뒤를 따랐다.

"컥……!"

"헉? 다, 당신들이……."

추적대들은 얼마 가지 못했다.

당가의 영역을 벗어나자마자 괴한들의 습격을 받아, 이름없는 들판에서 흔적없이 녹아버렸다.

이 일은 한동안 당가에 알려지지 않았다.

시간이 흘렀다.

당가는 평소와 다름없는 일상으로 바삐 돌아갔다.

그런 당가에서 유난히 더 바쁜 곳이 있었다. 그곳은 다름 아닌 당가의 정보를 총괄하는 곳, 풍각이었다.

풍각의 각주는 삼안뢰(三眼雷) 당장직으로, 가주인 당장욱의 사촌 동생이자 심복이었다. 특히 그의 아비 당무극이 혈우단 단주 직을 맡고 있는 원로여서 그는 당가의 실세 중 한 사람으로 통했다.

"으음……."

당장직은 책상 위에 놓인 첩지들을 뒤적이다가 유난히 눈길을 끄는 두 장의 첩지를 보고 나직한 침음성을 흘렸다.

암호로 휘갈겨진 두 장의 첩지.

별 내용이 아닌데도 이상하게 계속 자신의 눈길을 잡아끈다.

먼저 첫 번째 첩지.

〈벼락이 고합니다. 야효(夜梟)는 날아올랐습니까?〉

벼락은 사천 동쪽 지역의 비밀 분타를 말함이고, 야효는 비밀 임무를 띤 사람들을 지칭함이다. 결국 사천 동부의 비밀 분타에서 보내온 첩지인데, 왜 아직도 추적대가 오지 않느냐는 이야기였다.

"떠난 지가 언제인데 아직도 도착하지 않았다고? 무슨 변고가 생겼단 말인가?"

그러나 다른 곳도 아닌 이곳 사천에서는 절대 있을 수 없는 일이다.

당장직은 알 수 없다는 표정으로 고개를 절레절레 흔들다가 옆 종이로 시선을 돌렸다.

〈불이 고합니다. 낙타가 배앓이 중입니다. 곤토(坤土)와 태금(兌金)이었답니다. 밝은 곳으로 간다고 했답니다.〉

이것 역시 마음에 걸리는 첩지였다.

남쪽의 비밀 분타에서 온 첩지로 사천당가 쪽으로 뻗은 물길, 타강채에서 한바탕 소란이 일어났다는 소리였다. 그 소동의 주인공은 중년 여인과 십대 소녀인데, 그녀들이 이곳으로 향하고 있다는 이야기였다.

'뭐지? 이 찜찜한 느낌은?'

당장직은 한동안 미간을 찌푸리다가 첩지들을 불태워 버리고 자리를 떴다.

"추적대가 사라졌다고?"

당장욱의 얼굴이 일그러졌다.

"그렇습니다. 무슨 사고가 생긴 모양입니다."

"사고라… 사고……."

당장욱이 고개를 갸웃거리다가 문득 신중한 표정으로 물었다.

"혹시 말일세… 혹시 형님께서 움직이신 게 아닐까?"

"헉? 그럴 리가요?"

당장직은 깜짝 놀란 표정으로 얼른 고개를 저었다.

상상하기도 싫은 일이었다.

생사협 당장명이 움직이면 가문은 둘로 쪼개져 버린다.

"글쎄… 난 그럴 가능성도 있다고 보는데……."

당장욱은 어느 정도 확신하는 표정이었다.

"혀, 형님, 행여라도 그런 말씀은……."

당장직은 생각하기도 싫다는 듯 손사래를 쳤다.

그러나 당장욱은 계속 말을 이었다.

"내가… 너무 서두른 것일까?"

차기 가주 직위 문제를 말함이다.

"아닙니다. 적절한 시기에 잘 밀어붙이셨습니다. 사실… 장명 형님
은 적통이 아니잖습니까? 적통이 아닌 사람이 가주가 된 것만 해도 감
지덕지해야 할 판에 그 아들에게까지… 안 될 말이지요. 차기 가주 직
위는 당연히 적통인 당중무, 형님의 큰아들에게 이어져야 마땅합니
다."

모두가 쉬쉬하는 비밀이었다.

생사협 당장명은 첩의 자식이었다.

그런 사실이 바로 작금의 권력 투쟁이 벌어지게 된 이유였다.

"그래… 아무래도 그게 맞지?"

"당연하고말고요. 그래서 저희 아버님께서 나서신 게 아닙니까?"

"그래, 아우가 그렇게 생각한다니 다행이구만. 그건 그렇고, 문제는
추적대인데……."

당장욱은 화제를 돌려 힐끔 당장직을 건너봤다.

"알겠습니다. 아버님께 청을 넣지요."

당장직이 고개를 끄덕였다.

"좋아! 숙부께서 나서주신다면 안심이지."

당장욱은 그제야 한시름 덜었다는 듯이 미소를 지었다.

"참! 며칠은 기다리셔야 할 겁니다. 아시다시피 아버님께선 남궁세가의 친구 분을 만나려고 외출 중이시기에……."

"아, 당연히 알지. 상관없네."

"저… 그리고 한 가지 마음에 걸리는 소식이 있습니다."

추적대 이야기가 마무리되자 당장직은 당가로 향하고 있다는 여인의 이야기를 꺼냈다.

"중년 여인? 흠. 누굴까? 단신으로 타강채를 뒤흔들 만한 여인은 당금 강호에서 무척 드문데?"

두 사람은 잠시 이마를 맞대고 강호의 여고수들 이름을 나열해 보다가 고개를 젓고 말았다. 여자란 것과 중년이란 것만 가지고 이야기하기엔 정보가 너무 모자란 때문이었다.

두 사람은 나중에 추가 보고가 오면 다시 이야기를 나누기로 하고 자리에서 일어났다.

"아, 아버님?"

당중기는 창백한 표정으로 부친을 쳐다봤다.

옛 수하들을 움직여 추적대를 몰살시키셨다니? 실로 청천벽력 같은 이야기였다.

"뒷일을… 뒷일을 어찌 감당하시려고……."

당중기는 말을 제대로 잇지 못했다.

그러나 의외로 부친의 표정은 홀가분해 보였고 담담해 보였다.

"내가 알아서 할 테니 너는 걱정하지 않아도 된다. 넌 당분간 혜아를 돌보는 데 주력하려무나."

당장명은 몇 가지 당부를 남기고 아들의 방에서 나왔다. 그리고 흡사 나는 새처럼 어둠 속으로 사라진 그가 다시 모습을 드러낸 곳은 당가 외성의 가장 후미진 곳, 성벽과 맞닿은 아득한 절벽 중간의 동굴이었다.

컴컴한 동굴.

끝도 없이 아래로 이어진 돌 계단.

당장명은 익숙한 듯 거침없이 계단을 내려갔다.

무저갱처럼 끝없이 내려간 계단, 끝 자락에 이르자 몇 개의 동부(洞府)가 나타났다.

당장명은 그중 가장 큰 동부로 들어갔다.

"아버님."

당장명이 아버님이라고 부를 사람은 당가에 단 한 사람뿐이었다.

독마괴의(毒魔怪醫) 당무운.

전전대 사천당가의 가주이자 당금 강호의 십대고수 중 한 사람.

"혈혈, 왔느냐?"

독마괴의 당무극은 깡마른 몸에 배꼽까지 내려오는 수염을 지녔다.

그는 무언가에 열중하고 있다가 등을 돌렸는데, 손에 기다란 은침이 들려 있었다. 그리고 그의 뒤쪽에는 보기에도 을씨년스런 관들이 놓여 있었다.

"진척이 좀 있으십니까?"

당장명은 미소를 지으며 부친에게 다가갔다.

"헐헐, 그대로다. 마지막에서 늘 막히는구나."

독마괴의는 보란 듯이 관에서 한 발자국 물러섰다.

관은 모두 다섯 개였다. 그리고 관 안에는 시체들이 누워 있었다.

그러나 시체들은 기이했다. 모두 살아 있는 것처럼 보였다.

그 이유는 소리 때문이었다.

"끄그그그……."

시체들은 모두 조그만 소리를 내고 있었다.

당장명은 그런 시체들을 보고도 전혀 놀라지 않았다.

"휴… 벌써 몇 년째 마지막에서 막히다니… 도대체 원인이 뭘까요?"

당장명이 시체들을 살피며 물었다.

"특정한 몇 개의 명령은 분명히 알아듣는데, 더 이상은 진척이 없는 걸 보니 아무래도 혼백의 문제인 것 같다."

"으음… 혼백의 문제라……."

당장명은 시체를 내려다보며 침음성을 흘렸다.

지금 관에 누워 있는 시체. 그들은 바로 독강시(毒殭屍)였다.

이들은 당장명의 조부 때부터 대를 이어가며 연구 중인 것으로, 어떤 적이 침입해 와도 무너지지 않을 사천당가의 최후 병기였다.

과거, 사십여 년 전 사천당가 최대의 치욕을 겪고 난 당장명의 조부 당운학은 비밀리에 독강시 제조에 착수했다. 그리고 당무극을 지나 당장명의 대에 이르러서야 겨우 어느 정도의 성과를 이뤘다.

특정한 몇 개의 명령을 내리면 독강시들이 그 명을 알아듣고 지시하는 대로 움직이며 공격을 할 수 있게 된 것이다.

그러나 문제는 그 다음이었다.

정지 명령이나 기타 세세한 명이 먹히질 않는 것이었다.

공격이 끝났으면 멈춰야 하는 데도 계속 움직이는 강시.

골치가 아팠다. 행여나 다른 문파에서 알면 난리가 날 일이었다.

"시전자와 이놈들을 이어주는 특별한 심공이 필요해. 전설의 현현원 영공 같은 그런……."

독마괴의는 한숨을 쉬며 고개를 설레설레 저었다.

"휴우… 어렵군요."

"그런데 어쩐 일이냐? 밤중에 이곳에 다 들르고?"

"문제가 생겼습니다. 그래서 온 것입니다."

당장명은 부친에게 딸아이 문제와 가문의 결정, 그리고 자신이 행한 일을 고했다.

"어리석구나! 딸아이 때문에 가문과 등지려 하다니!"

독마괴의가 분노성을 토하며 자리에서 벌떡 일어났다.

당장명은 독마괴의의 시선을 피하며 흐린 얼굴로 말했다.

"제가… 아비이기 때문입니다."

"아… 비……."

독마괴의는 말을 잃었다.

이 세상에서 가장 무서운 말, 아비…….

아들에게서 아비 된 자의 무게와 짐. 그게 느껴졌다.

"헐헐, 너도 이제 다 컸구나."

독마괴의는 쓸쓸한 미소를 지었다.

"네 결심이 그러하다면 말려도 소용없는 일. 뒷일을 어찌 감당할 생각이냐?"

당장명은 대답 대신 고개만 떨어뜨렸다.

아들의 표정에서 대답을 읽었을까? 독마괴의의 얼굴이 점점 일그러지더니 급기야는 분노성을 터뜨리고 말았다.

"갈! 네놈이… 네놈이!"

"죄송… 합니다, 아버님……."

당장명은 입술을 깨물며 겨우 대답했다.

독마괴의는 한참 분노에 떨다가 나중엔 넋 나간 표정을 지었다.

"이걸… 그 불한당 같은 놈에게 넘기려 하다니……."

"거듭… 거듭 죄송합니다, 아버님……."

당장명은 입이 열 개라도 할 말이 없었다.

딸아이를 위해 가문의 최후 비기, 독강시를 넘기려는 때문이었다.

"명아야, 다시 생각해 보거라. 그 아이, 욱이의 심성을 잘 알지 않느냐? 그 아이에게 이놈들을 준다는 것은 어린아이에게 화약을 안기는 것과 진배없는 일이다."

"아버님… 제 마음을 헤아려 주십시오. 이걸 넘기지 않으면 혜아뿐만 아니라 중기도 위험해집니다. 그래섭니다. 독강시로 타협할 생각입니다. 그가 더 이상 아이들에게 손대지 않도록."

"휴우우… 다 내 탓이로다, 내 탓이야……."

독마괴의는 긴 탄식을 터뜨렸다.

한동안 아내에게 태기가 없자 가문에서 성화를 부렸다.

그래서 급기야 후처를 들였고, 다행히 아들을 낳았다.

그가 당장명이다.

아들은 올곧게 자랐고 인생의 보람이 되었다.

그러나 그게 문제의 발단이었다.

아내는 후처를 들인 일로 원한을 가졌다.

결국 아내에게도 아이가 생겼다. 그러나 결단코 자신의 아이는 아니었다. 그때 자신은 독강시를 만드느라 이미 양기를 잃고 말았기에.

그러나 그 사실은 절대 비밀이었다.

독마괴의 스스로 아내에 대한 미안함이 있었기 때문이다.

그 사실을 아는 사람은 자신과 아들, 당장명뿐이다.

그런데 누구의 자식인지도 모르는 놈이 아들을 몰아내려 하다니?

독마괴의는 당장에라도 원로들에게 이 일을 털어놓을까 싶은 심정이었다. 그러나 그렇게 할 순 없었다.

아직 노모가 살아 계셨다. 만약 이 사실이 알려지면 노모는 충격으로 쓰러지고 말 것이다. 그런 불효는 차마 저지를 수 없었다.

"휴우우… 꼬여도 어찌 이리 꼬일 수가……."

결국 독마괴의는 아들의 생각에 동의할 수밖에 없었다.

협상이란 상대가 원하는 것을 줌과 동시에 내가 원하는 걸 취하는 것이다. 따라서 협상은 단순히 언변이 뛰어나다고 해서 성사되지 않는다. 상대의 심리 변화에 따라 치열한 두뇌 싸움과 기세 싸움을 벌여야 한다.

지금 마주 앉은 두 사람, 당장명과 당장욱이 그랬다.

"가문의 비기. 그것 하나로 너무 많은 걸 바라시는 게 아닙니까?"

"단순한 비기가 아니라 최후 병기라네. 충분히 그럴 가치가 있지."

"원로원에서 결정한 사안을 제가 임의로 취소할 수는 없습니다."

"가주령으로는 가능하지. 물론 가주가 신망이 있다는 전제 하에!"

아침나절부터 시작된 협상이 해거름이 되어도 끝이 나지 않았다.

결국 어둠이 이슥할 무렵이 되어, 당장명의 끈기에 지친 당장욱이 먼저 타협을 제안했다.

"좋습니다. 먼저 그것을 알려주십시오. 보고 나서 결정합시다."

"좋은 말이네만, 그걸 보고 난 뒤에 결정을 번복하지 않으리란 보장이 없지 않나?"

당장명은 여전히 요지부동이었다.

"제기랄! 그럼 이렇게 합시다. 일단 혜아에게는 최소한의 징계만 내리도록 하고, 중기에게는 최악의 경우에도 금엽당 당주 직을 유지할 수 있도록 하겠습니다. 그리고 곽무한인가 뭐가 하는 아이의 처분은 비기를 보고 난 후에 최종 결정을 내리는 방향으로 매듭 짓도록 하지요."

새벽 먼동이 터올 무렵, 마침내 당장욱이 한발 물러났다.

"좋네!"

입장을 바꿔 봐도 현재 상황에서 이 이상의 제안은 무리였다.

"호오! 독강시라니! 정말 멋지군요!"

독강시를 본 당장욱은 입이 찢어졌다.

시전자의 명에 따라 죽을 때까지, 아니, 소멸될 때까지 독공을 뿌리는 강시. 정말 구미에 당기는 귀물이었다.

"클클. 그러나 아버님껜 너무 서운하군요. 이런 중요한 실험을 가주인 제게는 귀띔조차 해주지 않으시다니……."

"그동안 가주에게 말하지 않은 이유는 아직 미완성이어서라네."

잠시 독마괴의를 원망하며 동굴 이곳저곳을 둘러보던 당장욱. 당장명의 변명을 들으며 턱 끝을 매만지다가 결론을 내렸다.

"좋습니다. 미완성이었다니 제가 이해하지요. 그러나 그렇다 하더라도 가주인 저를 속인 일은 묵과할 수 없습니다. 그래서……."

"가주?"

"아, 아, 그렇게 놀라실 필요는 없습니다. 전 허언하는 사람이 아니니, 형님의 부탁대로 그 아이를 죽이진 않겠습니다. 그러나 죽이지만 않을 뿐, 죽음과 같은 징계를 내리겠습니다."

"으음… 죽음과 같은 징계?"

당장명의 흠칫한 표정에 당장욱이 차가운 미소를 지어 보였다.

"기억! 그 아이의 기억을 없애 버리는 거죠."

"으음……."

"가문을 위해섭니다. 그러니 더 이상의 양보는 기대하지 마시길."

쐐기를 박는 당장욱의 말에 당장명은 힘없이 고개를 끄덕였다.

그나마 이 방법이 원로들을 설득시키면서 그 아이의 목숨을 살릴 수 있는 최선. 어쩔 수 없었다.

물론 당군혜에게는 협상 내용이 자세히 알려지지 않았다.

단지 곽무한에 대한 척살령이 취소되는 대신 평생 모자간의 상봉이 금지된다고 전해졌다. 그리고 아들을 못 만나는 대신 금족령이 일부 해제되어 당가 내에서만큼은 자유로운 운신이 가능하다고 전해졌다.

당군혜는 그런 결정만으로도 충분히 기뻤다.

비록 아들을 만나지 못하는 것이 가슴에 한이 되겠지만, 더 이상의 욕심은 부리지 않기로 했다.

그날 이후, 당군혜는 아들의 앞날을 위해 날마다 치성을 드렸다.

부디 그 아이가 자신의 바람대로 훌륭하게 커서 꼭 세상을 울리는 영웅이 되길 바라며…….

제33장
철담마후

철담마후

키 작은 나무 사이로 이름 모를 꽃들이 만발한 작은 산길.

봄 향내 가득한 산길에 두 사람의 신형이 나타났다.

그들은 푸른 경장에 챙이 넓은 죽립을 쓰고 있었는데, 강호에 몸을 담은 무림인인지, 흐드러진 봄기운에도 아랑곳없이 빠르게 신법을 펼치고 있었다.

"사부님, 정말 이대로 곧장 들이닥칠 생각이세요?"

휙휙 풍광을 스쳐 지나던 두 사람 가운데 왜소한 인영이 말했다.

"당연하지."

청아한 목소리가 앞서 달리던 신형에게서 나왔다.

"혹시 린아가 다치면 어떡하죠?"

어느새 신형을 멈춘 왜소한 인영이 챙을 치켜 올리며 살짝 아미를 찌푸렸다. 그 바람에 챙 아래 숨어 있던 얼굴이 드러났다.

눈이 번쩍 뜨일 만한 미장부. 그러나 얼굴의 반을 차지하는 맑고 큰 눈과 뽀얀 피부로 미루어 그는 남장한 동정용왕의 딸, 은화연이 분명해 보였다. 그렇다면 앞에 있는 사람은?

"다쳐? 흥, 걱정하지 마! 아이를 납치하는 놈들에게 그런 배짱은 없어. 그러니 한달음에 들이닥쳐서 마구 때려 부수면 돼!"

쨍 하는 목소리에 화난 얼굴. 그러나 살기 띤 얼굴에서조차 환상적인 매력이 물씬 풍기는 중년 미부, 철담마후였다.

"사부님, 그래도 혹시 모르잖아요."

은화연은 혹시나 싶어 사부의 마음을 달래려 했다. 그러나 철담마후는 여전히 차가운 한기를 머금은 채로 은화연을 돌아봤다.

"연아, 염려 놓으렴. 나도 어릴 때 납치를 당해본 경험이 있지. 그래서 놈들을 다루는 방법이라면 그 누구보다 잘 알아."

"사부님께서도 납치를 당해보셨다고요?"

은화연이 깜짝 놀라 물었다.

"그래, 정말 무서웠어. 아니, 무섭다는 말로는 모자라. 그저 악몽이기만 바랐으니까. 그런데 그때 사부가 날 구해주셨지. 그때 전해 들은 바로는, 날 납치했던 놈들은 모두 피오줌을 쌌대. 사부가 놈들을 몽땅 박살 내버린 거지. 알겠니? 그런 놈들은 우리 사부처럼 무조건 때려 부수는 게 정답이야!"

잠시 하늘로 아련한 눈빛을 보내던 철담마후는 휙 눈을 돌려 맞은편의 거대한 토성을 바라봤다.

"다 왔다. 가자!"

이야기를 나누다 보니 어느새 당가타가 눈앞에 다가와 있었다.

당가의 수문위사들이 철담마후를 발견한 건 햇살이 따가운 정오 무렵이었다.

처음엔 아스라한 점이었다가 순식간에 다가오는 신형들.

가녀린 몸매와 늘어뜨린 머리로 보아하니 여자들이 분명해 보였으나, 알 수 없는 기파가 몸을 찌릿찌릿 쏘아와 절로 경각심이 일었다.

"대단한 신법에 대단한 기파다! 모두 조심해!"

외성 경계조장 당진은 알 수 없는 불안감이 엄습해 와 수하들에게 주의를 주며 슬쩍 뒤로 빠졌다. 본성에 알리려는 의도였다.

그러나 그는 채 한 걸음도 내딛지 못했다.

"배첩!"

"없어!"

수하들이 건넨 말과 뒤이은 대꾸 한마디가 그가 기억한 전부였다.

번쩍! 콰자자자작!

뭔가 부서지는 소리를 들었다 싶은 순간, 당진은 눈앞이 캄캄해지는 걸 느끼며 그만 의식을 잃고 말았다.

풍각 각주 당장직은 점심 시간 후에 가지는 반 시진의 낮잠을 즐겼다.

벌써 십수 년간 계속된 습관이라 그의 낮잠을 방해하는 사람은 거의 전무했다. 그러나 이런 습관을 방해하는 유일한 것은 있었다.

파라락!

귀를 간질이는 날갯짓 소리.

당장직은 순간적으로 일어날까 말까를 고민했다. 그러나 가늘게 뜬 눈에 두 장의 첩지가 들어온 순간, 그는 더 이상 낮잠을 즐길 수 없었다.

"자색(紫色) 첩지?"

당장직은 팅기듯 일어나 첩지를 펼쳤다.

당가의 첩지 중 자색을 쓰는 것은 당가타 외곽의 경계망뿐.

엎어지면 코 닿을 거리니, 웬만큼 긴급한 일이 아니고는 첩지를 날릴 이유가 없다.

"맙소사! 그 마녀였다니!"

당장직은 첩지를 보고 심장이 튀어나올 듯 놀랐다.

〈자색 그물. 방금 두 사람이 지나갔음. 특급 고수. 저지 불가. 사상자 속출. 긴급 대비 요망!〉

〈긴급! 불이 고함. 곤토(坤土)의 정체는 철담마후.〉

보낸 이들도 놀랐던지, 날려 쓴 흔적이 역력했다.

"비상! 비상 경계령을 내려라!"

당장직은 어찌나 급했던지, 문을 부수고 나가며 수하들에게 소리를 질렀다. 그러나 그땐 이미 늦어버렸다.

콰지지직!

"으아아악!"

퍼퍼퍼펑!

벌써 외성 쪽에서는 난리가 나고 있었다.

"호호호. 이놈들! 감히 뉘 앞을 막아서느냐? 물러서라!"

짜랑짜랑한 호통성이 나올 때마다 사방팔방이 푸른빛으로 물들었고, 푸른빛이 미치는 곳마다 어김없이 비명 소리가 터져 나왔다.

짜자자작!

철담마후의 신위는 무시무시했다.

그녀의 손이 허리에 감겨진 채대를 쥐는 순간, 금빛 채대는 더 이상 여인네들의 장신구가 아니었다. 채대가 휘둘러지는 곳마다 성벽이 와르르 무너지고 전각이 힘없이 허물어져 내렸다.

그녀의 활약에 비하면 앙다문 입술의 은화연은 그나마 대응하기가 수월했다. 그러나 그렇다고 해서 절대 만만한 것은 아니었다.

패애애액!

은화연의 채대가 둥근 선을 만들 때마다 어김없이 녹건, 녹포의 사내들이 엉덩방아를 찧으며 나동그라졌다.

"맙소사!"

원로들에게 긴급 사태임을 알리고 난 후, 상황을 파악하려고 외성에 나와 본 당장직은 눈앞의 소동을 보고는 입을 쩍 벌렸다.

"어서, 어서 비상령을!"

한참 후에야 정신을 차린 당장직. 급히 성문을 바라보며 고래고래 고함을 질렀다.

땡땡땡땡땡!

비상령은 그제야 울렸다.

"휴우. 이제 한시름 돌리겠군."

당장직은 내성에서 날아오른 신호탄을 보고 안도의 한숨을 쉬었다.

과연, 촌각의 시간이 지나기도 전에 내성 쪽에서 녹포의 사내들이 줄줄이 날아왔다. 그들은 저마다 정광이 번쩍이는 눈빛을 지녔는데, 손에는 두툼한 장갑이요, 가슴에는 가죽으로 된 전대들을 둘러매고 있었다.

"암무령(暗霧令)! 암무령이 나섰다!"

그들이 나타나자 철담마후의 신위에 질려 도망 다니기에 여념없던 외성 무사들이 일제히 환호를 보냈다.

암무령!

그들은 독을 총괄하는 풍운당(風雲堂) 소속으로, 모두가 용독술의 고수였다.

암무령들은 지면에 착지하자마자 빠르게 진을 구축했다.

'역시 암무령! 대단한 신법들이야!'

당장직은 순식간에 철담마후를 포위해 버린 암무령을 보며 잠시 안도의 표정을 지었다. 그러나 오만한 표정으로 턱을 세우고 있는 철담마후를 보자, 자기도 모르게 가슴이 묵직해 왔다.

'하긴, 전설의 철담마후야 암무령으로는 역부족일 수도……'

당장직의 마음을 알아차렸을까?

내성 쪽에서 또다시 한 무리의 그림자가 날아올랐다.

"와아아! 뇌전당(雷電堂)이다!"

당장직은 또다시 들려오는 외성 무사들의 함성 소리를 듣고 그제야 안심이 되었다.

뇌전당은 암기와 기관을 총괄하는 곳이다.

그들까지 나타났다면 당가의 전력이 반 이상 모인 것이나 마찬가지.

이제 자신은 더 이상 여기 있을 필요가 없었다.

당장직은 빠르게 몸을 돌렸다.

그래도 혹시 몰라 가주를 찾으러 나선 것이었다.

독과 암기의 대명사인 암무령과 뇌전당.

그들의 움직임은 마치 기계 같았다.

하나같이 무표정한 얼굴로 두건을 끌어내려 얼굴을 가리는가 싶더니, 시커먼 죽통이나 목관을 꺼내 철담마후와 은화연을 향해 겨눴다.

보기에도 으스스한 포위망.

사천당가의 진법, 천라금쇄진(天羅禁碎陣)이었다.

은밀히 뿌려지는 독과 폭우처럼 쏟아지는 암기 세례.

천하의 그 누구도 피해 갈 수 없다는 공포의 그물이었다.

그러나 철담마후는 담담해 보였다.

"연아, 내 뒤로 와라."

은화연을 뒤로 돌린 철담마후는 한껏 입술을 말아 올렸다.

"흥! 본녀가 친히 왕림했건만 아직도 가주가 얼굴을 내밀지 않는단 말이지? 좋게 말할 때 포위망을 물리고 가주를 나오라고 해. 아니면 오늘 당가의 현판을 내려야 할 거야."

철담마후는 천라금쇄진은 안중에도 두지 않는 것 같았다. 차가운 눈빛으로 포위망을 훑더니 한껏 냉오한 표정으로 말을 건네고는 장난치듯 채대를 빙글빙글 돌렸다.

그 태도에 자존심이 상했을까?

포위망 뒤쪽에 있던 삐쩍 마른 초로인이 철판 긁는 목소리로 차갑게 응수했다.

"마녀! 과거에는 어땠는지 모르겠지만, 오늘은 무사히 돌아가지 못할 것이다!"

목소리의 주인공은 당가의 암기와 기관을 주재하는 뇌전당의 당주로, 죽음의 손이라 불리는 염왕휘수(閻王揮手) 당장준이었다.

"호오, 그래? 그럼 당가의 쥐새끼들이 그동안 얼마나 늘었나 볼까?"

철담마후가 아미를 찌푸리며 채대를 말아 쥔 것과 염왕휘수 당장준이 손을 번쩍 든 것은 거의 동시에 벌어진 일이었다.

"요망한 것! 네년의 오만이 하늘을 찌르는구나! 모두 쳐랏!"

당장준은 얼굴을 일그러뜨리며 힘차게 손을 내렸다.

촤라라라락!

명이 떨어지자마자 회전하기 시작하는 천라금쇄진.

천라금쇄진은 자욱한 흙먼지를 일으키며 하늘과 땅을 가뒀다.

"호호호. 산산조각을 내어주마!"

철담마후는 차가운 눈빛으로 원진을 노려보다가 서서히 기를 모았다.

우우우우웅!

철담마후의 몸에서 기이한 공명음이 흘러나왔다. 그와 동시에 철담마후의 채대에서 하얀 서기가 어리기 시작했다.

"헉! 강기(罡氣)!"

진 뒤에 있던 뇌전당주와 암무령주의 눈이 동시에 얼어붙어 버렸다.

"으으… 채대로 강기를 만들 정도였다니?"

당장준의 목소리는 자기도 모르게 떨려 나왔다.

강기!

그것은 무인들의 꿈이었다.

단전의 진기를 수만 번 이상 돌려 기의 유형화를 깨친 후에야 겨우 한 가닥 기운을 모을 수 있다. 그게 소위 검가에서 말하는 검기다.

그 응집한 기운을 수많은 세월에 걸쳐 또다시 다듬고 다듬어, 더없이 정(淨)하고 굳은 기운으로 유형화하고 나서야 겨우 얻을 수 있는 것, 그것이 바로 강기(罡氣)였다.

그만큼 성취하기 어려운 것이기에, 검에 강기를 실을 수 있다면 그 사람은 곧 바로 초절정의 고수라 불린다. 그런데 그런 초절정의 경지인 강기를 검도 아닌 부드럽기 그지없는 채대에 불어넣을 수 있다니?

"형님, 어서 진을 물려야⋯⋯!"

암무령주가 다급히 말했다. 그러나 멈추기엔 늦어버렸다.

"살(撒)! 투(投)!"

누군가의 호령 소리와 함께 이미 천라금쇄진은 발동되고 있었다.

"탈백화혈(奪魄化血), 단장오독(斷腸五毒)!"

스스스슷!

기이한 소음과 함께 원진에서 뿜어져 나온 검고 흰 연기가 순식간에 공간을 덮어버렸다. 그와 동시에 귀를 찢는 파공음과 함께 은빛 광채들이 빽빽이 날아올랐다.

쐐애애애액!

한 치의 틈도 허용치 않으며 온 하늘을 가로지르는 은빛 암기들.

보기에도 가슴 떨리는 장면이었다. 그러나,

"호호호호호!"

독무와 암기 자욱한 진의 중앙에서 날카로운 웃음소리가 흘러나오는가 싶더니,

콰콰콰콰콰콰쾅!

천지를 뒤흔드는 폭음 소리와 함께 도저히 믿을 수 없는 광경이 벌어졌다.

원진의 중앙에서 하얀 광채가 뿜어져 나오더니 어느 순간, 환한 빛으로 변해 사방으로 폭사된 것이다.

"크아아악!"

"으아아악!"

빛이 스치는 곳마다 난무하는 비명 소리.

피보라와 함께 천라금쇄진의 일부가 순식간에 허물어져 버렸다.

"호호호. 고작 이게 다야? 모두 젖 먹던 힘까지 내봐."

끔찍했다.

피와 비명 소리가 난무하는 장내에는 하얀 광채만 번쩍였다.

그 빛이 이르는 곳마다 메아리처럼 비명성이 끊이지 않았다.

"으으으. 암기야 그렇다 쳐도 독까지 통하지 않다니?"

뇌전당주는 이를 악물었다.

천라금쇄진으로 막기에는 상대가 너무 강했다.

"너희들의 상대가 아니다! 뒤로 물러나!"

당장준은 분한 표정으로 후퇴 명령을 내렸다. 그리고 동귀어진의 각
오로 걸음을 옮겼다.

"빠드득. 이년! 도대체 본 가와 무슨 원한이 있다고!"

당장준은 자신의 애병, 호조수를 손에 끼며 철담마후를 노려봤다.

"으음……."

암무령주 역시 긴장한 표정으로 묵빛 활을 꺼내 들었다.

철담마후는 비장한 각오로 다가서는 두 사람을 보고는 코웃음을 쳤
다.

"흐흥. 나서라는 놈은 어디에 숨었는지 안 나서고 피라미들만 앞세
우는군."

"이 망할 요녀야! 너 따위가 가주를 뵐 자격이나 있을 성싶으냐?"

두 사람은 으르렁거리며 공격 자세를 취했다.

그러나 철담마후는 심드렁한 표정이었다.

"좋아. 정 안 나오면 나오게 만들면 되지."

철담마후는 채대를 손목에 감더니 은화연을 품에 안았다. 그리고는 두 사람을 나 몰라라 하며 휙! 땅을 박찼다.

"앗! 저 마녀가?"

두 사람은 허탈한 표정을 지었다. 자신들이 철저히 무시당한 것이다.

그러나 어쩌면 두 사람은 무시를 당한 게 다행일지도 모른다.

허공으로 치솟은 철담마후는 당가를 산산이 무너뜨릴 모양이었다.

스쳐 가는 성곽마다 그냥 지나치지 않고 마구 채대를 휘둘러 댔다.

꽈르릉! 꽈르릉!

그녀의 채대에 스친 성벽마다 요란한 소리를 내며 힘없이 허물어졌다.

"아아… 철담마후, 철담마후… 실로 엄청나구나!"

철담마후의 엄청난 신위에 모두 망연한 표정으로 중얼거릴 즈음.

"이 벼락맞을 마녀야! 당장 손을 멈춰라!"

갑자기 하늘에서 천둥 소리가 터져 나왔다.

"와아아! 가주님이시다!"

"원로들께서도 나서셨다!"

허공을 바라본 당가 무인들은 일제히 환호성을 질렀다.

당가 깊숙한 곳에 자리한 내성. 그곳에서 흰 수염 치렁치렁한 신형들이 무수히 날아오르고 있었다.

"흐흥! 드디어 대왕 쥐새끼들이 나섰구나!"

철담마후는 줄줄이 날아오는 신형들을 보며 냉소를 지었다. 그러나 당가의 원로들이 모두 나서자 조금은 긴장한 듯 바닥으로 내려서며 은화연을 멀리 떼놓았다.

파르륵!

당가의 원로들은 일제히 담장 위에 내려섰다.

힐끗 외성 쪽을 바라본 그들은 모두 치를 떨었다.

허물어진 성곽들. 널브러진 수하들.

마치 백만대군이 쳐들어온 것 같은 참상이었다.

원로들은 두 눈에 살기를 담아 일제히 철담마후를 노려보았다.

그들 중에서 누군가가 앞으로 나섰다.

당가 가주 당장욱이었다.

"이 마녀! 도대체 본 가와 무슨 원한이 있어서 이렇게 잔혹한 살수를 썼느냐?"

당장욱은 치미는 살기를 짓누르며 철담마후에게 물었다.

"후훗. 당가 따위가 나에게 원한을 안겨? 말도 안 되는 소리지."

철담마후는 차갑게 응수했다.

"저, 저, 저년이!"

철담마후의 광오한 대답에 원로들은 금방이라도 손을 쓸 기세였다.

그러나 당장욱은 한 손을 들어 원로들의 분노를 잠재웠다.

상대는 다름 아닌 전설의 철담마후였다.

최후의 사태가 아니라면 피하는 게 가장 나았다.

"그럼 뭣 때문에 이런 짓을?"

당장욱은 다시 한 번 질문을 던졌다. 그러나 질문을 던지는 와중에 은밀히 공력을 돌웠다. 여차하면 독공으로 선공을 취할 의도였다.

"뭣 때문이냐고? 쥐새끼들답게 정말 뻔뻔스럽군!"

그러나 돌아온 대답은 또다시 독설.

당장욱은 엄습하는 모멸감을 참을 수 없었다.

"어흥! 이 마녀!"

퍼퍼퍼퍼펑!

포효성과 함께 당장욱의 신형에서 녹색 광풍이 뿜어졌다. 당장욱의 성명절기, 암월탈혼절명공(暗月奪魂絶命功)이었다. 소매 속에 숨겨진 극독이 장풍과 함께 날았다.

"호호홋! 과연 치사한 쥐새끼로구나!"

철담마후는 채대를 묘하게 휘둘렀다.

퍼퍼퍼퍼펑!

채대와 돌풍이 맞부딪치자 요란한 폭음과 함께 짙은 독무가 퍼졌다.

"네 이년! 넌 이제 중독되었다. 그 독은 무영단장독(無影斷腸毒)……."

당장욱은 말을 내뱉다가 굳어버렸다.

철담마후가 생글생글 웃고 있었기 때문이다.

"내가 누군지 잊어버린 모양이지?"

미소와 함께 날아드는 섬뜩한 기파.

"으음… 만독장이 떠받드는 신녀라더니……."

운남 만독장은 사천당가와는 쌍벽을 이루는 독문이었다. 그러나 해독 전문인 당가와는 달리 그들은 용독 전문이었다. 행여나 싶어 소리도, 빛깔도 없는 무형지독(無形之毒)을 살포해 봤건만 별무소용이다.

"가주! 이미 사십 년 전에 본 가를 괴멸 직전으로 몰고 간 마녀요. 혼자서는 무립니다."

뒤에서 늙수그레한 목소리들이 나왔다.

"으으음……."

괜히 위신을 세워보려다 망신만 당한 꼴이다.

당장욱은 자존심이 상했지만 고개를 끄덕이며 뒤로 물러났다.

"모두 파천연환탈명진(破天連環奪命陣)을!"

당장욱이 뒤로 물러나자 원로들이 일제히 방위를 잡았다. 그와 동시에,

철컥, 철컥!

내성 입구의 담장, 우거진 숲 속, 건너편의 전각 등에서 무수한 기관음이 흘러나왔다.

"후훗. 당가 제일의 진법, 파천연환탈명진이라……. 사십 년 만에 다시 겪게 되는군."

철담마후는 사방을 둘러보며 서늘한 눈빛을 보내더니 채대를 양쪽으로 잡아당겨 눈앞에 세웠다. 그러자 철담마후의 전신이 찬연한 후광으로 뒤덮이며 채대에서 투명한 구체가 맺히기 시작했다.

"으음… 절대신공, 광무비결(光舞秘訣)!"

원로들은 철담마후의 자세를 보며 잔뜩 긴장한 표정을 지었다.

양쪽은 곧 서로를 노려보며 대치 상태에 들어갔다.

누구라도 손을 떨치면 곧바로 천지가 뒤틀릴 일대 격전이 시작된다.

그그긍. 그그긍.

고요한 정적 속에 기관음이 웅웅거렸다.

우우우우웅!

채대에서 맺히는 구체는 좌중의 눈을 사로잡으며 점점 커져 갔다.

멀찍이 물러선 당가 무인들은 모두 숨을 죽였다.

시간은 멈춘 듯 흘렀다.

당장욱은 목이 타 들어가는 기분이었다.

점점 커져만 가는 투명한 구체. 그 속에 안개처럼 스며가는 철담마

후를 보니 기이한 공포가 엄습해 왔다.

'어떡하지? 정말 이대로 저 마녀와 부딪쳐야 하나?'

승패는 차치하고라도 그녀의 눈빛을 보니 자신이 제일 목표다.

이미 사십 년 전에도 가문을 궤멸 직전까지 몰고 간 그녀였다.

그녀 때문에 선대 가주들이 절치부심, 독강시를 만들 정도였으니 그 무위가 도대체 어느 정도일지 상상도 가지 않았다.

그녀의 전설을 반추해 본다면 오늘, 자신은 절대 무사하지 못하리라.

'이렇게 죽고 마는 것인가?'

떨리는 가슴으로 죽음을 각오하던 그 순간, 당장욱은 잊고 있던 한 가지가 떠올랐다.

"마녀! 마지막으로 한 가지만 묻자. 도대체 이러는 이유가 뭐냐?"

절묘한 시점에 나온 질문이었다.

그녀의 눈에서 막 신광이 뿜어져 나오려던 찰나였으니.

"몰라서 물어? 내 제자의 동생을 납치해 간 때문이야!"

와르르!

철담마후의 대답에 당장욱은 긴장의 끈이 무너지는 소리를 들었다.

*　　　　*　　　　*

"안내를 해드려라!"

"존명!"

당장욱은 안내에 따라 오만한 걸음걸이로 사라지는 철담마후를 보며 홀로 생각에 잠겼다.

'오히려 잘됐다. 죽은 놈들은 대부분 형님을 따르던 놈들이다. 이 기회에 나를 따르는 무사들로 메워 큰아이의 기반을 다져 주자.'

당장욱은 현실을 냉정하게 파악했다.

비록 자신의 결정으로 인해 가문이 철담마후에게 무릎을 꿇은 셈이 됐지만 자신으로 봐서는 오히려 전화위복이었다. 아직도 전대 가주를 잊지 못하는 놈들에게 권력의 추가 완전히 자기 쪽으로 기울었다는 것을 보여줄 필요가 있었다.

'그리고 또 있지. 이번 일을 핑계로 정보망을 더 확충할 수 있어. 한사코 사천 땅에만 웅크리고 있으려는 노인네들을 설득할 수 있지. 가문의 이목을 넓혀 세력을 확장시키는 거야. 그러면 자자손손 내 이름을 기억하게 되겠지? 가문의 위세를 만방에 떨친 가주, 추혼나백 당장욱. 그 위대한 이름이여. 후후후.'

그러고 보니 한 가지 걱정이 생겼다.

'가문의 기강을 새로 세우자면 많이 바빠지겠는걸. 제길… 혜아의 유복자 놈에게까지 신경이 미치지 않을 텐데 어쩐다?'

잠깐 고개를 외로 꼬던 당장욱, 입맛을 다시며 결론을 내렸다.

'쯧, 할 수 없군. 그놈에 대한 처리는 조금 미루는 수밖에. 이번 기회에 독강시를 능숙하게 다루는 데 신경을 써야겠어. 언제 또다시 이런 위기가 닥칠지 모르니.'

생각을 정리하고 나자 철담마후에게 느꼈던 모멸감이 많이 사라졌다. 그리고 싸우는 와중에 남장이 흐트러지고 만 철담마후의 여제자가 머리 속에 떠올랐다.

'동정수채의 딸이라고 했지? 인물도 그만 하면 됐고… 막내 녀석의 짝으로 한번 고려해 봐?'

동정용왕의 염원이 이루어지려는 걸까?

당장욱은 철담마후 일행을 조금 더 붙잡아둬야겠다고 생각하며 연회를 준비하라고 일렀다. 물론 원로들이 벌 떼처럼 일어났지만, 당장욱의 한마디에 모두 입을 다물고 말았다.

"철담마후의 뒤에는 호영신검이 있습니다. 철담마후와는 등을 돌려도 좋지만, 신검과는 등을 돌릴 수 없지 않습니까?"

호영신검.

지금은 오리무중으로 숨어버린 전설의 문파, 군룡문의 문주.

당금 강호에서 그 이름을 거역할 수 있는 사람은 아무도 없었다.

결국 원로들은 불쾌한 표정을 지으면서 자리를 떴고, 당가의 후원에는 화려한 연회가 준비되었다.

"막내를 불러라!"

당장욱은 마침 혼기가 꽉 찬 막내아들, 벽력당 부당주를 맡고 있는 당중양을 연회석으로 불렀다.

당가의 뇌옥은 생각처럼 으스스한 장소는 아니었다.

지하 석실임에도 야명주를 박아놓아 그런대로 환한 편이었으며, 공간을 구획하기 위한 석벽이나 두터운 쇠창살만 제외한다면 여느 가정집의 침실과 비슷했다.

호혜린에 대한 대우도 마찬가지였다.

밀폐된 방 안에 갇혀 있다는 것을 제외하고는 별다른 제재가 없어 보였다.

그러나 갇혀 있다는 자체가 공포였을까? 아니면 보이지 않는 암수(暗手)에 당했을까? 호혜린은 은화연을 보자 감격에 겨워하면서도 한편으로는 아직도 공포에 떨고 있었다.

의동생의 그런 모습에 은화연은 애처로움이 밀려와 눈물을 글썽였다.

"과연 비열한 족속들이군. 독약을 썼었어. 그러나 이만하기 다행이다. 얼마 전에 해독해 준 모양이니."

사부의 말에 은화연의 얼굴이 서릿발처럼 굳었다.

"독을 썼다구요? 린아야, 정말이니?"

"어, 언니……."

호혜린은 대답조차 제대로 못하고 울기만 울었다.

은화연은 기가 막히고 이가 갈렸다.

사실 사부가 당가를 공격할 때, 은화연은 외려 사부가 무서웠었다.

당가의 무사들에게 죽음을 선사하던 사부의 모습이 너무하다고만 생각했었다. 그래서 자신은 당가 무사들을 상대할 때 손속을 많이 늦췄었다. 그러나 지금 생각하니 그런 행동이 오히려 후회가 됐다.

"빠드득. 두고 보자!"

은화연이 이 울분을 어찌 풀까 한동안 씩씩대고 있는데, 누군가가 뇌옥으로 들어오더니 가주의 초청이 있다고 했다.

"연아, 어떻게 할까?"

사부가 자신의 내심을 헤아린 듯 눈을 찡긋하며 물어왔다.

"사부, 지금 당장 가요!"

은화연은 너무 기뻐, 가기 싫다며 버티는 호혜린까지 데리고 연회장으로 향했다.

연회장은 연못과 동산을 낀 화려한 정자였다.

정자 안에는 붉은 주단을 깐 연회석이 놓여 있었고, 비파와 수금을 든 무희들과 단정한 복장의 무사들이 허리를 숙이고 있었다.

기다린 지 좀 된 듯, 연회석에 앉아 있던 몇 사람이 자신들을 발견하고는 밝은 얼굴로 자리에서 일어난다.

은화연은 돌다리를 건너며 철담마후에게 물었다.

"사부님. 제 마음대로 해도 되나요?"

"물론이지."

최고의 사부였다.

빙그레 웃음으로 제자의 기를 살려준 철담마후, 일부러 상대의 기를 죽이려는 듯 우아한 신법으로 하늘을 날았다.

"아! 허공답보(虛空踏步)!"

연회석에서 누군가가 경탄을 터뜨리며 말했다.

그러나 철담마후는 차갑게 받았다.

"젊은 친구, 허공답보가 아니라 표흘반선무량보라네."

순식간에 입을 연 사내의 얼굴이 벌게졌다.

뒤늦게 당가의 가주라던 사람이 어색한 미소로 그의 어깨를 툭툭 두드려 준다. 마치 부자지간처럼 친근한 모습이었다. 그 때문에 은화연은 누구를 찍을까 더 이상 고민할 필요가 없어졌다.

"마후, 초청에 응해주셔서 감사합니다."

철담마후에 이어 은화연과 호혜린이 연회석에 자리를 잡자, 당가 가주가 포권으로 인사치레를 보내왔다. 뒤이어 그는 어색한 미소로 뭐라뭐라 말을 이어나갔다.

"제가 마후를 모신 이유는 본 가와 마후 사이에 악연이 있다고 생각했기 때문에 이 기회에 그걸 풀고자……."

은화연은 슬쩍 사부를 훔쳐봤다.

역시나였다. 마치 뉘 집 개가 짖나 하는 표정이었다. 그 때문인지 당가 가주의 얼굴은 점점 일그러지기 시작했다.

"그래서 저는… 저는……."

일그러지는 얼굴 따라 목소리도 점점 잦아들었다.

그때 철담마후가 그의 말을 잘랐다.

"됐어. 앞으로 잘해. 그럼 나와 얼굴 붉힐 일 없어."

은화연은 자기도 모르게 킥킥 웃음을 터뜨렸다.

그 바람에 좌중의 표정이 와락 구겨졌다.

그러나 당가 가주는 인내심이 대단했다. 끈기있게 제 할 말을 다 마치고는 억지 미소를 지으며 한 사람을 일으켜 세웠다.

"마후, 제 막내아들놈입니다. 올해 스물여섯이지요. 대단한 녀석이랍니다."

뭐라 뭐라 찬사를 받으며 일어난 녀석, 당중양이라 했다.

녀석은 느끼한 미소를 지으며 은화연에게 포권을 보내왔다.

은화연이 녀석을 힐끔 살펴보니 영락없는 제 아비 꼴이라 좁은 하관에 위로 치켜진 쥐방울 눈을 가졌다.

'족제비라 부르면 되겠네.'

은화연은 속으로 그렇게 생각하며 마주 포권을 보냈다. 물론 그냥 보낼 리가 없었다. 철담마후에게 배운 무원무극권, 그중에서도 상대의 기를 일시에 무너뜨려 버린다는 붕경(崩勁)을 실었다.

"어이쿠!"

쿠당탕!

녀석은 요란한 비명으로 난간을 뚫고 날아가 연못에 풍덩! 빠지고 말았다.

"호호호호. 저런 허깨비가 대단하다고? 아유, 우스워라."

은화연은 폭소를 참을 수 없었고, 당가 가주 일행은 부끄러움을 견딜 수 없었다. 그래선지 연회는 금방 끝나고 말았다.

'으드득! 이년들! 두고 보자!'

당장욱은 요란한 웃음을 터뜨리며 사라지는 철담마후 등을 보며 이를 갈았다.

"으윽. 아버지, 그래도 저 계집 매력있는데요?"

당중양은 제 아비와 달리 눈치가 없었다. 흠뻑 젖은 채로 정자에 기어올라 온 그는, 아득히 사라져 가는 은화연을 보며 자기도 모르게 중얼거리고 말았다.

"에라이, 등신자식!"

"쿠엑!"

그 결과 당중양은 제 아비에 의해 뺨이 터지고 말았다.

당가를 나선 철담마후 등은 들길 따라 강변 따라 사흘을 걸었다.

호혜린을 위한 배려였다.

따사로운 풍광 때문인지, 아니면 철담마후의 배려 때문인지 호혜린은 사흘이 지나자 차츰 안정을 되찾기 시작했다.

별이 쏟아지는 밤.

그들은 푸른 초지 위에서 야영을 하게 됐다.

은화연과 호혜린은 별빛 아래 나란히 앉았다.

"도대체 그들이 왜 너를 납치했대?"

잔솔불로 모닥불을 키우던 은화연이 조심스레 물었다.

호혜린은 몸을 움찔 떨다가 한참 후 입을 열었다.

"그 자식."

"그 자식?"

이번에는 은화연이 몸을 움찔 떨었다.

그녀들 사이에서 그 자식이라고 말할 사람은 단 한 명뿐이었다.

순박한 얼굴에 무례한 성질을 갖춘 자식, 곽무한.

은화연은 곽무한의 얼굴을 떠올리자마자 가슴 저 깊은 곳에서 야릇한 떨림이 일어나는 것을 느끼며 다시 물었다.

"그들이 그를 왜?"

"나도 잘 몰라. 그러나 내가 당한 건 모두 그 자식 때문이야. 그 자식의 행방을 대라며 날 다그쳤어. 정말 무서웠어. 흑흑."

"그의 행방? 당가가 그의 행방은 왜?"

호혜린의 등을 다독이며 은화연이 다시 물었다.

"흑흑. 그 자식이 당가의 신패를 가져서 그런가 봐. 난 그 자식이 그걸 훔친 걸로만 알았는데 날 다그치던 그들의 분위기로 봐서 무슨 남모를 사연이 있는 것 같아. 좌우간 그 자식은 당가의 손에 죽음을 면치못할 것 같애."

"죽음?"

은화연은 왠지 모르게 가슴이 쿵쿵 뛰었다.

"그의… 행방을 알아?"

은화연은 두근거림을 억누르며 조심스레 물었다.

"알아. 적취협이래."

"적취협!"

은화연은 더 이상 앉아 있을 수 없었다.

분명 그를 향해 이를 갈았던 시간들인데, 막상 그의 이야기를 듣자 숨이 막히고 가슴이 뛰었다. 그의 목소리가, 그의 눈빛이 갑자기 그리 워졌다. 이 이율배반적인 감정의 정체가 뭔지는 잘 알 수 없었지만, 지금 이 순간, 자신이 그를 보고 싶어한다는 것만은 분명히 알 수 있었다.

"가자! 그 자식을 보러 가자!"

은화연은 사부가 자고 있는 침낭으로 정신없이 달려갔다.

계곡은 아름다웠다.

물결은 햇살에 반짝였고, 대숲은 소슬바람에 흩날렸다.

구름을 머리에 인 절벽은 푸른 강물과 함께 계곡을 아울렀다.

'그랬어. 이렇게 아름다운 곳에 그가 살고 있었어.'

적취협에 들어선 은화연은 왠지 그와 좀 더 가까워진 것 같았다.

"흠. 이곳이 전에 네가 말한 그 빌어먹을 개자식이 있던 곳이란 말이냐?"

갑자기 사부가 물어왔다.

'내가 그를 그렇게 말했던가?'

감상에 빠진 탓인지 순간적으로 그런 생각이 들었다.

"네……."

은화연은 귀밑을 붉히며 기어들어 가는 음성으로 대답했다.

"흠. 벌써 떠난 지 오래됐구나. 처참히 무너졌어."

"옛? 처, 처참히 무너지다뇨?"

은화연은 눈을 동그랗게 떴다.

철담마후는 대답 대신 이곳저곳을 세밀히 살폈다.

그녀의 눈은 무너진 성벽, 그 틈에 난 도의 흔적뿐만 아니라 신법에 의해 으스러진 작은 돌멩이 하나까지도 놓치지 않았다.

"일방적인 공격이었군. 도대체 수적들의 소굴에 웅풍산장이 왜 뛰어들었을까?"

철담마후의 말은 들을수록 점입가경이었다.

"사, 사부님, 웅풍산장이라뇨?"

은화연은 깜짝 놀라 물었다. 그러나 철담마후는 여전히 대답이 없었다. 이곳저곳을 옮겨 다니며 빛나는 눈빛으로 사방을 훑고 있었다.

"음? 영약!"

벌써 그녀의 신형은 늑대 굴에 이르렀다.

"영약이요?"

뒤늦게 따라온 은화연이 물었다.

"음. 절세의 영약이야. 누군가가 먹었고 늑대도 먹었군."

조금 놀란 듯한 철담마후의 목소리였다.

은화연은 괜스레 가슴이 뛰었다.

'그가 먹었으면 좋으련만……'

왜 그런지는 모르겠지만, 곽무한이 먹었을 것 같단 생각이 자꾸만 들었다.

"저기로군!"

한참 상념에 빠져 있는데 또다시 사부의 목소리가 들려왔다.

은화연은 고개를 돌리다가 가슴이 덜컥 내려앉는 기분이었다.

철담마후가 가리킨 곳이 커다란 돌무덤이었기 때문이다.

"영약의 냄새가 이곳으로 이어졌어."

'아니야, 아니야. 그가 이렇게 죽는다는 것은 있을 수 없어……'

은화연은 세차게 도리질을 쳤다. 그걸 보기라도 한 듯, 철담마후는 고개를 갸웃거리며 다시 몸을 움직였다.

그녀는 무얼 찾고 있는 것일까?

처음엔 심드렁한 표정이더니 어느 순간부터는 은화연보다 더 바쁘게 움직이고 있었다.

"이거였군!"

환한 목소리였다. 무너져 내린 성벽 안이었다.

"뭐가 말이에요?"

은화연은 알 수 없는 기대감으로 조심스레 물었다.

은화연의 눈에 보이는 것은 부서진 창문과 통나무로 괸 다리 없는 탁자가 전부인 방이었다.

"냄새! 영약의 냄새와 신병이기의 냄새!"

"영약과 신병이기의 냄새라구요?"

철담마후의 공력이 벌써 하늘에 닿아서일까? 은화연으로서는 도무지 알아들을 수 없는 말이었다.

은화연이 의아한 표정으로 쳐다보든 말든, 철담마후는 뚫어져라 탁자만 노려봤다. 그러다가 어느 순간 잔뜩 실망한 표정으로 눈빛을 흐렸다.

'휴우… 분명히 알 수 없는 선기(仙氣)가 흘렀는데… 아쉽구나, 아쉬워. 너무 오래돼서 더 이상 찾을 방법이 없어. 누굴까? 당금 천하에 누가 있어 이렇게 강한 선기를 지니고 있단 말인가? 이 정도라면 웬만한 영물은 자기 마음대로 부릴 수 있을 정도인데… 설마 화련 언니의 환생인가?'

한참 생각에 잠겨 있던 철담마후는 장탄식을 터뜨리며 몸을 돌렸다.

"가자. 네가 찾는 녀석은 이미 죽었거나, 아니면 기연을 얻어 이곳을 떠났을 것이다."

참으로 허탈한 결론이었다.

그러나 은화연은 딱히 반박할 말을 떠올리지 못했다.

항시 지켜봐 왔었지만, 사부의 예지력은 언제나 자신의 상상을 초월
했으니.

"사부님, 잠시만요."

은화연은 떠나기 전에 대나무를 하나 꺾어 들었다.

그 옛날, 외줄 박투 때 본 그의 모습을 떠올리며…….

호혜린은 기다리는 동안 심술이 났다.

곽무한의 이야기를 듣자마자 다급히 서두르는 은화연의 움직임을
보니, 아직도 은화연이 곽무한을 좋아하고 있구나 하는 생각이 들었다.

'은 언니 때문에 나와의 혼담을 뿌리쳤던 거였겠지? 나쁜 자식.'

호혜린이 투덜거리는 사이, 두 사람이 돌아왔다.

"언니, 찾았어?"

하긴 찾았다면 저렇게 어깨를 축 늘어뜨릴 이유가 없었다.

"아니……."

과연 은화연이 힘없이 고개를 내젓고 있었다.

철담마후는 그런 은화연을 놀렸다.

"연아, 어째 네 반응이 이상하다? 빌어먹을 자식 운운하며 길길이
날뛸 땐 언제고, 지금은 마치 헤어진 연인을 찾는 듯하구나?"

"어머, 아니에요, 사부님."

은화연이 펄쩍 뛰었지만 붉어지는 뺨은 스스로도 어쩔 수 없다.

"그래, 그렇겠지. 좋을 때다."

철담마후는 알 듯 모를 듯한 말을 던지고는 은화연과 호혜린, 두 사람을 쳐다보며 천천히 입을 열었다.

"두 사람에게 미안하지만, 나는 그만 가봐야겠다."

"어머, 사부님? 이대로 가시다뇨?"

은화연이 깜짝 놀라 물었다.

철담마후는 빙긋 웃으며 대답했다.

"가지 않으면? 너랑 평생 함께 있을 줄 알았니? 이제 네 무공도 어느 정도 늘었고, 네 의동생도 구했으니 됐지 않으냐? 나도 보고픈 사람이 있단다."

"아! 신검 어르신을 뵈러……."

"후훗. 능청이와 부끄럼쟁이를 두고 가마. 생각나면 들를 테니 보고 싶다고 울지나 말아라."

철담마후는 은화연에게 가벼운 꿀밤을 먹이고는 중얼거리듯 말했다.

"여자는 남자를 알게 되는 순간부터 약해진단다. 강해지고 싶으면 먼저 그걸 알아둬."

말을 마친 철담마후는 순식간에 허공으로 사라졌다.

바로 그때,

"마후님! 저도 데려가 주세요!"

울먹이는 고함 소리가 나왔다. 호혜린이었다.

그녀는 거의 울 듯한 표정으로 철담마후가 사라진 허공을 보며 발을 굴렀다. 그러나 한걸음을 떼면 천 리 밖을 나는 철담마후다. 호혜린의 애원은 너무 늦어버렸다.

"혜린아, 그게 무슨 소리야?"

미처 예상치 못한 말이라 은화연은 의아한 표정으로 호혜린을 쳐다봤다.

호혜린은 닭똥 같은 눈물을 흘리며 자신의 사연을 이야기했다.

"그랬구나……."

미처 모르고 있던 사실이었다.

자신이 사부에게 가 있는 동안 벌어진 호혜린의 아픔과 절망.

은화연은 가슴이 아팠다.

의로 맺은 백부라고, 불원천리 찾아갔을 그녀의 애통함이 느껴졌다.

그리고 부친에게 받았을 그녀의 설움 또한 느껴졌다.

"이렇게 하자."

은화연은 한참 동안 생각하다가 결론을 내렸다.

"아무리 아빠라도 웅풍산장과 부딪친다는 것은 불가능한 일이야. 일단은 나와 함께 집으로 돌아가자. 사부께서 돌아오시면 널 문하로 넣어달라고 부탁을 드릴게. 그리고 나중에, 네가 복수에 나설 때 언니도 너와 함께하마."

두 소녀는 서로를 바라보며 새끼손가락을 걸었다. 그리고 어깨를 나란히 해 석양을 걸었다.

제34장
용틀임의 시작!

용틀임의 시작!

세월은 빠르게 흘렀다.

곽무한이 수하들 훈련에 여념이 없던 해.

그해 가을에 엄청난 태풍이 대륙 남부를 덮쳤다.

그 때문에 가뜩이나 몇 년간 계속된 흉작으로 신음하던 대륙에 극심한 식량난이 일었다.

결국 그해 겨울. 굶주림에 지친 백성들이 도처에서 폭동을 일으켰다.

그 바람에 민심은 극도로 흉흉했고, 관은 연일 폭동을 진압하느라 정신이 없었다.

유사 이래 이런 혼란기 때면 유독 활기를 띠는 세력들이 있기 마련.

그중 대표적인 세력이 바로 수적들이었다. 폭동을 진압하느라 관의 눈길이 수로에까지 미칠 겨를이 없어 더욱 그랬다.

사천은 예로부터 대륙 제일의 곡창 지대로 알려졌다.

따라서 전 중원을 휩쓴 가뭄도 사천 땅에선 예외였다. 그러다 보니 대륙에 산재한 수많은 미곡상(米穀商)들이 앞 다퉈 사천으로 몰려들었다. 그 덕에 장강, 그중에서도 사천의 물길을 장악하고 있던 수적들은 마치 제 세상을 만난 듯 활개치고 다녔다. 물론 그 와중에 수채 간의 전쟁도 사흘이 멀다 하고 벌어졌다. 메뚜기도 한철이라고, 유례없는 호황을 맞아 조금이라도 더 많은 밥그릇을 차지하기 위함이었다.

그 즈음.

곽무한의 수룡채는 훈련에 여념이 없었다.

그간 대파산을 오르내리는 훈련으로 기초 체력은 다진 상황.

곽무한은 이 단계 훈련부터는 적호채 시절과 같은 훈련 방식을 도입했다.

이른 새벽, 절벽에서 강물로 뛰어드는 입수 훈련부터 시작해 외줄 박투와 종횡도법으로 개인 수련을 마치고 나면, 점심 식사 후에 조별로 나누어 다시 수중전과 수상전을 치르게 만들었다. 그리고 저녁 무렵에는 다시 개인 수련 시간을 가지게 만들고, 열흘에 한 번씩 각자의 성취와 조별 성취도를 점검했다. 그리고 훈련 성과는 곧바로 직급 상승으로 이어지도록 조치했다.

이 즈음의 수룡채 편제는 단순했다.

담우치와 곽패, 지렁이가 부채주를 맡았고, 그들 밑으로 무견과 장가덕, 장직 등 두 명씩의 령주를 두었고, 령주 밑으로 다시 두 명씩의 조장을 두었다. 따라서 수룡채의 편제는 모두 세 명의 부채주, 여섯 명의 령주, 열두 명의 조장으로 이루어져 있었다. 그러나 각 조장들 밑으로도 갑(甲), 을(乙), 병(丙)의 서열을 만들어 말단 수하들에게 직급 상승의 의욕을 불러일으켰다. 조장 밑의 갑 서열이 되면 최고참 대우를 받게 만들어 모두 기를 쓰고 훈련에 매달리도록 한 것이다.

보다 나은 내일을 꿈꾸며 흘린 땀방울은, 겨울의 막바지에 이르자 어느새 옛 적호채의 전력을 훌쩍 뛰어넘는 성과로 나타났다.

날마다 수하들의 훈련을 채근하며 저승사자처럼 굴던 곽무한은 언제가부터 간간이 미소를 드러냈다.

울끈불끈한 근육질에 빛나는 수하들의 눈빛.

곽무한에게 있어 이것만큼 기쁜 일이 또 있을까?

'이제 움직일 때가 됐어!'

곽무한은 드디어 결심을 내렸다.

그리고 어느 날 아침.

곽무한은 아침 식탁에서 부채주들에게 자신의 결심을 알렸다.

"곧 수룡채의 기를 걸 것이오!"

"오오! 드디어!"

이날만을 오매불망 기다렸던 곽패는 희열에 들뜬 표정이었다. 그러나 담우치와 지렁이는 의외로 담담했다.

사실, 곽무한이 수하들의 희생을 우려해 용틀임을 미룬 것이지, 그렇지 않았다면 벌써 웬만한 수채쯤은 발 아래 두었으리란 것을 잘 알고 있었기 때문이다.

"어디서부터 시작하실 생각입니까?"

담우치가 물었다.

"용문과 무산 선착장부터!"

곽무한은 줄곧 생각해 오던 곳을 이야기했다.

"헉! 그곳은 너무 위험합니다."

진짜 윽 소리나는 곳이었다.

용문과 무산 선착장.

예전이야 적호채의 관할이어서 마음껏 들락날락하던 곳이었지만, 지금은 사천 지역의 장강을 거의 장악하다시피 한 금사상채의 영역이었다.

"위험하다……. 알고 있습니다. 그래서 오히려 그곳부터 치려는 생각입니다. 어차피 우리가 움직이면 놈들도 따라 움직이게 되어 있습니다. 그러니 그곳을 먼저 장악해 정보망만 만들어놓고 곧바로 빠질 생각입니다."

"정보망만 만들어놓고 빠진다고요? 음… 그들의 이목을 분산시키려는 의도입니까?"

"그렇습니다."

"음… 그렇다 하더라도 공에 비해 너무 실익이 없지 않습니까?"

지령이가 회의적인 표정으로 물었다.

곽무한은 빙그레 미소를 지으며 대답했다.

"생각해 둔 바가 있습니다. 직접 관리하지 않되, 관리가 되도록 하면 됩니다."

"관리하지 않는데 관리가 되다뇨?"

도무지 영문 모를 소리였다.

그러나 곽무한은 이미 답을 준비해 두고 있었다.

"이곳의 관(官)과 유지들을 이용하려고 합니다."

"아! 그들을 뒤에서 조종하시겠다는 말씀!"

담우치가 무릎을 쳤다.

"그렇소. 놈들이 우리를 찾을 때면 이미 우리는 이곳에 없을 것이오.

그때면 주하채와 파하채를 치고 있을 것이니."

"그럼, 본채도 옮기시겠다는 말씀?"

담우치는 그제야 모든 것을 이해했다는 듯이 고개를 끄덕였다.

"물론이오. 그러나 누군가는 있어야겠지, 그들의 이목을 속이려면……."

"그럼 놈들이 이곳을 칠 때는?"

"싸우지 않고 달아나는 거요. 눈가림으로 놔둔 빈집이니 그들이 차지하든 말든 우리와는 상관이 없죠."

"아! 그럼 놈들은 우리를 무너뜨렸다며 희희낙락해 되돌아가게 될 거고……."

곽패가 엉덩이를 들썩이며 말을 이어받았다.

"그렇죠. 그때 우리는 다시 수하들을 이곳에 보내면 되지요. 즉, 그들이 어찌 나오든 우리는 꿩 먹고 알 먹고요. 놈들의 눈을 피하는 동시에 용문과 무산, 주하와 파하를 동시에 손에 넣겠다는 계획입니다."

"그렇군요. 정말 기가 막힌 묘책입니다."

곽무한의 설명에 세 사람은 감탄성을 토했다.

"그럼, 주하채와 파하채를 친 다음에는?"

곽무한은 기대 어린 표정의 곽패에게 눈웃음으로 대답했다.

"당연히 칠반채를 치러 가는 거지."

"아아!"

곽무한의 계획은 대단했다.

하긴, 수하들을 훈련시키면서도 매일같이 그 구상만 하고 있었으니.

마침 사천 주변의 상황도 곽무한의 계획과 절묘하게 맞아떨어졌다.

정신없이 밀려드는 미곡상 때문에 이전투구의 전쟁터로 변해 버린 장강. 그 파란이 금사상채를 덮친 것이다.

한창 이전투구를 벌이던 장강 지류의 수채들이 어느 순간부터 약속이나 한 듯이 일제히 금사상채를 공격하기 시작했다. 그 이유는 금사상채가 장악한 물길에서 오가는 막대한 물동량 때문이었다.

운남에서 사천까지, 금사강과 민강, 오강, 구당협, 무협을 아우르는 금사상채의 방대한 물줄기.

그 줄기마다 크고 작은 수채들의 공격이 연일 이어지니, 금사상채로서는 울며 겨자 먹기로 실익도 없는 도전에 일일이 대응할 수밖에 없는 상황이었다.

곽무한은 바로 그걸 노렸다.

지금의 금사상채로서는 도저히 자신들에게 관심을 기울일 형편이 아니었으니 치고 빠지기에는 지금이 최적의 상황이었다.

"그럼 언제부터?"

모두의 눈이 곽무한의 입술을 주목했다.

"사흘 뒤."

곽무한의 입에서 명이 떨어졌다.

일사불란했다.

담우치와 곽패 등은 명이 떨어지자마자 일제히 수하들을 감독하러 나갔다.

"이제 시작입니다."

곽무한은 한참 하늘을 쳐다보며 중얼거리다가 후원으로 향했다.

휘우웅!

을씨년스런 바람이 앙상한 나뭇가지 사이로 스쳐 갔다.

"후우웁!"

곽무한은 깊숙이 겨울바람을 마시다가 살짝 인상을 찌푸렸다.

문득문득 찾아오는 혈음고의 고통.

보름달이 뜰 때만 아니면 이제 참을 만했다.

그러나 보름달이 뜰 때면 더 긴장이 돌았다.

그 이유는 최근 들어 들끓기 시작하는 욕념 때문이었다.

예전처럼 참을 수 없는 고통이면 다행이련만, 이놈의 혈음고는 이제 참을 수 없는 욕념을 대신 선사하고 있었다. 이제까지는 심법으로 어찌어찌 다스리고 있었으나 근래 들어서는 심법으로도 견디기 힘들 정도였다.

'이러다가 한번은 큰일이 터지지.'

곽무한은 씁쓸한 표정을 지었다.

보름 때면 떠오르는 환상, 그 속에는 상상 속의 소녀도 보였고 현실 속의 매옥도 보였다. 모두 나신인 채로 머리 속을 빙빙 돌았다.

"이런! 지금 무슨 생각을 하고 있는 거야?"

곽무한은 세차게 머리를 흔듦으로 잡념을 털어버리고는 천천히 도를 세워 들었다.

우우우웅!

손가락에서 시작해 가슴과 단전으로 이어지는 도의 떨림.

곽무한은 도의 떨림을 만끽하다가 천천히 심법을 운용했다.

휘류류류룽!

진기가 거세게 전신을 휘돌았다.

참을 수 없는 고통이 엄습했다.

진기가 휘도는 동안 곽무한의 입매가 덜덜 떨렸다.

'이것. 이 진기만 융화시킬 수 있다면 무공이 또 한 단계 올라설 수

있을 텐데… 도대체 해결책이 뭘까?'

지난 일 년간 침식을 잊고 매달려 온 숙제였다.

백제성의 혈투 때 펼쳤던 정체 모를 무공.

죽음의 위기에서 자기도 모르게 펼쳐 냈던 참마뢰 때문에 겪는 고통이었다.

'문제는 심법의 상충인 것 같은데……'

그간의 노력으로 대충의 실마리는 잡았다.

빛의 그물, 그 도법을 펼치려고 하면 항상 심법과 상충을 일으켜 오히려 내상만 입고 만다는 사실을 발견한 것이다.

곽무한은 의념을 모아 한참 동안 기의 흐름에 집중했다. 그러다가 피를 한 사발 토하며 아쉬운 표정으로 진기를 풀었다.

"후우, 그나마 조금은 발전했다만……"

처음에는 도에서 일어난 기운을 채 일주천도 시키지 못했었다. 그러나 지금은 두어 번의 주천은 가능했다.

"고작 삼성(三成)의 위력이나 나오려나?"

사실, 이 정도만 해도 엄청난 일이었다. 맞지도 않는 심법으로 삼성의 참마뢰를 펼칠 수 있다니? 만약 벽라대제가 이 말을 들었다면 무덤에서 뛰쳐나왔으리라.

그러나 웅풍산장의 고수들과 직접 맞부딪쳐 본 곽무한은 아쉬운 표정으로 입맛을 다셨다.

그때,

"오라버니."

가벼운 발자국 소리와 함께 매옥이 하얀 입김을 뿜으며 찻잔을 들고 왔다. 곽무한을 바라보며 수줍게 웃고 있는 매옥은 발그레 물든 뺨에 하얀 여우 목도리를 두른 모습이 한층 귀여운 모습이었다.

"매옥. 추운데 뭣 하러 나왔어?"

말과는 달리, 곽무한은 미소를 지으며 매옥에게 다가갔다.

"곧 출정하실 거라면서요?"

매옥은 곽무한에게 찻잔을 건네며 걱정스레 물었다.

"음. 그렇게 될 거야. 모두들 많이 기다렸었지. 이제 때가 온 거야."

곽무한은 차를 한 모금 들이키며 자신에 찬 미소를 지었다.

그러나 매옥은 염려 가득한 표정이었다.

"전 기다리지 않았어요. 그냥… 이대로 지내면 안 되나요?"

"안 돼."

곽무한은 천천히 고개를 저으며 가볍게 매옥을 어깨를 안았다.

"네가 염려하는 바는 내가 익히 알고 있으니 걱정 마. 모두 잘 해낼 거야. 언제까지 쫓기고 살 수만은 없잖아? 더 강해져야 해. 그래야만 모두가 안정을 찾을 수 있어."

"과연 그럴까요?"

"그럼!"

곽무한은 매옥의 뺨을 어루만지며 주먹을 움켜쥐었다.

휘우웅!

바람은 두 사람 사이를 무심히 스치고 지나갔다.

캄캄한 밤이었다.

오늘따라 선착장에는 사나운 바람이 몰아쳤다. 그러나 그보다 더 매서운 공기가 선착장을 뒤덮었다.

선착장 주변에 석상처럼 서 있는 사내들. 바로 그들 때문이었다.

사내들은 곧 떨어질 승선 명령을 기다리며 줄지어 서 있었다.

"모두 정렬!"

어디선가 우렁찬 호통 소리가 흘러나왔다.

그 소리가 떨어지자마자 사내들은 부동 자세를 취했다.

처처척!

동시에 움직였다가 동시에 멈추는 움직임. 모두 기계 같았다.

잠시 정적이 흘렀다.

저벅, 저벅.

멀리서 울려오는 발자국 소리가 정적을 깨뜨렸다.

사내들의 눈동자가 일제히 그곳으로 향했다.

모두의 시선 속에 곽무한이 들어왔다.

바람 탓인지 머리카락을 휘날리며 걸어오는 곽무한의 모습은 무척 강렬해 보였다.

곽무한은 모두의 눈빛을 받으며 천천히 입을 열었다.

"예전에 그대들에게 약속했던 것. 그 첫걸음이 지금 시작된다. 모두 스스로에게 부끄럽지 않게 행동하도록!"

곽무한의 말은 무척 짧았다. 그러나 많은 의미가 담겨 있었다.

이제 더 이상 웅크리지 않아도 된다는 말이었고, 지금부터 진정한 수룡채의 역사가 시작된다는 말이었다.

곽무한은 말을 마치자마자 배에 올랐다.

환호성을 지르는 사람은 아무도 없었다. 그러나 모두 주먹을 움켜쥐며 흥분에 떨었다.

휘우웅!

시리디시린 칼바람이 지나갔다.

수룡채들은 아무도 움직이지 않았다.

그들은 곽무한의 명령을 기다렸다.

잠시 후.

"승선!"

곽무한의 입에서 명이 떨어지고 나서야 수룡채들이 움직이기 시작했다.

촤촤촤악!

뱃머리가 물살을 갈랐다.

갈라지는 물살을 보며 수룡채들은 마음속의 두려움을 떨쳐 냈다.

칠흑 같은 어둠은 수룡채의 배를 조용히 무산 부근으로 인도했다.

여기서 대녕하 방향으로 조금만 더 올라가면 옛 적호채가 있던 적취협이다. 그래선지 지렁이 등은 만감이 교차한 표정이었다.

곽무한은 무산 입구에서 수하를 두 패로 나눴다.

"모두 각자의 위치를 다시 한 번 주지하라!"

명은 빠르게 전달되었다.

지렁이와 담우치에게 용문 선착장을 맡긴 곽무한은 곽패와 함께 무산으로 향했다.

스르르.

곽무한이 이끄는 소선은 소리없이 선착장으로 잠입했다.

곽무한은 선착장에 도착하자마자 빠르게 지시를 내렸다.

"저곳, 저곳!"

파라락!

수룡채들은 맡은 곳을 향해 바람처럼 달렸다.

선착장 부근에 위치한 금사상채의 임시 초소.

콰자자작!

수룡채들은 전광석화(電光石火) 같았다. 금사상채 놈들이 저항할 틈도 주지 않고 산산이 부숴 버린다.

"으아아악!"

평화로운 항구 마을, 무산의 밤은 순식간에 공포에 잠겼다.

수룡채들은 금사상채의 초소뿐만 아니라 무산에서 건들거리는 주먹패의 본거지까지 한꺼번에 부숴 버렸다. 그뿐만이 아니었다.

콰지직!

수룡채들은 여세를 몰아 관아로 돌진했다.

무산은 수룡채가 있는 대창현보다 한 단계 높은 중급 현이었다.

그러나 야심한 밤에 들이닥친 수룡채들을 막을 방법은 전혀 없었다.

"이, 이놈들! 여, 여기가 어디라고 감히?"

무산현의 지현은 이를 딱딱 떨면서도 위엄을 내보이려 했다. 그러나 현청 서까래를 단번에 무너뜨려 버린 곽무한의 칼질을 보고는 그만 얼이 빠져 버렸다.

곽무한은 버쩍 얼어붙은 지현 나리를 달랑 들어 자신의 옆에 앉혔다.

"이제부터 이곳은 수룡채가 관리하겠소!"

"그, 그, 그런 법이… 국법이… 국법이……."

곽무한의 선언에 지현 나리는 사지를 덜덜 떨며 말을 더듬었다.

곽무한은 그런 지현을 보며 싱긋 웃었다.

"저놈들을 넘겨 드리지. 그래도 싫소?"

그동안 곽무한의 위세에 눌려 숨도 제대로 못 쉬고 있던 지현 나리.

곽무한의 미소에 겨우 공포감을 떨치고는 시선을 돌려봤다.

대청 아래엔 이곳을 황제처럼 주름잡던 금사상채의 수적들이 굴비처럼 엮인 채 바닥에 꿇려 있다.

지현 나리는 그 모습에 오히려 가슴이 덜컥했다.

어찌할 바를 몰라 하며 허둥거리던 지현 나리. 한참 후에야 쥐어짜내듯 애원했다.

"아이고. 보복이… 놈들이 분명히 보복하러 올 텐데요."

"오지 않을 것이오!"

곽무한은 단호히 고개를 저으며 말을 이었다.

"왜냐하면 다른 현에도 이놈들이 넘겨질 테니."

"히익! 그런 방법이?"

지현 나리의 안색이 그제야 조금 밝아졌다.

"자아! 이제 어찌하시겠소?"

곽무한은 지현 나리의 어깨에 손을 툭 걸치며 물었다.

지현 나리는 가슴이 철렁했다.

호랑이 문신이 그려진 무쇠 같은 팔뚝이다.

이 팔뚝이 움직이는 순간 자신의 목숨은 끝이리라.

지현 나리는 필사적으로 머리를 굴렸다.

'지금 대청 아래에 꿇려 있는 놈들은 예전부터 수배령이 떨어진 흉악하기 짝이 없는 놈들이다. 이놈들을 잡았다고 상부에 보고를 올리면 분명히 승진 점수에 반영될 터. 문제는 저놈 일당들의 보복인데… 정말 이자의 말대로만 된다면 내 미래는 보장된 것이나 마찬가지다.'

사천 지역의 관리들이 제 제상을 만난 것처럼 날뛰는 수적들을 잡지 못하는 이유는 놈들의 잔인하기 짝이 없는 보복 때문이다.

그러나 곽무한의 말처럼 몇 군데 현에서 동시에 수적들을 체포했다는 소식이 돌면 아무리 흉악한 금사상채라도 움찔하기 마련이다. 혹시라도 관에서 대대적인 체포령이 내린 게 아닌가 하는 의구심 때문에.

이 궁리 저 궁리 끝에 무산현의 지현 나리는 마음을 굳혔다.

"험, 험. 약속만 지켜주신다면… 본관은 그대를 인정……."

지현 나리는 고개를 끄덕이며 나름대로는 실추된 위엄을 세워보려 했다. 그러나,

콰쾅!

"쌍놈의 새끼. 감히 채주님께 그대라니? 하늘 같은 채주시다! 채주님이라 불러!"

코끼리 같은 체구의 곽패가 보기에도 무시무시한 도끼를 휘두르며 고함을 질렀다. 그 바람에 지현 나리는 오줌을 찔끔 지리며 황급히 고개를 숙일 수밖에 없었다.

"어이쿠. 예, 예. 채주님, 채주님의 말씀대로, 채주님의 말씀대로……."

사지를 벌벌 떨며 말까지 더듬는 지현 나리.

그래도 명색이 관의 수장인데 싶어 곽무한은 곽패를 한번 노려보았다. 그러나 머쓱한 표정으로 웃고 있는 곽패를 보고는 실소를 짓고 말았다. 하긴 수적 주제에 이런 기회가 아니면 언제 한번 지현에게 큰소리를 쳐보겠는가?

"자, 자. 떨지 마시오. 보기에는 저래 보여도 순하기가 양 같은 놈이오."

이런 걸 보고 으르고 달랜다고 하는 걸까? 덜덜 떨고 있는 지현 나리를 잠시 다독여 준 곽무한. 은근슬쩍 또 하나의 제안을 강요했다.

"놈들의 보복 문제는 내가 확실히 처리할 테니 걱정 않으셔도 되고… 지현 나리께서 한 가지 협조해 줄 일이 있소. 세금 문제요."

"세, 세금이오?"

"아, 아, 그렇게 놀라실 필요까지는 없소. 우리 수채의 문장을 단 물품에 대해서는 세금을 물리지 말아달라는 것뿐이니."

이 제안은 수룡채가 있는 대창현을 위한 호의이자 수룡채의 미래를 위한 포석이었다. 나중에 수채를 옮겨가더라도 여전히 수룡채의 이름이 영향력을 발휘할 수 있도록 하려는.

"그것은… 타지에서 오는 물품에 대해 세금을 걷지 않는다는 것은……"

지현 나리는 곽무한의 제안에 대해 곰곰이 생각하는 기색이었다. 그러나 그는 곧 생각하기를 포기할 수밖에 없었다.

"저 새끼가 또?"

쾌쾌쾅!

대청마루를 두 쪽으로 쪼개 버리는 곽패의 무시무시한 도끼질 때문이다.

"아이고! 알겠습니다, 알겠습니다."

결국 엄포 반 달램 반으로 지현 나리를 굴복시킨 곽무한은 이제 지역 유지들을 불러 모았다. 물론 지현 나리를 옆에 배석시킨 채.

"보시다시피, 이제 이곳의 밤은 우리가 지배하게 됐소. 앞으로 보호세는 우리에게 바치시오."

원래 사업하는 사람들은 배포가 크기 마련이다. 더구나 대대로 지역 유지인 경우에는 더 그랬다. 여기에도 그런 사람이 있었다.

"당신에게 보호세를 바치면 우리에게 무슨 실익이 있소이까?"

몇 사람이 강단있게 나왔다.

"실익?"

그러나 그들의 배포는 아무런 소용이 없었다.

퍼퍼퍼픽!

"쿠에에엑!"

본때를 보여주려는지, 이번에는 곽무한이 직접 손을 썼다.

"목숨보다 더 큰 실익이 있다면 마음대로들 하시오."

괜히 나섰다가 피떡이 되어 널브러진 사람들을 본 지역 유지들은 정신없이 고개를 끄덕일 수밖에 없었다.

이윽고 새벽녘 즈음.

무산을 완전히 평정한 곽무한은 용문으로 넘어갔다.

무산보다 조금 작은 마을, 용문.

그곳 역시 피바람에 휩싸여 있었다.

용문에 도착한 곽무한은 인상을 조금 찌푸렸다.

일반 양민들의 피해도 적잖았기 때문이다.

"힘없는 사람들은 건드리지 말랬잖소?"

곽무한은 거의 화를 내지 않는 성격이었다. 그러나 폭발했다 싶으면 물불을 가리지 않는 성격이기도 했다.

지렁이는 곽무한의 성격을 예전부터 익히 겪어보았다. 그래서 얼른 변명을 해댔다.

"일부러 그런 게 아니라 여기 놈들이 의외로 독하게 나와서⋯⋯."

"음⋯⋯."

무릎을 꿇린 채 앉아 있는 사람들을 보니 과연 얼굴에 독기가 가득 흐르고 있었다.

"이유가 뭐랍니까?"

"금사상채가 더 강하다는 것 때문이지요. 언젠가 우리가 쫓겨나고 나면 그 피해가 다시 자신들에게 돌아온다는 이유 때문입니다."

지렁이의 대답이 끝나기도 전이었다.

"거짓말! 우린 네놈들을 기억하고 있어! 그 때문이야!"

노인 한 사람이 벌떡 일어나더니 비분에 찬 목소리로 소리 질렀다.

"우릴 기억한다?"

"그래, 이 벼락을 맞을 놈들! 네놈들이 이름을 바꾼다고 해서 우리가 몰라볼 줄 알았더냐? 이 사악하기 짝이 없는 적호채 놈들!"

곽무한은 그제야 이유를 알았다.

예전, 철면노호가 저지른 살겁 때문이었다.

"휴우. 그 일 때문이었군요. 모두 염려들 마십시오. 우린 이제 적호채가 아닙니다. 그때 이 마을을 공격했던 원흉은 제가 이미 죽여 버렸습니다. 나중에 그의 시체를 보여 드릴 수도 있습니다."

"그게… 정말이오?"

"그렇습니다. 지금 당장에라도 적취협에 가보시지요. 성벽은 무너졌고, 죽은 자들의 무덤이 강변 언덕에 만들어져 있습니다. 그들은 이제 이 세상 사람이 아닙니다."

"아아! 드디어 내 아들의 원한이 풀리겠구나. 크흐흐흑."

그 이후 용문 선착장의 일도 쉽게 마무리됐다.

지렁이의 무성의한 일 처리에 한동안 질책을 보낸 곽무한은 대창현으로 돌아왔다.

곽무한을 맞이한 지현 나리는 입이 찢어졌다.

"그러니까 이놈들이 그 흉악한 놈들이란 말이죠?"

"그렇습니다."

"분명히 다른 현에서도 이놈들을 처리한단 말이죠?"

"분명히!"

지현 나리는 그제야 온갖 공치사를 보내며 고마워했다.

"앞으로도 그런 놈들을 자주 보내 드리겠습니다."

곽무한이 떠나면서 덧붙인 말에 지현 나리는 아예 숨이 넘어갈 정도로 기뻐했다.

"됐다, 이제 됐어! 뇌물로 승진하는 것보다야 실적으로 승진하는 것이 백 배 유익하지. 아무렴. 아무렴!"

그날 지현 나리는 친구에게 정성껏 답장을 보냈다.

'이보게, 친구. 일전에 보내준 자네의 성의는 고마우나 나는 청렴결백을 지키려고 맹세한 사람. 세상이 나를 알아주지 않아도 좋으이. 그저 백성의 아픔을 보듬으며 이 한 몸 바치기로… 그래서 목숨을 걸고 수적 토벌에 만전을……'

그날, 지현 나리의 붓은 일필휘지로 춤을 췄다.

그날, 선주들의 대부 격인 장 노인도 덩실덩실 춤을 췄다.

"허허. 이런 기쁜 소식이?"

장 노인은 넘치는 기쁨을 주체할 수가 없었다.

대창현은 지리적 위치상, 물품 교역 장소가 무산 선착장이 될 수밖에 없었다. 그곳이 주변에서 유일한 물산 집합 장소였기 때문이다. 그러니 그들에게 있어 가장 큰 숙원은 무산 선착장에서의 자유로운 교역이었다. 그런데 그 숙원을 곽무한이 이루어준 것이다. 그것도 세금 한 푼 내지 않고 오히려 그곳 관아의 보호를 받으면서 말이다.

"이건, 이건 어떻게 계산을 해드려야 할지?"

장 노인은 이번 일에 대해서만큼은 기꺼운 마음으로 계산할 용의가 있었다. 그러나 웬걸? 이 수적 두목은 별일 아니라는 표정으로 고개를 내젓는다.

"됐습니다. 언젠가 말씀드렸지요? 그대들이 하는 걸 봐가면서 세금을 낮추어주겠다고. 그 약속을 지킨 것이라 생각하십시오."

곽무한은 그 한마디를 남기고 성큼성큼 멀어져 갔다.

"세상에! 저런 수적도 있었다니……?"

장 노인은 한참 동안 멍하니 곽무한의 뒷등만 바라봤다.

나이 탓에 시력이 가버렸는지, 저만큼 멀어진 곽무한의 등이 대파산보다 더 커 보였다.

무산과 용문을 단숨에 장악한 수룡채.

그러나 큰 변화는 없었다.

이른 새벽의 입수 훈련부터 밤늦은 시간의 개인 수련까지, 하루 일과는 여전히 똑같았다.

그러나 겉으로 보이는 일상과는 달리 이면에는 엄청난 변화가 있었다.

그중 가장 큰 변화는 수룡채들에게 있었다.

예전엔 늘 훈련이 끝나자마자 탈진한 표정으로 널브러지는 수룡채들이었다.

그러나 지금은 완전히 달라졌다. 훈련이 끝나도 얼굴에 활력이 넘치고 웃음이 그치지 않았다. 연무장을 울리는 기합 소리도 평소의 배는 됨직했다. 그 이유는 다름 아닌 자신감이었다.

무산과 용문.

사실 곽무한에게 있어서는 가벼운 싸움이었지만 수하들에게 있어서는 긴장된 전투였다.

비록 얼치기들뿐인 초소라지만, 명색이 사천의 물길을 틀어쥔 금사상채의 수적들과의 한판 승부다. 그런 자들을 상대로 손발을 맞춘 지 일 년도 안 되는 이름없는 수채가 공격을 시작했다. 물론 개중에는 산전수전을 거친 지렁이나 담우치 같은 사람들도 있었다지만, 태반이 무지렁이 산적 출신들이 아닌가? 그러니 두렵지 않았다면 거짓말이리라.

그러나 싸움은 예상외로 일방적으로 전개됐다. 자신들은 미리 약속이나 한 듯이 손발이 착착 맞았고, 상대는 공포에 떨었다.

신기한 일이었다.

사천 땅에서는 우는 아이도 울음을 그친다는 금사상채의 악명은 어디로 가고, 자신들의 발 아래에서 사시나무 떨듯 하는 오합지졸들만 남았다.

그래서였다.

수룡채들은 이제 더 이상 무서운 게 없었다. 금사상채 아니라 천하의 동정수채일지라도 단숨에 때려눕힐 수 있다는 자신감이 들었다.

수룡채들의 그런 자신감 이면에는 이 순간이 오기까지 겪어야 했던 혹독한 수련 과정이 있었기 때문이다. 이번 승전이 요행이나 운이 아닌, 각자가 흘린 땀방울의 결과라 생각하니 스스로에 대한 자신감이 솟은 것이다. 그런 이유로, 이제껏 혹독하게만 느껴졌던 수련 시간이 새로운 의미로 다가온 것이다. 그래서 내지르는 기합성에 더 힘이 들어가게 되고, 고단한 훈련 끝에도 웃음을 지을 수 있는 것이었다.

수룡채의 또 다른 변화.

그것은 몰려드는 방문객이었다.

평소 수룡채는 문지기가 필요없을 정도로 인적이 드물었다. 그러나 최근 들어서는 접객청을 따로 만들어야 할 정도로 찾아오는 사람이 많았다.

방문객의 대부분은 선주들이나 상인들이었다. 무산과 용문으로 향하는 물품에 수룡채의 문장을 받기 위해서 몰려든 것이었다.

그들은 단순한 방문객이 아니었다.

곽무한의 사양에도 불구하고, 그들은 수룡채의 문장을 받을 때 소정의 수수료를 지불했다. 물론 그렇게 된 데에는 혹시라도 수룡채와 가까운 몇몇 상인이 물품 교역권을 독점할까 하는, 그들 나름의 이유가 있었겠지만, 수룡채 입장으로서는 그들의 성의를 마다할 이유가 없었다. 그러니 그들의 방문이 곧 채의 수입이 확대되는 것이었고, 그들의 숫자가 늘어남은 곧 채의 이름이 높아가는 것이었다. 그러다 보니 방문객이 올 때 수룡채들의 기합성은 더 더욱 커질 수밖에 없었다.

좌우간, 이런 저런 이유로 연무장은 매일 활력이 넘치는 장소가 되었고, 곽무한은 의도치 않은 이런 결과에 가슴이 뿌듯했다.

'자신감! 가장 큰 무기지. 다행이야.'

곽무한은 수하들의 기합성을 들으며 다음 계획을 준비했다.

'진짜 싸움은 지금부터지. 주하채와 파하채!'

무산과 용문을 차지 한 건 수룡채에 많은 도움이 됐다. 물산이 모이는 곳이다 보니, 사천 인근의 정보를 속속들이 파악할 수 있게 된 것이다.

곽무한은 날아드는 정보를 분석하며 매일 회의를 주재했다.

그러던 어느 날. 희소식이 날아들었다.

사천 제이의 도시이자 누천년 역사의 도시 중경(重慶).

그곳에서 금사상채와 가릉수채가 서로 혈전을 벌이기 시작했다는 정보였다.

금사상채와 가릉수채 간의 전쟁. 언제고 한 번은 터질 일이었다.

중경은 장강과 가릉강의 물길이 동시에 만나는 곳이었다. 따라서 예로부터 장강 상류의 최고 수륙 교통 중심지로 손꼽혔다. 그래서 물길에 숟가락을 걸친 자들이라면 누구라도 탐을 내는 곳이었다.

그러나 누구도 선뜻 중경에는 손을 뻗치지 못했다.

그곳엔 이미 터줏대감이 있었기 때문이다.

장강 사대지류의 하나로, 중경에서 시작해서 섬서와 감숙으로 이어지는 강, 가릉강. 그곳의 주인이 지난 수십 년 동안 중경을 장악하고 있었다.

그러나 이미 사천의 물길을 대부분 손에 쥐다시피 한 금사상채.

이런 황금 어장을 그냥 두고 볼 리 만무했다.

그동안 크고 작은 수채들의 도발에 대응하느라 미처 욕심을 내지 못하다가, 이제 드디어 마각을 드러낸 모양이었다.

"때가 왔구나!"

곽무한은 주먹을 불끈 쥐었다.

이번 소식은 주하채와 파하채를 노리는 수룡채에게 있어 다시없는 기회였다. 곽무한은 두근거리는 가슴을 억누르며 부채주들을 불렀다.

"내일 밤, 주하채와 파하채를 칩니다!"

"아! 드디어!"

곽무한의 결정에 부채주들은 흥분을 감추지 못했다.

주하채와 파하채를 친다 함은 수룡채의 이름을 만방에 알리는 것. 지금부터가 수룡채의 진정한 시작이었다.

곽무한은 부채주들의 흥분을 가라앉히며 작전 회의를 시작했다.

"다들 아시다시피 주하와 파하는 가릉강의 지류인 거강(渠江)이 네 갈래로 나뉘진 곳이오. 그러니 전광석화처럼 빠르게 주하와 파하를 치고 곧바로 물길이 나뉘지는 전략 요충지, 거현(渠縣)을 장악해야 합니다. 그래야 가릉채 놈들의 응원군을 막을 수 있습니다."

곽무한은 지도를 짚어가며 자신의 생각을 하나하나 설명해 나갔다.

부채주들의 안색은 딱딱하게 굳어졌다.

야음을 틈타 동시에 두 개의 수채를 장악하고, 연이어 방어막까지 만들어야 하는 쉽지 않은 작전이었다.

"모두 만전을 기울이셔야 합니다. 한 치의 오차라도 있으면 오히려 우리가 당합니다."

곽무한은 부채주들과 눈을 마주 보며 진중히 말했다.

"명하신 대로 반드시 이행하겠습니다."

담우치 등은 결의에 찬 눈빛으로 대답했다.

다음날 아침.

"출전 준비!"

수룡채는 일시에 긴장과 흥분의 도가니로 변했다.

수룡채들은 저마다 굳은 표정으로 무기를 손질하고 배를 살피는 등 결전의 각오를 다졌다.

곽무한은 부산스레 움직이는 수하들을 지켜보다가 후원으로 갔다.

겨울바람에 시달리고 있는 앙상한 나뭇가지들이 눈에 들어왔다.

곽무한은 잠시 호흡을 다스리다가 한쪽 구석에 세워져 있는 대나무를 집어 들었다.

소금물에 절여 강도를 높인 대나무. 적호채를 빠져나올 때 만든 것이었다. 그래선지 만감이 교차했다.

'후우움. 지금부터 시작인가? 당당한 모습으로 돌아가기 위한?'

잠시 하늘을 쳐다보며 감회 어린 표정을 짓던 곽무한, 문득 손에 쥔 대나무를 보며 불만 어린 표정을 지었다.

"너무 길군. 나중에 좀 더 다듬어야겠어. 휴대가 간편하게 이 단으로."

과자안이 준 낚싯대에 미련이 남아서일까? 혼잣말로 투덜거린 곽무한은 대나무 끝머리에 은사를 매달고는 힘차게 땅을 박찼다.

"타하압!"

기합성과 함께 은빛 광채가 종횡으로 공간을 잘랐다.

씨잇, 씨이잇!

곽무한은 은사가 내지르는 기음을 들으며 마음속 긴장을 풀었다.

사람은 어느 순간을 계기로 달라질 때가 있다.

조직도 마찬가지다. 어느 순간을 계기로 똘똘 뭉칠 때가 있다.

지금의 수룡채가 그랬다.

촤르르!

삶과 죽음이 교차하는 전장을 향하여 뱃머리가 물살을 가르는데도 모두의 얼굴엔 자신감이 가득해 보였다.

'달라졌어, 모두들.'

무견은 한 점 두려움 없이 노를 젓는 수하들을 보다가 문득 곽무한에게 시선을 돌렸다.

곽무한은 고물에 앉아 낚시에 열중하고 있었다.

평화로워 보였다. 도무지 전쟁터로 나가는 사람 같지 않았다.

'대단해. 이젠 관록뿐만 아니라 위엄까지 느껴져.'

그랬다.

이번 겨울만 지나면 열여덟이 되는 곽무한.

그는 정말 많이 변했다.

얼굴을 온통 뒤덮었던 곰보의 흔적은 이제 눈을 크게 뜨고 보지 않으면 자취조차 찾기 힘들었고, 육 척의 키에 탄탄한 어깨는 사내 중의 사내로 탈바꿈시켜 놓았다. 거기다가 정광이 감도는 그의 눈빛을 대하노라면 왠지 모르게 주눅이 들 정도였다.

그 때문인지 언젠가부터는 곽무한의 말 한마디, 표정 하나에 수룡채들이 일희일비할 정도였다.

'타고난 것일까? 아니면 노력일까?'

무견은 한동안 곽무한을 훔쳐보며 딴생각에 빠져 있었다. 그때 누군가가 그의 의식을 깨웠다.

"령주님, 명령을……."

"음? 아! 미안."

정신을 차리고 보니 주하채의 영역이 벌써 코앞이다.

무견은 힐끔 곽무한의 눈치를 보다가 명을 내렸다.

"암류조(暗流組), 출발!"

암류조란 잠수조를 가리키는 말이었다.

무견의 명이 떨어지자 머리끝에서부터 발끝까지 물고기 가죽으로 뒤덮인 사내들이 얇은 면도를 들고 조용히 물속으로 사라졌다.

스르르.

십여 명의 사내들이 움직였건만, 거품 소리도 나지 않았다.

무견은 혹시 있을지 모를 방해물 제거를 위해 암류조를 먼저 출발시킨 것이다.

암류조들이 모두 사라지고 나자 무견은 다음 명령을 내렸다.

"모두 노를 숨겨. 놈들의 코앞까지는 물살을 타고 간다."

좌르르.

수룡채의 소선들은 일체의 소음조차 죽인 채 조용히 물살을 따랐다.

수룡채들이 물살을 따라 흘러가는 동안 바람은 소리없이 불었고 구름은 바람 따라 흘렀다.

"저기!"

멀리서 희미한 불빛이 보이자 누군가가 작게 속삭였다.

'으음… 주하채!'

무견은 잠시 눈을 떨다가 찬바람을 들이마셨다.

힐끔 뒤를 돌아보니 곽무한은 여전히 낚시에 몰두 중이다.

'나에게 끝까지 맡긴다는 뜻!'

무견은 알 수 없는 책임감이 들었다.

무견은 뚫어져라 어둠을 주시하다가 조용히 손을 들었다.

처처척! 처처척!

무견의 신호에 따라 수룡채들은 쇠뇌와 화살을 집어 들었다.

불빛이 점점 또렷해졌다. 그와 동시에 흐릿한 물체들이 망막에 들어왔다.

'놈들의 배다!'

무견은 두 자루 칼을 꺼내 물속에서 딱딱! 두 번 부딪쳤다. 그러자 저쪽 강물이 가볍게 일렁였다. 물속에 있던 암류조들이 신호를 듣고 놈들의 배에 구멍을 내기 시작한 것이다.

'계속 전진!'

무견은 다시 신호를 보냈다.

소선들은 점점 강변으로 다가섰다.

이제 불빛이 확연하게 다가왔다.

네댓 명씩 짝을 이룬 적들이 화톳불을 피워놓고 한담을 나누고 있었다. 그들 뒤로는 어둠에 웅크린 목조 건물이 들어왔다.

'저놈! 저놈!'

무견이 막 손가락으로 암습 신호를 보낼 때였다.

갑자기 등 뒤에서 찬바람이 불었다.

휘리릭!

가볍게 옷자락 떨리는 소리. 곽무한이었다.

곽무한은 까마득한 달 속으로 뛰어들었다가 어둠의 목조 건물을 향해 쏜살같이 사라졌다.

'맙소사! 사람이야 새야?'

볼 때마다 매번 감탄이 나오는 신위. 무견은 한동안 입을 벌리고 있다가 일순간 고개를 돌려 수하들에게 공격 명령을 내렸다.

'공격!'

그러나 반응이 없었다.

뒤를 돌아보니 모두 곽무한이 사라진 곳을 멍하니 쳐다보고 있었다.

'이것들이? 다 죽고 싶어?'

무견이 으르렁거렸다.

퓨퓨퓻! 퓨퓨퓻!

쇠뇌와 화살은 그제야 쏘아졌다.

"으아아악!"

처절한 비명 소리가 적막을 깨뜨렸다.

"헉? 뭐야?"

몇 개의 당황한 음성들이 나왔다.

"전원 공격!"

당황한 음성들은 쩌렁쩌렁한 호통 소리에 묻혀 버렸다.

"와아아아!"

퓨퓨퓻! 퓨퓨퓻!

함성 소리와 함께 화살이 새까맣게 날았다.

"적이다! 침입이다!"

누군가의 고함 소리가 밤을 뒤흔들었다.

"돌격!"

"와아아아!"

수룡채들은 병장기를 흔들며 배에서 뛰어내렸다.

어두운 강변은 순식간에 전쟁터로 바뀌었다.

갑자기 들려온 함성 소리는 잠들어 있던 주하채를 깨웠다.

"뭐야? 무슨 일이야?"

"기습이다! 모두 병장기를 들어!"

"불, 불을 켜라!"

분분한 소란성과 함께 등불들이 빠른 속도로 켜지기 시작했다.

그러나,

시이잇!

날카로운 기음이 들리나 싶더니 등불들이 켜지기 무섭게 꺼져 버렸다.

"뭐 하나? 빨리 불을 켜!"

미처 상황을 파악하지 못한 몇 놈이 뒤를 돌아보며 고래고래 고함을 질렀다. 그러나 돌아오는 메아리는 없었다.

"도대체 이 바보들이 뭣들 하는… 헉!"

결국 성질 급한 몇 놈이 직접 등불을 켜려다가 목을 움켜쥐며 쓰러졌다.

"적이다! 벌써 이곳에 침입했어!"

놈들은 그제야 상황을 알아차렸다.

그러나 곽무한은 알아차린다고 해서 어찌할 수 있는 상대가 아니었다.

쐐애액!

"컥!"

"헉!"

곽무한의 움직임은 은밀하면서도 빨랐다.

번쩍, 번쩍 하는 순간에 벌써 수십 명을 쓰러뜨렸다.

"포위해! 놈은 혼자야!"

몇 놈이 악을 쓰며 고함을 질렀다. 그러나 그들의 걸음걸이로 따라잡기엔 곽무한의 신형이 너무 빨랐다.

본채 안을 마음껏 휘저은 곽무한은 어느새 출입문에 가 있었다.

앞을 막아선 육중한 문.

곽무한은 혈뢰도를 꺼내 들었다.

"타하압!"

콰콰콰콰쾅!

기합성과 함께 붉은 광채가 번쩍이자 주하채의 입구 문이 산산이 부서져 나갔다.

곽무한은 거기서 멈추지 않았다.

콰지지직! 콰콰콱!

쉴 새 없이 신형을 옮기며 주하채를 두르고 있는 목책을 마구잡이로 부숴놓았다.

요란한 함성과 폭음 소리는 곤히 잠들어 있던 주하채의 채주, 삼두점(三頭鮎) 이탁을 깨웠다.

"음? 이게 무슨 소리야?"

잠시 밖의 소란성에 귀를 기울이던 이탁은 튕기듯 몸을 날려 자신의 애병, 세 개의 갈고리로 만든 삼두구(三頭鉤)를 집어 들었다.

"미친놈들! 이런 궁벽한 수채에 뭐 집어먹을 게 있다고."

찢어질 듯한 하품으로 잠을 깬 이탁은 삼두구를 질질 끌며 밖으로 나섰다.

"와아아! 공격!"

퓨퓨퓻! 퓨퓨퓻!

귀를 찢는 함성 소리와 빗발치는 화살 세례.

이탁이 밖으로 나섰을 때는 이미 수룡채들이 물밀듯이 공격해 들어오는 상황이었다.

"젠장!"

이탁은 눈살을 찌푸렸다.

침입자들의 공세가 장난이 아니었기 때문이다.

"뭣들 하나? 모두 정신 똑바로 못 차려?"

이탁은 먼저 수하들에게 벼락같은 호통을 질렀다.

"와! 채주님이 나오셨다!"

이탁의 등장에 주하채들은 열렬히 환호성을 질렀다.

과연 이탁은 주하채들이 환호성을 지를 만했다.

"멍청한 것들! 수로는 뒀다가 찜 쪄 먹을래? 잠수조들, 수로를 따라 밖으로 나가 놈들의 배를 제압해! 승선조들, 배를 끌고 나가 놈들의 뒤를 끊어! 타격조들은 포위망을 더 넓게 벌려! 지원조들은 뭐 하나? 모두 암기들을 준비해!"

그는 장내에 도착하자마자 빠른 목소리로 수하들을 지휘하고는 갈고리를 휘두르며 전장으로 뛰어들었다. 그러자 주하채들은 순식간에 안정을 찾으며 포위망을 구축하기 시작했다.

이렇게 되니 오히려 수룡채 쪽이 당황하기 시작했다.

자신들을 포위해 오는 놈들을 제외하고는 대부분 배를 끌고 나가거나 비상 수로를 따라 몸을 날리고 있었기 때문이다. 이대로 간다면 강변에 두고 온 동료들이 위험해지는 순간이었다.

"놈들을 막아!"

무건은 배를 끌고 나서는 놈들을 막으려고 달려가다가 등 뒤로 날아드는 살기에 놀라 급히 몸을 돌렸다.

쐐애애액!

순식간에 코앞으로 들이닥친 날카로운 이빨!

"헉?"

카카캉!

무건은 도를 휘둘러 날아드는 갈고리를 튕겨냈다. 그러나 갈고리에 어찌나 강한 힘이 깃들어져 있던지 손목이 시큰해 왔다. 그뿐이 아니었다.

휘리릭! 땡그랑!

"헉, 이런!"

놈의 갈고리는 영활한 뱀 같았다. 기이한 각도로 휘어져 도를 부러뜨리고는 어느새 자신의 손목을 감아온다.

가슴이 철렁한 무견은 급히 갈고리를 풀려고 했다. 그러나,

"애송이! 이리 와!"

부리부리한 눈빛의 텁석부리가 갈고리를 휙! 잡아당긴다.

"으윽!"

손목이 끊어질 듯 아파왔다.

무견은 이를 악물며 버티다가 순간적으로 머리를 굴려 오히려 놈이 당기는 쪽으로 몸을 날려 버렸다. 물론 한 손에 비수를 숨긴 채.

"어쭈? 이놈 봐라?"

그러나 놈은 노련했다. 가볍게 코웃음을 치더니 손목을 묘하게 흔들었다. 그러자 손목을 감고 있던 갈고리가 갑자기 위로 튕기며 자신의 턱을 때려 버린다.

"커흑!"

무견은 눈앞이 캄캄해지는 것을 느끼며 정신을 잃고 말았다.

순식간에 무견을 눕혀 버린 이탁, 재차 갈고리로 감아 당긴 무견의 허리를 밟고는 다음 목표를 찾아 눈을 돌렸다.

그때 이탁은 자신의 수하들에게 둘러싸여 있는 한 사내를 보게 됐다.

이탁은 그를 보는 순간 가슴이 쿵쿵 뛰는 것을 느꼈다.

그는 한가로운 자세로 낚싯대를 들고 서 있었는데, 착 가라앉은 눈빛이 무척 인상적이었다.

"저놈이 우두머린가?"

이탁은 자기도 모르게 손에 힘을 줬다.

그 순간, 자신의 말을 듣기라도 한 듯 그가 시선을 보내왔다.

쩡!

만년설의 한기가 이러할까?

천지가 그의 눈빛으로 가득한 기분이었다.

"웃! 고수?"

이탁은 한차례 몸을 떨어 두려움을 떨치고는 갈고리를 말아 쥐었다.

막 그에게 몸을 날리려는 찰나, 보란 듯이 그가 먼저 움직였다.

마치 새를 쫓듯 부드러운 몸짓이었다.

그러나 그 결과는 무시무시했다.

시이잇!

빛살같이 공간을 자르는 하얀 빛줄기.

"크헉!"

"흡?"

빛줄기가 스치자마자 수하들이 수숫단 넘어가듯 와르르 쓰러졌다.

'빌어먹을… 그냥 고수가 아니라 엄청난 고수로군.'

조금 전 그 사내의 신위 탓인지, 침입자들이 다시 힘을 내고 있다. 그 때문에 자신들의 숫자가 훨씬 많음에도 불구하고 치열한 접전이 계속되고 있었다.

한참 전황을 살피던 이탁의 눈이 점점 찌푸려졌다.

'제길. 곧 균형이 무너지겠군.'

그 사내 때문이었다.

그가 손을 휘두를 때마다 수하들이 수숫단 넘어가듯 하니, 그 사내

주변에 있던 다른 수하들까지 점점 몸을 움츠리고 있었다.

다수와의 싸움에서 가장 중요한 건 뭐니 뭐니 해도 사기(士氣)다. 그런데 벌써 수하들의 일부분이 공포에 질려 허물어지고 있었으니, 어느 순간이 되면 걷잡을 수 없이 무너질 것이다.

이탁은 잠시 고민했다.

'놈과 직접 맞붙어?'

승산은 둘째 치고, 놈이 응해줄지가 문제였다. 그렇다고 전장을 헤집으며 따라잡자니 놈의 신법이 너무 빨랐다.

'나도 전장에 뛰어들어?'

그러나 무기가 문제였다.

기다란 쇠갈고리.

세 개로 나뉜 쇠갈고리의 무게 때문에 저놈만큼 정확하게 적들만 골라 공격할 자신이 없었다.

'제기랄. 혼전 중만 아니었다면…….'

가릉수채 전체에서도 손꼽히는 실력자가 바로 자신이다. 그러나 그런 무공 실력도 혼전 중이니 별 소용이 없다.

결국 이러지도 못하고 저러지도 못해 애만 태우고 있는데, 갑자기 발밑에서 꿈틀거림이 느껴졌다. 아까 자신에게 잡혔던 놈이다.

"아! 그렇군!"

이탁은 좋은 생각이 떠올라 무견의 목을 틀어쥐었다.

"이놈! 손을 멈춰라!"

슥!

놈이 시선을 돌려왔다.

'윽! 무슨 놈의 눈빛이…….'

섬뜩한 눈빛이었다. 강렬한 살기가 어린.

"손을 멈춰라! 그렇지 않으면 이놈을 죽여 버리겠다!"

이탁은 곽무한의 눈빛을 무시한 채 갈고리 끝으로 무견의 목을 눌렀다. 그러나 의외였다.

"으윽! 차라리 날 죽여라!"

핏방울이 목을 타고 흘러내리는 데도 자기 손아귀에서 버둥거리는 놈은 둘째 치고라도,

"그 손, 후회하기 전에 놓지 그래."

일말의 흔들림조차 없는 놈의 목소리가 신경을 곤두서게 만든다.

"쯧쯧. 이탁아, 이탁아, 네가 이게 무슨 꼴이냐. 팔자에 없는 협잡꾼 취급을 받게 되었구나."

이탁은 홀로 혀를 차더니 어깨를 으쓱하며 다시 입을 열었다.

"이봐. 혹시나 해서 하는 말인데 날 소인배로 오해하지는 말라구. 네게 협상을 제안하기 위해 이러는 거니까. 주변을 한 번 돌아봐. 내 수하들도 많이 죽었지만 네 수하들도 많이 죽었어."

이탁은 눈짓으로 주변을 한번 가리키고는,

"너랑 나랑 둘이 결판내는 게 어때? 네가 이기면 이 수채 너 줄게. 그러나 내가 이기면… 음음… 제기랄. 계속 이 골짜기에 처박혀 있어야겠군. 네놈을 밑에 데리고. 어때? 멋진 제안 아냐?"

"흠……."

곽무한은 그제야 눈빛을 누그러뜨리며 이탁을 훑어보았다.

엉망으로 난 수염 때문에 서른도 훨씬 넘어 보였지만, 선 굵은 얼굴에 부리부리한 눈빛. 남자다운 모습이었다. 게다가 툴툴하니 내뱉는 목소리에는 사심이 전혀 깃들어 있지 않았다.

"좋아!"

곽무한이 고개를 끄덕이려는 찰나,

"안 돼!"

무견이 고함을 지르며 와락! 갈고리 쪽을 향해 목을 들이밀었다.

"이런!"

이탁은 황급히 갈고리를 내려 버렸다. 그러다가 무슨 생각이 들었는지 흠칫 몸을 떨며 천천히, 아주 천천히 곽무한을 쳐다봤다. 만약 곽무한이 이 틈을 노려 공격해 온다면 자신에겐 치명적이었기 때문이다.

그러나 곽무한은 움직이지 않았다. 제자리에 선 채 낚싯대를 아래로 늘어뜨리고 있었다.

"좋아, 좋아. 멋진 친구로군."

이탁은 호쾌한 미소를 지으며 무견을 저 멀리 떠밀어 버렸다.

"크윽! 채주, 다 이긴 승분데 왜?"

무견은 목을 어루만지며 비분 어린 목소리로 말했다. 걸림돌이 되느니 죽고자 했는데 그것조차 마음대로 되지 않아서였다.

"됐어. 승부는 되돌릴 수 있지만 네 목숨은 되돌릴 수 없어."

곽무한은 무견에게 짧은 대답을 보내고 성큼성큼 이탁에게 다가갔다.

"좋아. 환영하네, 친구. 기억에 남을 만큼 통쾌하게 싸워보자구."

무견의 귀에는 이탁의 너스레가 들어오지 않았다.

곽무한이 남긴 말만 귀에 맴돌았다.

'내 목숨을 되돌리기 위해… 내 목숨을 되돌리기 위해…….'

무견은 곽무한의 말을 되씹다가 이를 깨물었다. 등줄기에서 기이한 전율이 일더니 빌어먹게도 콧날이 시큰해져 온 때문이었다.

두 사람은 서로를 마주하고 섰다.

양쪽의 싸움은 어느새 그쳐 있었다.

수많은 눈들이 두 사람을 향하며 원을 만들었다.

"무척 크군."

곽무한도 키가 큰 편이었다. 그러나 이탁은 곽무한보다 최소한 머리통 하나가 더 컸다.

"키가 무공을 말해 주는 건 아니지만 뭐, 남들이 날 좀 우러러보더군."

이탁은 한껏 으스대며 턱을 높이 치켜들었다.

곽무한은 피식 실소를 지었다.

"남들은 그럴지 몰라도 넌 평생 날 우러러봐야 할 거다."

말이 끝나기 무섭게 곽무한의 신형이 지면을 박찼다.

쐐애애액!

옷자락 떠는 소리보다 은사가 더 빨랐다.

"이런!"

이탁은 헛바람을 토하며 뒤로 공중제비를 돌았다.

시시시싯!

고작 은사에 스쳤음에도 땅바닥이 쩍 갈라져 버렸다.

이탁은 그 모습을 보고 혀를 내둘렀다.

"은사에 기를 실을 정도란 말인가? 오늘 임자 만났군."

입술을 내밀며 투덜거리던 이탁. 양손으로 갈고리를 잡더니 허공으로 힘차게 던져 올렸다.

카라라락!

삼두점이란 별호에 걸맞게 이탁이 던져 올린 갈고리는 세 마리 메기처럼 똬리를 틀며 곽무한의 몸 상중하, 세 곳을 동시에 점해왔다.

곽무한은 날아드는 갈고리를 보다가 어느 순간 눈을 번쩍 떴다.

"타합!"

기합성과 함께 낚싯대가 크게 휘었다.

카카칵!

곽무한이 휘두른 낚싯대는 강한 힘으로 갈고리들을 튕겨냈다.

그러나 갈고리들은 튕겨나면서도 묘한 회전을 일으켜 낚싯대를 획! 감아버린다.

"끝이라네, 친구!"

이탁이 곽무한의 뒤를 보며 득의의 웃음을 지었다. 두 개의 갈고리가 낚싯대를 감고 있는 동안, 남은 갈고리 하나가 긴 포물선을 그리며 곽무한의 뒤통수를 향하고 있었기 때문이다. 이게 바로 이탁이 자랑하는 절기, 암암회선타(暗暗回旋打)였다.

그러나 이탁이 놓친 게 하나 있었다.

이탁은 그 사실을 곽무한의 차가운 미소를 보고 나서야 알았다.

시시시시싯!

귀를 간질이는 이 소리.

"아차!"

자신의 갈고리가 잡은 것은 낚싯대.

곽무한이 자신의 갈고리를 놓친 것처럼 자신도 곽무한의 은사를 놓친 것이다. 게다가 자신의 갈고리가 낚싯대를 휘감은 충격으로 인해 은사의 속도는 빛이 무색할 속도로 날아오고 있었다.

이탁은 할 수 없이 갈고리를 풀며 급히 몸을 틀었다.

"휴우!"

이탁은 귀밑머리를 스쳐 가는 은사를 보며 안도의 한숨을 내쉬었다.

그러나, 그게 끝이 아니었다.

패애액!

난데없는 파공음.

어디를 어떻게 쳤는지, 놈의 낚싯대가 시퍼런 창날처럼 쇄도해 오고 있었다.

콰콱!

"크윽!"

어깨에 느껴지는 강한 충격.

그러나 이탁은 이를 악물며 반격에 나서려 했다.

놈의 무기였던 낚싯대가 땅바닥에 굴러 떨어진 것을 본 때문이었다.

그러나,

빠캉!

턱에 불이 번쩍 했다.

놈이 지면으로 떨어지는 낚싯대를 발로 차 자신의 턱을 강타해 버린 것이다.

"끄으으!"

이탁은 어찔한 충격을 흩트리려 재빨리 머리를 흔들었다.

그 순간,

피리릭!

놈이 차가운 미소로 다시 한 번 낚싯대를 발로 차올리자 낚싯대는 또다시 벌떡 일어나 자신의 턱을 때리러 오고 있었다.

"맙소사!"

빠강!

이번에는 정말 제대로 맞고 말았다.

이탁은 사방이 맹렬히 회전하는 것을 느끼며 그만 정신을 잃고 말았다.

이탁은 정말 곽무한을 우러러보게 되었다.

물론 처음부터 우러러본 것은 아니었다.

"제기랄… 졌군."

정신을 차린 이탁은 쓴웃음을 지으며 툴툴한 목소리를 내뱉었다.

"야! 편은극! 이 친구에게 애들 넘겨줘. 그리고 애들 따돌림당하지 않게 잘 챙겨."

그가 두 번째로 한 말이었다.

주하채 사내들은 눈물을 뚝뚝 떨어뜨리면서도 고개를 끄덕였다.

희한한 일이었다.

그는 마지막으로 손에 침을 뱉어 자기 목을 닦았다. 그리고는 목을 길게 늘어뜨리며 남의 일처럼 말했다.

"자, 친구. 난 준비됐네."

곽무한은 그의 배포에 감탄했다.

그러나 목표가 있으니 어쩔 수 없었다.

다만 죽이지는 않고 그냥 떠나보내려 했다.

"이런 빌어먹을. 날 뭐로 알아? 난 죽음도 당당히 받아들이는 사내란 말이야!"

그는 살려준다는데도 싫다는 놈이었다.

곽무한은 그를 외면했다.

"네가 뭐든 상관없어. 내 칼은 함부로 쓰지 않기로 했으니."

"호오? 그러서? 내 목이 싸구려란 말이지?"

그는 자존심이 상한 듯 벌떡 일어났다. 그리고는 자기 수하들을 돌아보며 소리쳤다.

"야! 이 친구가 싫대! 다시 덤벼!"

기가 막혔다.

그는 정말로 다시 싸울 기세였다. 주하채 놈들도 마찬가지였다. 그의 말이 떨어지자마자 기를 쓰고 포승을 풀려고 했다.

곽무한은 진심으로 감탄했다. 그래서 천천히 도를 빼 들었다.

징!

혈뢰도가 울었다.

"음? 도명(刀鳴)?"

그는 안목이 있는 놈이었다. 잠깐 놀란 눈빛을 보내왔다.

"지금의 내 도는… 내 게 아냐. 그래서 함부로 쓰지 않는 거야."

곽무한은 씁쓸히 말하며 도를 내리그었다.

그에게 도법을 보여주기로 한 것이었다.

쾌애애애액!

엄청난 진공음과 함께 혈뢰도가 밤하늘을 갈랐다.

츠츠츠츠츠!

폭사되는 붉은 광채와 함께 사방으로 뻗어가는 빛의 그물들.

그 엄청난 광경에 이탁은 넋이 나가 버렸다.

"허거걱. 허거걱."

그는 나중에 빠진 턱을 집어넣느라 몇 방울 눈물을 떨어뜨렸다. 그리고는 털썩 주저앉아 곽무한을 우러러봤다.

"그럼 일부러 쓰지 않았단 말이오?"

어느새 존칭이었다.

곽무한은 설레설레 고개를 저었다. 그리고는 쿨럭! 피를 한 사발 토했다.

"미완의… 도법. 그래서야."

이탁은 또 한 번 입을 쩍 벌렸다.

"저게… 저게 미완이면… 맙소사!"

이탁의 부릅뜬 눈은 참마뢰가 남긴 흔적과 곽무한을 번갈아가며 쳐다보고 있었다.

마치 거미줄처럼 조각조각 금이 가 있는 본채 건물.

참마뢰가 남긴 흔적이었다.

"빌어먹을……."

이탁은 한참 후에 고개를 떨어뜨리며 한마디 욕을 내뱉었다.

곽무한과 자신 간에 극명한 수준 차이를 느낀 것이다.

그는 한참 후에 곽무한의 눈을 쳐다보며 물었다.

"그런 힘을 갖고 있으면서 왜 이런 곳을 친 것이오?"

"필요해서."

곽무한은 등을 돌리며 짧게 대답했다. 어서 떠나라는 무언의 축객령이었다. 그러나 이탁은 계속 미적거렸다.

"이제 어디로 갈 거요?"

이탁이 호기심 어린 눈으로 물었다.

"파하채."

"젠장. 같이 갑시다."

"왜?"

이탁은 툭툭 돌멩이를 걷어차며 딴청을 피우다가 조그만 목소리로 말했다.

"당신이 좋아서 따라가는 건 아니니 걱정 마쇼. 아는 놈이 그곳의 채주요. 그놈은 나와 달리 좀 독종이 되어놔서… 덧없이 사라질 놈의 목숨을 구해주러 가는 거요."

주하채의 이탁은 이렇게 곽무한과 동행하게 되었다.

곽무한은 파하채의 영역에 들어서자마자 인상을 굳혔다.

파하채 입구에는 부서진 배와 시체들이 즐비했고, 아직도 은은한 병장기 소리가 나오고 있었기 때문이다.

"아직도 끝내지 못했단 말인가?"

속전속결로 끝내기 위해 세 명의 부채주를 몽땅 투입한 곳이었다.

그런데도 아직 싸우고 있다니?

곽무한은 뭍에 닿기도 전에 먼저 신형을 날렸다.

"아이고, 같이 갑시다!"

이탁이 '어푸어푸!' 거리며 뒤를 따랐다.

왜 '어푸어푸' 냐고?

이탁은 아직 물 위를 날아다닐 정도까지는 아니었으니까.

치열한 전투가 벌어지고 있음을 알려주듯, 아직도 이곳저곳에서 시커먼 불길이 피어오르는 파하채. 그 중앙 광장에서 벌어지고 있는 싸움은 실로 처절했다.

카카캉!

패애액!

"죽여라!"

"막아! 막으라고!"

눈에 핏발이 선 채로 서로 뒤엉켜 칼부림을 벌이고 있는 사람들.

"음……."

곽무한은 장내에 도착하자마자 미간을 찌푸렸다.

비록 수하들이 대세를 장악하고 있었지만, 사상자가 너무 많은 때문이었다. 그러나 그보다 더 염려스러웠던 것은 아직도 계속되고 있는 전투 때문이었다.

수하들과 싸우고 있는 파하채들. 그들 대부분은 심각한 상처를 입고 있음에도 불구하고 도무지 굽힘이 없었다. 오히려 시간이 갈수록 전의를 불태우며 악착같이 덤벼들고 있었다. 이래서야 이긴다 하더라도 득보다 실이 많은 싸움이었다. 더구나 저들의 눈빛을 보아하니 몰살당하지 않는 한 끝까지 싸울 기세였다.

"역시 독종이야……."

어느새 곁으로 다가온 이탁이 한곳을 쳐다보며 중얼거렸다.

곽무한은 그의 시선을 따라 눈을 돌렸다.

무너진 누각 안이었다.

그곳에는 상상을 초월하는 치열한 싸움이 전개되고 있었다.

파하채 채주 독심환(毒心環) 추단(秋單)과 수룡채 부채주들 간의 싸움이었다.

추단은 툭 튀어나온 광대뼈가 인상적인 삼십대의 사내였다. 그는 일월쌍환(日月雙環)을 들고 있었는데, 온몸에 피를 철철 흘리면서도 담우치와 곽패, 그리고 지렁이 등을 상대로 참 모질게도 싸우고 있었다.

카카캉! 카카캉!

양손에 든 쌍환으로 세 명의 공격을 막으며 공격하며 한 치의 꿀림도 없이 접전을 벌이고 있었다. 아니, 오히려 세 명의 부채주가 넌덜머리난다는 표정들이었다.

"저러다가는 끝도 없겠군."

한동안 상황을 살피던 곽무한. 일각이 여삼추인 입장이라 자신이 직접 나서려 했다. 그러나 이탁이 먼저 앞으로 나섰다.

"어이, 추단! 이제 할 만큼 했으니 그만 하는 게 어떤가?"

이탁은 네 사람 사이로 삼두구를 던지며 크게 소리쳤다.

그러나 추단은 이탁과 친한 것 같지 않았다. 오히려 원수지간 같았다.

"뭐야? 이 허우대만 멀끔한 자식! 배신했구나!"

추단은 이탁을 보자마자 더 길길이 날뛰었다. 심지어는 쌍환 중 하나를 이탁에게 집어 던지기까지 했다.

"이런 빌어먹을. 그만두라니까!"

이탁은 날아드는 환을 피하며 재차 소리쳤다. 그러나 그의 호의는 전혀 먹히지 않았다.

"닥쳐, 이 개자식아!"

추단은 눈동자를 하얗게 까뒤집으며 미친 듯이 날뛰었다.

"안 되겠군."

결국 곽무한이 나섰다.

"죽이진 말아주십쇼."

뒤에서 이탁이 부탁해 왔다. 이전과는 달리 의기소침한 목소리였다.

곽무한은 잠시 이채 띤 눈으로 그를 바라보다가 휙 몸을 날렸다.

"채주!"

추단의 공격이 어찌나 살벌했던지, 담우치 등은 그제야 곽무한을 발견했다.

"이건 또 뭐야?"

추단은 시뻘겋게 충혈된 눈빛으로 곽무한을 노려봤다.

"너에겐 두 가지 길이 있다."

곽무한은 눈짓으로 수하들을 물리며 차갑게 말했다.

"두 가지 길?"

추단은 콧방귀 뀌는 목소리로 받아왔다. 그러나 곽무한의 말을 듣는 순간, 그는 표정을 딱딱하게 굳히고 말았다.

"너 혼자 죽든지 수하들과 몽땅 같이 죽든지!"

이 세상에 가장 무서운 표정은 무표정이다.

곽무한은 추단에게 이 세상에서 가장 무서운 표정으로 말했다.

추단은 그제야 흥분을 가라앉히고 찬찬히 곽무한을 훑었다.

육 척 장신에 깊게 가라앉은 눈빛.

추단은 곽무한의 눈빛을 본 순간, 등골이 오싹함을 느꼈다.

'정말이다! 이놈은 정말 자기가 내뱉은 말을 지킬 놈이야!'

갑자기 쌍환의 무게가 묵직하게 느껴졌다.

단 한 번의 눈빛 교환으로 누적된 피로를 느끼게 만들다니?

실로 가슴 철렁한 기도요, 기파였다.

그러나 추단은 과연 독종이었다.

"좋아! 나도 한마디 하지. 네놈을 내 발 아래에서 개처럼 짖게 만들어주마!"

그는 '주마!' 라는 말을 내뱉음과 동시에 몸을 날렸다.

홰애애애액!

은빛 원반이 그에 앞서 살기를 머금고 날아왔다.

곽무한은 두 발을 벌리고 서 있다가 어느 시점에서 낚싯대를 강하게 휘둘렀다.

카카캉!

낚싯대에 부딪친 원반은 강한 회전을 일으키며 둘로 나뉘더니, 재차 곽무한의 양쪽 어깨를 노려왔다.

"잔재주를?"

곽무한은 순간적으로 깜짝 놀랐다.

알고 보니 놈이 쌍환을 둘로 포개 동시에 날린 것이다.

곽무한은 팽이처럼 급히 몸을 틀었다.

홰애애애액!

쌍환은 곽무한의 어깨를 아슬아슬하게 스치며 지나갔다. 그러나 놈의 쌍환을 피했다고 느낀 순간,

피리리릿!

곽무한의 귀에 아주 미세한 소리가 들려왔다. 혼전 중에는 절대 들을 수 없는 소리였다. 일월쌍환을 모두 투척한 뒤, 상대가 방심한 틈을 노리는 소털같이 가는 암기. 추단의 구명절초이자 비장의 암수였다.

그러나 다행히도 곽무한은 이미 육근을 다지는 연기화신의 경지에 들어 있었다. 거의 드러눕다시피 하며 간신히 암기를 피한 곽무한.

이제 곽무한의 얼굴에 하얀 서릿발이 끼었다.

"차아앗!"

곽무한은 사자후를 지르며 허공으로 솟아올랐다.

추단은 허공으로 날아오르는 곽무한을 보고 회심의 미소를 지었다.

비록 등 뒤에 멘 도를 보았지만, 이제껏 병기로 쓰던 낚싯대를 놔두

고 날아오를 정도이니 승부는 끝났다고 생각한 것이다. 허공은 아무래도 운신의 폭이 좁으니.

"후후훗! 어리석은 놈! 가라!"

추단은 허공에 뜬 곽무한을 향해 전력으로 쌍환을 날렸다.

홰애애액!

일월쌍환은 섬광 같았다. 번쩍인 순간, 이미 곽무한의 머리와 다리에 다다라 있었다.

추단이 이어질 피분수를 기대하며 안력을 모으는 순간,

번쩍!

허공에서 엄청난 광채가 폭사되었다.

"안 돼애애애!"

이탁의 비명 소리가 아련하게 들려왔다.

꿈인가 현실인가?

번쩍, 번쩍, 번쩍!

눈앞에서 수백 번의 번개가 쳤다.

칼밥으로 지내온 세월. 직감으로 알았다.

지금 눈앞에 번쩍이는 번개는 다름 아닌 놈의 칼 빛이란 사실을.

'끝⋯ 인가?'

추단은 멍했다.

휘리릭!

아련한 망막으로 그가 내려서는 것이 보였다.

'보였다? 그럼 내가 아직 죽지 않았단 말인가?'

갑자기 정신이 번쩍 들었다.

휘우웅!

뭔가 섬뜩한 느낌이 들었다.

'뭐지? 왜 이런 기분이지?'

추단은 주먹을 쥐어봤다.

감각이 있었다.

'뭐야?'

후다닥 움직여 봤다.

다리도 움직였다.

그러다가 발견했다.

우수수수!

자신의 어깨에서부터 흩날리는 머리카락.

그리고 바닥에 수북하니 떨어진 머리카락.

모두 자신의 것이었다.

그리고 또 있었다.

조각조각 잘린 천 조각.

자신의 상의는 어느새 산산조각으로 잘려 나가, 웃통을 벗은 것과 마찬가지 상태가 되어 있었다.

"넌 이미 죽었다."

차가운 눈빛의 사내가 무미건조한 목소리로 말했다.

추단은 자기도 모르게 털썩! 바닥으로 주저앉고 말았다.

제35장
유격(遊擊)

유격(遊擊)

싸움은 끝이 났다.

죽은 자들은 땅에 묻히고 산 자들은 하늘을 쳐다봤다.

후두둑, 쏴아아!

비명에 간 원혼들을 달래기 위함인지, 겨울임에도 불구하고 새벽부터 비가 내렸다.

곽무한과 이탁, 그리고 추단은 비를 맞으며 대화를 나눴다.

"앞으로… 어떻게 하실 생각이오?"

"강해질 것이다."

"강해져서는 뭘 하시려오?"

"당당하게 살 것이다."

"당당하게……."

곽무한의 대답에 두 사람이 흠칫! 몸을 떨었다.

곽무한의 대답은 두 사람의 마음을 울리는 말이었다.

추단과 이탁.

그들은 가릉수채의 이단아들이었다.

그들이 이단아 취급을 받게 된 이유는 지닌 바 포부가 너무 컸기 때문이었다.

'사내라면 응당 장강을 통일해야지!'

그리고 그 포부를 공공연히 떠드는 바람에 문제가 생겼다.

가릉채의 채주 무정괴조(無情怪爪) 진묵(眞默)은 지금 상태의 가릉채에 만족하고 있는, 별 야심이 없는 사람이었다. 때문에 추단과 이탁, 두 사람의 포부는 위에서 보기에 위험한 발상이었다. 그래서 두 사람은 뛰어난 무공을 갖추었음에도 하위 수채로 좌천을 당하고 말았다.

물론 좌천까지 이르게 된 데에는 직선적이고 고집스런 두 사람의 성격도 한몫을 했다.

지닌 바 포부 때문에 소외된 두 사람.

그들은 곽무한의 포부에 흠뻑 빠져 버렸다.

"강하고 당당하게란 말이지? 멋진 말이야!"

추단과 이탁은 곽무한을 뚫어져라 쳐다보다가 돌연 무릎을 꿇었다.

수하들은 우두머리를 따르기 마련. 이탁 때문에 덩달아 따라온 주하채 녀석들과 피투성이인 채로 씨근거리고 있던 파하채 녀석들도 모두 무릎을 꿇었다. 그들은 모두 곽무한의 승낙을 기다렸다.

담우치와 지렁이 등은 잔뜩 못마땅한 표정으로 곽무한을 훔쳐봤다.

추단 때문이었다.

그의 손속이 어찌나 지독했던지, 부채주들은 그에 대한 감정의 골이 깊게 패어 있었다.

"이자와는 절대로 함께할 수 없습니다!"

결국 곽무한이 승낙할 듯하자 지렁이가 앞으로 나서며 소리쳤다.

"그럼 죽이던가!"

추단이 지렁이를 노려보며 맞받았다.

"거, 밑천 드는 일도 아닌데 좀 끼워주쇼."

당연히 이탁이 한 말이었다.

곽무한은 그들 모두를 둘러보다가 한마디 내뱉었다.

"남자는 흉금이야. 서로 친해져 봐."

곽무한은 그 말을 마치자마자 배에 올랐다.

이탁과 추단은 이미 그럴 줄 알았다는 듯, 망설임없이 곽무한의 뒤를 따랐다. 이탁과 추단이 움직이자 주하채와 파하채들도 움직였다.

담우치와 지렁이 등은 한참 동안 인상을 쓰다가 한숨을 내쉬며 각자의 배에 올랐다.

"출발!"

곽패의 호령에 따라 굵은 팔뚝들이 움직였다.

촤악! 촤악!

내리는 빗방울은 사내들의 근육에 튕겨 물살 위로 힘없이 떨어졌다.

빗방울을 안은 물살은 뱃머리에 갈리고 노질에 밀려 정신없이 뒤로 물러났다.

아침나절.

모두의 눈에 거현이 보였다.

떠오르는 햇살은 빗방울로 무지개를 꾸몄다.

$$*\qquad*\qquad*$$

"뭣이라? 그 꼴통들이 기어코?"

세 갈래의 물길이 합쳐지기에 합천(合川)으로 불리는 곳,

가룡채의 깊숙한 곳에서 분노에 찬 고함 소리가 터져 나왔다.

고함 소리의 주인공은 무정괴조 진묵이었다.

어떤 상황에도 표정의 변화가 없어 무정(無情), 천하에 그의 조법을
당할 사람이 드물다는 뜻에서 괴조(怪爪). 합쳐서 무정괴조라 불리는
진묵에게서 오늘따라 천변만화한 표정이 지어졌다.

"그렇습니다, 채주. 그놈들이 문장(紋章)을 돌려보내 왔습니다."

수하가 내민 손에는 붉은 닻이 그려진 검은 판자가 들려 있었다. 배
의 이물비위(船首材)에 다는, 그래서 이 배가 가룡채 소속임을 알리는
표식이었다.

"빌어먹을 놈들!"

무정괴조 진묵은 문장을 보자마자 손을 날렸다.

콰지직!

검은 판자는 진묵의 손에 의해 순식간에 가루로 변해 버렸다.

문장을 든 수하는 손끝 하나 다치지 않는, 실로 무서운 공력이었
다.

진묵은 가루로 변한 문장을 한참 쳐다보다가 차가운 눈빛으로 물었
다.

"놈들이 누구에게 붙었다더냐? 금사상채냐?"

"아, 아닙니다. 그들이 아니고, 수룡챈가 뭔가 하는 곳이랍니다."

"수룡채?"

"예. 생긴 지 얼마 안 되는 곳이랍니다."

"생긴 지 얼마 안 되는 곳?"

진묵은 잠시 기가 막힌다는 표정을 짓다가 고개를 돌려 수하를 바라보았다.

"혈창(血槍) 도광덕(都廣悳)은 요즘 어디 있나?"

"혈창께서는 거강 인근의 화형산(華鎣山)에 계십니다만……."

수하가 놀란 눈빛으로 말을 흐렸다.

혈창 도광덕.

그는 가릉채의 서열 삼위인 집법 장로로, 과거 핏빛 창 한 자루로 사천 땅을 주름잡던 자였다.

그의 창술, 일 초에 열여덟 방위를 점한다는 혈광만리(血光萬里)는 창법의 종가라는 양가장에서조차 인정할 정도였는데, 술에 취해 사천 당가의 무사를 죽임으로써 가릉채에 몸을 담게 된 자였다.

"혈창을 불러! 그리고 애들을 보내 놈들을 몽땅 쓸어버리라고 해!"

"저어… 채주, 지금은 금사상채와 전쟁 중이니 재고를 하심이……."

수하가 머뭇거리며 말했다. 그러나 진묵은 고개를 저었다.

"아냐. 지금이 오히려 나아. 추단과 이탁, 그놈들은 내버려 두기엔 너무 위험한 놈들이야. 놈들이 기회를 봐 뒤통수를 쳐오면 오히려 머리가 아파져. 그러니 지금처럼 여유가 있을 때 미리 뒤를 정리해 두는 게 나아. 그리고 얼마 후에 있을 본격적인 혈전에 대비해 혈창도 몸을 좀 풀어둬야 하고."

"알겠습니다."

진묵의 명이 내려지자 가릉채는 바삐 움직였다.

화형산으로 전서구가 날았고, 울끈불끈한 사내들이 배에 올랐다.

각종 병장기로 중무장한 삼백여 명의 사내들.

그들은 수룡채가 장악하고 있는 거현을 향해 노를 저었다.

*   *   *

손만 뻗치면 사천과 닿을 듯한 운남의 끝 자락 마을, 초웅현(楚雄縣).

사천과 운남을 오가는 금사강의 물결이 내려다보이는 언덕. 그 위에 지어진 누각에는 금사상채의 문장인 금빛 호랑이 깃발이 펄럭이고 있었다.

"수룡채라고?"

"예. 그놈이 그곳에 있답니다. 확실합니다."

수룡채의 이름은 이곳에서도 거론되고 있었다.

"흐흐흐. 이 쥐새끼 같은 놈. 과연 살아 있었구나."

붉은 머리카락에 잔뜩 휜 곱사등.

혈두타는 수하의 보고에 회심의 미소를 지었다.

"좋아. 이번에는 확실하게 죽여주지. 웅풍산장에 이 소식을 전해! 삼음도 서문 대협을 죽인 놈이 아직 살아 있다고!"

"존명!"

수하가 사라지고 나자 혈두타는 창가로 걸음을 옮겼다.

"곽무한, 이놈. 넌 이제 살아난 걸 뼈저리게 후회하게 될 거야. 웅풍산장. 그 가공할 힘을 겪어보라구. 크하하하하!"

혈두타는 자신이 보고 소스라치게 놀랐던 웅풍산장의 힘, 귀검대(鬼劍隊)를 떠올리며 한참 동안 광소를 터뜨렸다.

　　　　　*　　　　　*　　　　　*

　귀주.

　거대한 차밭 너머로 천신이 거꾸로 검을 꽂은 듯한 기암절벽들이 늘어서 있다.

　보기에도 아찔해 보이는 절벽들.

　그 절벽들 중, 수많은 동굴을 지닌 절벽이 있었다.

　그 절벽은 허연 물보라를 퍼붓는 폭포를 안고 있었는데, 폭포 뒤에도 동굴이 있었다. 동굴의 입구는 장정 열 명이 어깨를 나란히 할 정도로 넓었다. 그리고 '참회동(懺悔洞)'이란 굵은 글씨가 새겨져 있었다.

　콰콰콰콰콰!

　동굴은 폭포가 토해내는 소리로 웅웅댔다.

　바닥에 닿는 종유석과 질척한 습기로 인해 도무지 사람이 있을 것 같지 않은 이곳. 그러나 촘촘히 박힌 쇠창살, 그 안에 한 사람이 가부좌를 튼 채 앉아 있었다. 그리고 그 사람 앞에는 은빛 곡도를 찬 사내가 무릎 꿇은 자세로 앉아 있었다.

　"그놈이 살아 있다고?"

　문득 가부좌를 튼 사내가 입을 열었다.

　동굴 벽을 웅웅 울리는 그의 목소리엔 진득한 한이 배어 있었는데, 만약 목소리에도 색깔이 있다면 시뻘건 핏빛일 듯했다. 그 때문인지 은빛 곡도의 사내는 조심스런 표정으로 대답했다.

　"그렇습니다. 그래서 출옥(出獄) 명령이 내려졌습니다."

"드디어… 드디어 그분의 원한을 갚을 수 있겠구나."

가부좌의 사내가 고개를 번쩍 들었다.

바싹 마른 얼굴에 살기로 번뜩이는 눈동자. 절혼도 조포였다.

조포는 웅풍산장으로 귀환하자마자 이곳 참회동에 유폐되었다. 기껏 수적 따위에게 수하를 잃은 문책이자 징계였다.

"엄청난 놈이었습니다. 그리고 정말 독한 놈이었습니다."

"수적 따위가 검기? 미친놈 아냐?"

조포의 보고에 돌아온 건 조롱뿐이었다.

조포는 뼛골 시린 한기와 악몽 속의 곽무한을 보며 날마다 이를 갈았다. 그 때문인지 시간이 흐를수록 조포의 정신은 칼날처럼 벼려졌다.

이제나저제나 복수만 꿈꾸던 시간들. 드디어 기회가 온 것이다.

곽무한의 종적을 찾았다는 금사상채의 급보에 웅풍산장에서 추적대를 파견키로 한 때문이었다. 거기에 곽무한의 얼굴을 알고 있는 조포가 추가된 것이다.

"귀검대가 움직인다고?"

"예."

"좋아, 아주 좋아."

조포는 눈을 희번덕이며 일어섰다.

동굴을 나서 절벽 끝에 오르자 눈 아래로 황금빛 건물이 보였다.

웅풍산장(雄風山莊)!

거대한 황금빛 편액 너머로 벽록색 무복들이 아련히 보였다.

"그래… 본 장 최고의 정예들이 가는 곳에 고작 길잡이 신세란 말이지. 후후훗."

조포는 자조적인 웃음을 짓다가 갑자기 도를 휘둘렀다.

쾌애애액!

벼락같이 뿌려진 그의 칼날에 석벽이 한 움큼 떨어져 내렸다.

* * *

곽무한은 부채주들을 불러 모았다.

추단과 이탁의 합류로 예상보다 빨리 거현을 장악했지만, 곧 있을 가릉채의 공격이 염려된 까닭이었다.

"수삼 일 내로 적들이 공격을 취해올 것이오. 여기에 대한 대처 방법을 논의코자 하오."

곽무한이 입을 열자마자 이탁이 피식 웃으며 나섰다.

"굳이 대처 방법이 필요합니까? 혼자 나서서도 충분하실 텐데?"

분위기가 순식간에 냉랭해졌다.

담우치와 지렁이, 그리고 곽패는 재빨리 고개를 돌렸다.

"왜들 그런 표정으로?"

이탁이 뭐라 중얼거리는 순간,

뻐뻐뻑!

"어이쿠!"

곽무한의 주먹이 번쩍이자 이탁이 입을 감싸 쥐며 나동그라졌다.

"싸움은 혼자 하는 게 아니다. 그따위 정신 상태라면 꺼져!"

"어구구구구. 자, 자못… 했… 어구구."

이탁은 서릿발 같은 호통에 놀라 급히 손사래를 쳤다. 어찌나 다급히 대답했던지, 이가 부러져 나간 고통조차 못 느낄 정도였다.

곽무한은 입 주변이 피투성이로 변한 이탁을 싸늘히 노려보다가 다시 입을 열었다.

"분명히 말하지만, 우리의 꿈은 다시는 무너지지 않을 터전을 일구는 것이다. 혼자가 아닌, 모두가 함께 만드는 터전이야. 나 혼자 할 거였으면 시작도 안 했어. 알아둬!"

곽무한의 말이 끝나고 나자 분위기가 달라졌다.

"…이제껏 경험해 본 바로는 단번에 짓누르려 할 겁니다."

"그들에게 그럴 여유가 있을까?"

"숨은 고수들이 많습니다."

"예를 들어?"

모두 진지한 얼굴로 여러 가지 상황을 예상해 보고 그에 따른 대처 방안들을 내놨다. 특히 가릉채의 상황에 밝은 추단과 이탁이 많은 정보를 제공했다. 곽무한은 수시로 질문을 던졌으며 이탁은 피 범벅된 입술로 끙끙대며 설명했다. 물론 추단이 자주 보충을 했다.

회의를 시작한 지 두 시진이 지나자 마침내 결론이 내려졌다.

"좋아! 지구전(持久戰)에 양동 작전(陽動作戰)을 병행한다!"

어차피 바쁜 쪽은 가릉채.

갈기를 세운 그들과 굳이 정면으로 맞붙을 이유가 전혀 없었다.

처음의 계획과는 달리, 주하채와 파하채가 휘하에 든 때문에 안 되겠다 싶으면 얼마든지 뒤로 물러날 수 있었다. 물론 물러난다고 해서 그냥 돌아가는 건 아니었다. 곽무한은 곽패와의 약속을 잊지 않았다.

"칠반채야, 기다려라. 흐흐흐."

이어지는 작전 설명에 곽패의 얼굴이 환하게 밝아졌다.

드디어 동생의 원수를 갚을 기회가 왔기에.

*   *   *

역사는 밤에 이루어진다고 했다.

혈창 도광덕도 자기만의 역사를 만들고자 밤에 움직였다.

촤촤촤악!

어둠을 가르는 배는 만족할 만큼 빨랐다.

"그래, 어떤 놈들이라고?"

화형산에서 전서구를 받고 합류한 도광덕, 출렁이는 뱃전에 엉덩이를 걸치고 앉아 느긋이 창날을 끼우며 물었다.

철컥!

창날 끼워지는 섬뜩한 소리를 들으며 자천타천으로 가릉채의 순풍이(順風耳: 소식통)가 된 왕사규는 빠르게 머리를 굴렸다.

'천방지축인데다가 자존심이 높기로 유명하신 양반이다. 그러니 수룡채 따위는 눈에도 안 차실 게 뻔해. 아마도 추단과 이탁에 대해 더 많이 궁금하실 거야.'

나름대로 생각을 정리한 왕사규는 긴장된 표정으로 입을 열었다.

"삼두점 이탁과 독심환 추단, 그들이 본 채에 입문한 건 십오 년 전으로, 두 사람 다 본 채의 일류고수들입니다. 이탁의 무기는 세 개의 갈고리가 달린 삼두구이며, 추단의 무기는 일월쌍환과 암기입니다. 그들은 평소의 소행이 오만하고 방자하여 뭇 사람들의 눈총을 받던 차에

오 년 전 채주의 생신 때 말썽을 부림으로……."

"그만!"

도광덕은 단박에 왕사규의 입을 틀어막았다.

"무공 수위는 일류. 무기는 갈고리와 쌍환이라고 간단하게 말하면 될 것을 뭐 그리 길게 말하고 지랄이냐? 그놈들은 대충 알았으니 됐고, 놈들의 수하는 어느 정도야?"

'제기랄. 누가 천방지축 아니랄까 봐.'

왕사규는 속으로 투덜거리며 다시 입을 열었다.

"예, 휘하에 각각 칠십 명. 강하기로 소문났습니다."

"각 칠십 명에 강하다라? 이 자식아, 강하다면 도대체 얼마나 강하다는 거야? 구대문파쯤 돼? 아니면 오대세가? 그것도 아니면 본 채의 무정십팔수객(無情十八水客) 정도 돼? 정확히 말해 봐. 이 돌대가리 같은 자식아!"

욕설과 함께 날아드는 창.

빠각!

"아이쿠!"

왕사규는 정강이를 어루만지며 눈물을 찔끔거렸다.

명성에 걸맞게 창은 어느새 흔적도 없이 제자리다.

'시팔. 간단히 말하랄 땐 언제고……'

맘속으로야 수십 번도 더 볼멘소리를 하고 싶었지만, 저 번뜩이는 눈빛을 보니 미적거렸다가는 또다시 혼쭐이 날 판이라 왕사규는 급히 입을 열었다.

"아이고. 무정십팔수객들이야 물에서 먹고 마시고 주무신다는 분들 아닙니까? 당연히 그분들 발끝에도 못 미치지요."

"그럼, 임마. 강한 게 아니잖아!"

"아이쿠! 제 말은 그 말이 아니라……."

"됐어. 그리고?"

"예?"

왕사규가 어리둥절한 표정을 짓자 도광덕은 재차 도끼눈을 떴다.

"이 자식아, 그게 다냐구!"

"그럼 또 뭐가 남았습니까?"

"신생 수채가 빠졌잖아, 이 새끼야!"

빠카칵!

"아이코!"

이번엔 정말 도광덕이 화가 났나 보다. 번뜩이는 창봉에 맞아 왕사규의 머리가 깨졌다.

"아이고. 장로님, 그들에 대한 정보는 별게 없습니다. 추단과 이탁, 그들이 그냥 수룡채에 합류키로 했다면서 문장만 되돌려 주는 바람에……."

왕사규는 피를 철철 흘리며 울상으로 말했다.

"그렇다고 기본 조사도 안 해? 이런 머저리가 있나!"

"아, 아이고, 했습니다. 분명히 기본적인 조사는 했습니다."

"그래? 그럼 그거라도 말해 봐."

"예. 여러 경로로 알아봤지만, 아직 채주가 누구인지는 알려지지 않았습니다. 다만 육 척 장신에 대나무 낚싯대를 병기로 사용한답니다. 그리고 지금 놈들은 강 양편에 뗏목을 설치, 오가는 배들을 감시하고 있답니다. 그들의 총수효는 이탁과 추단 휘하까지 합쳐 이백 명 정도입니다."

"흠. 육 척 장신에 낚싯대를 병기로 사용하는 놈이라고?"

도광덕은 왕사규의 보고를 듣다가 잠시 눈살을 찌푸렸다.

워낙 강호 경험이 많다 보니 듣기만 해도 느껴지는 게 있었다.

싸움에 유리한 도검류가 아닌 낚싯대를 무기로 삼는 놈이라면 절대 만만한 놈이 아닐 것이다.

"좋아! 놈들과 싸울 때 애들에게 만전을 기하라고 해. 조무래기들이 라고 얕보지 말란 말이야. 알았어?"

도광덕은 말을 끝냄과 동시에 강물을 향해 강하게 창을 뻗어냈다.

패애액!

파드득, 파드득!

도광덕이 뻗어낸 핏빛 창끝에는 막 물 밖으로 뛰어오르던 물고기 한 마리가 꿰여 애처롭게 몸부림을 치고 있었다.

"네놈이 얼치기든 고수든 이 물고기와 같은 신세가 될 것이다."

도광덕은 무심한 눈길로 물고기를 바라보다가 휘릭! 손목을 비틀었다.

촤라락!

물고기는 다시 강물로 돌아갔다. 육신이 가루로 변해…….

　　　　　*　　　　　*　　　　　*

촤아아…….

물의 파동 소리.

들릴 듯 말 듯 아련한 소리였다.

—바보, 여기가 아닌데…….

아련한 파동 때문일까? 영롱한 목소리가 귀를 간질인다.

목소리와 함께 떠오르는 건 보일 듯 말 듯 흐릿한 얼굴과 일렁이는 작고 하얀 손.

'아아……'

곽무한은 자기도 모르게 손을 뻗었다.

손이 물살을 흔들었다.

출렁!

물살 때문에 환상이 흩어져 버린다.

─바보, 바보…….

물살 따라 흩어지는 얼굴, 원망 어린 눈빛이 크게 다가왔다.

'미, 미안해…….'

곽무한은 자기도 모르게 콧날이 시큰해져 혼잣말로 중얼거렸다.

그 바람에 입 안으로 차가운 강물이 들어왔다.

"우욱! 쿨럭, 쿨럭!"

곽무한은 기침을 터뜨리며 급히 호흡을 진정시켰다.

바로 그 순간,

촤촤촤악!

다시 물소리가 들려왔다.

곽무한은 눈을 번쩍 떴다.

'이런! 꿈을 꾸다니?'

어이가 없었다. 물속에서 꿈을 꾸다니?

곽무한은 피식 미소를 짓다가 갑자기 정색을 했다.

촤촤촤악!

소리는 점점 크게 들려왔다.

'침입?'

정신이 번쩍 들었다. 그와 동시에 곽무한의 눈에서 차가운 한광이 뿜어졌다.

'후후후. 예상보다 빨리 왔군.'

거현을 장악한 수룡채들은 가릉채의 습격에 대비해, 낮에는 수하들이 검문 검색을 벌이고 밤에는 곽무한과 잠수조가 경계를 서고 있었다.

그런데 마침, 물속에서 피부 호흡 중이던 곽무한이 가릉채들을 발견한 것이다.

곽무한은 소리가 난 쪽으로 귀를 기울여 거리를 가늠해 보고는 빠르게 몸을 움직였다.

쏴아아!

물살은 곽무한의 신형에 밀려 정신없이 거품을 만들어냈다.

'채주님?'

근 오십여 명에 이르는 암류조들은 빠른 속도로 다가오는 곽무한을 보고 번쩍 정신을 차렸다.

'모두 준비해!'

곽무한이 신호를 보내자 암류조들은 미리 준비한 쇠 그물을 잡고 앞으로 나아갔다.

가릉채는 쟁쟁한 수채다. 그러니 얼치기 수적들처럼 곧장 들이닥치지는 않을 것, 따라서 잠수조들을 먼저 보내오리라 예상해 준비한 것이다.

차라락!

쇠 그물은 강변을 가로질렀다.

'뭍으로 신호를 보내!'

곽무한의 명에 따라 몇 놈이 강 둔덕으로 움직였다.

강변 양쪽에는 굵은 말뚝이 박혀 있었는데, 말뚝마다 가는 줄이 매여 있었다. 암류조들은 그 줄을 가볍게 흔들었다.

티잉!

줄이 파동을 전했다. 그리고 잠시 뒤, 강변에 부산스런 움직임이 있었다.

'치고 빠지는 걸 잊지 마!'

곽무한은 수하들에게 단단히 주의를 주고는 쇠 그물의 안쪽으로 들어갔다.

강변을 가로지르며 설치한 쇠 그물은 윗부분은 수면에 잠겨, 강물 위에서 보면 설치한 흔적을 전혀 알 수 없도록 되어 있었다.

'나중에 몇 놈 보내줄 테니 손맛이라도 봐!'

곽무한은 쇠 그물 뒤의 암류조들을 보며 전음을 보냈다.

암류조들은 기쁜 표정으로 고개를 끄덕였다.

'채주께서 위험하지 않을까?'

최근 합류한 주하채와 파하채 녀석들이 잠시 우려의 빛을 보였다.

수룡채들은 두고 보라는 표정으로 미소만 지었다.

촤르르!

잠시 시간이 흐르자 저 끝에서 희끄무레한 신형들이 보였다.

가릉채의 잠수조들이었다.

'어서들 오너라.'

곽무한은 미소를 지으며 조용히 강바닥에 드러누웠다.

부력 때문에 옷자락이 흔들릴 만도 하건만, 곽무한의 옷은 몸에 달라붙기라도 한 듯 전혀 움직임이 없었다.

촤르르!

검은 가죽옷에 작살과 분수자로 무장한 가릉채의 잠수조들. 그들은 곽무한이 기다리고 있는지도 모르고 빠르게 다가왔다.

'하나, 둘, 셋… 무척 많군.'

곽무한은 놈들의 숫자를 헤아려 보다가 고개를 내젓고 말았다. 저 뒤쪽에 거리를 두고 따라오는 또 다른 신형들이 보인 때문이다.

'한꺼번에 처리하려고 했더니… 누군지 몰라도 머리가 있군.'

곽무한은 아쉬운 표정으로 선두의 놈들이 자신을 스쳐 가기만 기다렸다. 그래야 조금이라도 더 많이 처리할 수 있으니.

촤르륵!

물살을 가르며 움직이는 신형들.

다행히 선두의 놈들은 곽무한을 발견치 못하고 그냥 지나갔다.

'조금만 더 빨리!'

곽무한은 계속 뒤쪽에서 다가오는 놈들을 기다렸다.

촤촤촤악!

그들도 지나갔다.

그들마저 지나가자 저 뒤쪽 강물에 끝이 뾰족한 배 밑판들이 보였다.

그들은 삼십 장(丈) 정도 뒤쪽에 있었는데, 수색조의 보고 후에 움직이려는 듯 느릿하게 다가오고 있었다.

'음… 스물다섯 척이라…….'

곽무한은 놈들의 배 숫자를 헤아려 보다 슬며시 미소를 지었다.

'어리석은 놈들. 이런 곳에 첨저선을 끌고 오다니.'

첨저선은 밑판이 뾰족한 배를 일컫는데, 보통 소선보다 큰 규모의 배였다. 그것들은 주로 깊은 강이나 바다를 항해할 때 쓰이는 배로, 밑판이 평평한 평저선에 비해 빠른 속도를 자랑하기는 하지만, 밑이 뾰족하다 보니 선회 성능이 나빴다. 그런 이유로 강심이 얕은 곳이나 강변이 급격히 휘어진 곳에서는 별 효용이 없었다.

그러니 그나마 강심이 깊은 거강은 몰라도 강심이 얕은 주하와 파하에는 별 소용이 없을 것이다. 그런데 스물다섯 척에 이르는 놈들의 배 중 반 정도가 첨저선이니, 지구전을 선택한 곽무한의 입장에서는 기쁘기 짝이 없는 일이었다.

'역시 지구전을 선택하길 잘했군.'

곽무한이 놈들의 배를 보며 미소를 짓는데,

출렁!

뒤에서 무슨 소리가 났다.

앞서 가던 잠수조 놈들이 쇠 그물에 걸린 것이다.

놈들의 당황한 모습이 눈에 들어왔다.

곽무한은 차갑게 미소를 지으며 몸을 일으켰다. 그리고 낚싯대로 바닥을 마구 휘저었다.

카가각!

낚싯대에 휩쓸린 바닥이 뿌연 모래를 휘날렸다.

곽무한은 앞으로 나아가며 계속 낚싯대를 휘저었다.

카가각! 카가각!

물속이 뿌연 모래로 인해 한 치 앞도 볼 수 없을 정도가 되자 곽무한은 손을 멈췄다. 놈들은 그제야 뭔가 이상하다고 생각한 모양이었다.

피웅! 피웅!

모래를 뚫고 작살이 날아들었다.

곽무한은 다시 바닥에 몸을 뉘었다. 그리고는 발을 이용해 빠르게 몸을 움직였다.

풋, 풋, 풋!

놈들이 쏜 작살은 애꿎은 물살만 갈랐다. 가끔씩 몸 부근으로 날아드는 것들도 있었지만, 그것들은 곽무한의 손에 튕겨 허무하게 사라졌다.

'후후후. 모두 잘 가거라!'

드디어 시야에 놈들이 들어오자 곽무한은 크게 손을 떨쳤다.

시이잇!

은사가 기음을 토하며 크게 원을 그렸다.

"컥!"

"크흑!"

물속은 금방 시뻘건 핏빛으로 변했다.

'이노옴!'

쐐애애액!

순식간에 동료들 몇이 사라지고 나서야 곽무한의 신형을 발견했는지 놈들이 떼거리로 달려들었다. 그러나 그들은 곧 곽무한의 손에 의해 맥없이 쓰러져 갔다.

시이잇! 시이잇!

모래가 가라앉을 쯤에는 벌써 놈들의 반 이상이 수장되고 말았다.

'으드득! 저놈을 잡아!'

모래가 가라앉고 나자 놈들이 눈에 불을 켜며 다가왔다.

'바보들!'

곽무한은 차가운 미소를 지으며 다시 바닥을 휘저었다.

'이런! 안 되겠다. 우리도!'

드디어는 놈들도 바닥을 휘젓기 시작했다.

그러나 곽무한은 이미 경지에 다다른 사람.

조금의 움직임만 있어도 어김없이 은사를 날렸다.

결국 반 시진 정도가 흐르고 나자 놈들은 거의 전멸하다시피 했다.

겨우 쇠 그물 밑으로 도망간 놈들이 있었지만, 그들은 기다리고 있던 암류조들에 의해 맥없이 쓰러지고 말았다.

잠시 후, 암류조들이 쇠 그물을 넘어왔다.

'으으. 정말 엄청나군.'

그들은 핏빛으로 변한 강물을 보며 잠시 놀란 표정을 지었다.

'그런데 지금 뭘 하시는 거지?'

주하채와 파하채들은 적의 시체를 묻고 있는 곽무한을 보며 고개를 갸웃거렸다. 곽무한은 그들을 향해 미소만 지어 보이고는 강변으로의 합류를 명했다.

'채주께서는?'

곽무한이 함께 움직이지 않자 모두 머뭇거렸다.

'그냥 가. 난 좀 더 처리하고 갈게.'

주하채와 파하채들은 그제야 왜 적들의 시체를 파묻었는지 알았다.

탐색하라고 보낸 수하들이 종적조차 없으면 그 누구라도 추가 수색대를 보내기 마련. 그 맹점을 이용한 것이다.

'그럼.'

수하들은 안심한 표정으로 사라졌다.

*　　　*　　　*

왕사규는 어둠에 잠긴 강변을 가리켰다.

"여기서부터가 놈들이 경계를 서던 곳입니다."

"흠. 놈들의 매복이나 그런 건 없나?"

"보시다시피 풀밭과 가옥들뿐입니다."

키 작은 풀밭과 가옥들. 매복하기에 번거로운 곳들이었다.

풀밭은 키가 너무 작아 숨기가 곤란했고, 가옥에 숨어서는 공격이 쉽지 않았다.

도광덕은 강변을 둘러보며 고개를 끄덕이다가 문득 입을 열었다.

"그나저나 왜 이리 소식이 없어?"

분명히 일각에 한 번씩 소식을 주기로 했는데, 아직도 잠수조들에게서 연락이 없었다.

"그, 글쎄요. 너무 샅샅이 찾느라 그런 게 아닐까요?"

"음… 혹시 모르니 몇 놈 더 보내봐."

도광덕은 왠지 모르게 감이 나빠 추가로 스무 명을 더 보냈다. 그리고는 뱃전에서 몸을 일으켜 수하들이 사라진 물속을 뚫어져라 쳐다봤다.

일각… 이각……

역시 소식이 없었다.

"도대체……"

도광덕은 버럭 고함을 지르려다가 흠칫! 몸을 굳히며 방금 스친 곳을 향해 안력을 모았다.

출렁!

틀림없었다.

수면이 거칠게 움직였다.

"놈들이 기다리고 있었다! 모두 공격 준비!"

도광덕은 큰 소리로 명을 내림과 동시에 창을 세워 들었다.

촤아악!

물속에서 검은 신형이 솟구쳤다.

"공격!"

솟구친 인영이 소리치자 갑자기 강변이 들썩였다.

키 작은 풀밭들이 하늘로 날아오르고, 강변 쪽으로 난 가옥의 벽들이 와르르! 무너져 내렸다.

"아뿔사!"

도광덕은 뒤늦게 땅을 쳤다.

매복이 쉽지 않아 보여 그냥 지나쳤던 곳에서 무수한 적들이 나타났다. 도저히 사람이 숨어 있을 것 같지 않던 풀밭에서는 그런 생각을 비웃기라도 하듯, 검은 그림자들이 벌떡벌떡 일어서고 있었고, 매복이 있다 하더라도 공격하기가 쉽지 않을 것이라 생각했던 가옥에서는 거짓말처럼 한쪽 벽면이 무너져 내리며 수많은 쇠뇌들이 나타났다.

퓨퓨퓨풋!

쐐애애액!

"크아악!"

"케에엑!"

빗발치는 화살과 쇠뇌에 피를 토하며 쓰러지는 수하들.

"으아아! 이놈들!"

도광덕은 분노의 사자후를 터뜨리며 몸을 날렸다.

티이잉!

갑판을 찍은 창대는 몸체를 떨며 둥근 궤적으로 따라왔다.

도광덕은 그 탄력 그대로 전면을 향해 창을 휘둘렀다.

"이야아압!"

콰콰콰쾅!

과연 혈창은 가릉채의 서열 삼위로 손꼽힐 만했다.

그가 휘두른 창에 빗발치던 쇠뇌들이 맥없이 튕겨났고, 그의 신형이 다다른 강변에는 순식간에 피와 비명 소리가 울려 퍼졌다.

별호처럼 붉은 그의 창이 움직일 때마다 몸통 잃은 목들이 수도 없이 하늘로 치솟았다.

"크윽! 저 자식이?"

강변 매복은 추단이 지휘하고 있었다.

추단은 수하들의 참변을 보고 꼭지가 돌았다.

건너편에서 적의 배에 오른 곽무한이 적들을 베어 넘기며 철수 신호를 보내왔지만 애써 무시했다.

"모두 저놈을 집중 공격해!"

"와아아! 공격!"

추단의 악쓰듯 하는 명령에 파하채들은 일제히 도광덕을 공격하기 시작했다.

피피핏!

퓨퓨퓻!

화살과 쇠뇌는 도광덕에게 집중됐다.

"모두 피해!"

저 건너에서 다시 곽무한의 목소리가 들려왔다. 그러나 추단은 곽무한의 명을 따를 수 없었다.

"괜찮아. 내가 책임진다. 계속 공격해!"

얼핏 둘러봐도 사방에서 들려오는 비명 소리의 대부분은 적들이었다.

이곳, 자신이 맡은 강변 쪽만 제외하면 대부분 아군이 우세한 상황이었다. 그러니 저기 보이는 적의 우두머리, 혈창 도광덕만 쓰러뜨린다면 굳이 유격 전술로 시간을 끌 이유가 없다는 생각이 들어 추단은 이를 악물고 수하들을 독려 했다.

그러나 그건 추단의 착각이었다.

매복이 안겨준 일시적인 성과에 불과했다.

시간이 흐를수록 가릉채들은 진열을 가다듬고 있었다. 게다가 혈창 도광덕의 기세는 갈수록 위력를 더해갔다.

"이야압! 건곤만리(乾坤萬里)!"

"으아아악!"

"타핫! 금강만리(金剛萬里)!"

"크으윽!"

장판파에서 조조의 십만 대군을 휘젓던 조자룡이 저랬을까?

휘창(揮槍), 발창(發槍), 진창(進槍), 격창(激槍), 자창(刺槍)!

휘두르고, 뻗고, 나아가고, 떨치고, 베고…….

도광덕의 창날이 붉은 궤적을 그릴 때마다 수하들의 목이 허무하게 떨어져 나갔다.

"이노옴!"

결국 악에 받친 추단이 도광덕의 앞을 막아섰다.

"호오? 네놈이 바로 얼치기 추단이로구나."

"뭐야? 이 개자식이!"

도광덕의 빈정거림에 분노한 추단은 전력을 다해 일월쌍환을 날렸다.

홱홱홱홱홱!

하나는 정면으로, 다른 하나는 배후를 노리며 긴 회전을 걸었다. 그러나 일월쌍환은 도광덕의 허리 아래에서 갑자기 솟아오른 창을 당하지 못했다.

카카캉!

패애액!

핏빛 창에 걸린 일월쌍환이 허무하게 튕겨져 나가는 순간, 섬전 같은 창날이 추단의 목을 꿰어오고 있었다.

'아차! 끝이로구나!'

추단은 아득한 절망감에 눈을 질끈 감고 말았다. 바로 그 순간,

카카캉!

기이한 공명음과 함께 목에 이질적인 감촉이 느껴졌다.

눈을 떠보니 자신의 목과 섬뜩한 창날 사이에 가냘픈 낚싯대가 자리하고 있었다.

"채주!"

추단은 반색했다. 그러나 곽무한은 인상을 썼다.

"피하라고 했잖아, 이 새끼야!"

욕설과 함께 날아든 서슬 푸른 목소리.

"모, 모두 후퇴!"

추단은 자라목이 되어 얼른 후퇴 명령을 내렸다.

"호오? 네가 이 떨거지들의 우두머리냐?"

도광덕은 자신의 공격을 막은 곽무한을 보며 눈을 가늘게 떴다.

씨익!

곽무한은 대답 대신 차가운 미소를 지었다.

"어쭈? 웃어?"

도광덕은 어이가 없어 곽무한을 쳐다봤다.

두 사람의 눈이 딱 마주쳤다.

"호오! 이 겁없은 새끼 봐라?"

도광덕은 냉소를 머금은 곽무한의 눈빛에 노호성을 터뜨리며 벼락처럼 창을 떨쳤다.

그러나 예상치 못한 일이 벌어졌다.

놈은 가느다란 낚싯대로 자신의 공격을 막아낼 정도의 고수다. 그러니 비록 팔성의 공력을 기울인 공세였지만, 최소한 한 번 정도는 맞받을 수 있을 것이라 생각했다. 그런데 기가 막힐 일이 발생했다.

놈은 자신의 공세를 받지 않고 냉큼 몸을 틀어 달아나 버린다.

"하! 저 자식 봐라?"

우두머리란 자식이 싸울 생각은 않고 달아날 생각부터 하다니?

도광덕은 어찌나 기가 막혔던지, 곽무한을 뒤따를 생각은 않고 점으로 변해가는 곽무한의 뒷모습만 멀거니 쳐다봤다.

그러나 곧, 도광덕은 있는 인상 없는 인상 다 구길 수밖에 없었다.

놈은 완전히 달아난 게 아니었다. 달아나는 척하면서 어느새 수하들의 배에 올라 살수를 뿌리고 있었다.

"이, 이런 벼락을 맞을 놈! 게 서라!"

도광덕이 콧김을 씩씩 뿜으며 곽무한의 뒤를 쫓아갔을 무렵엔 이미 수십 명의 수하들이 쓰러지고 난 다음이었다. 그리고 놈은 씨근벌떡 뒤쫓아온 자신의 공세를 요리조리 피하며 계속 말단 수하들에게만 살수를 뿌리더니, 어느 순간이 되자 재차 야릇한 미소를 지어 보이며 빙글 몸을 틀어 강물 속으로 달아나고 만 것이다.

"크아악! 뭐 저딴 새끼가 다 있어?"

실컷 수하들을 죽이다가 냉큼 달아나 버리다니?

도광덕은 닭 쫓던 개 지붕 쳐다보는 심정이 되어 마구 분통을 터뜨렸다. 그러나 아까의 경우를 생각해 혹시라도 놈이 다시 나타나기를 기다렸다. 그러나 반 시진을 기다려도 감감무소식. 이번엔 완전히 달아나 버린 것 같았다.

"크아아! 이 치사하고 야비한 개자식!"

한참 후에야 깨달은 사실이지만, 어느새 강변은 텅텅 비어 있었다.

놈은 수하들을 도망시키기 위해 일부러 자신의 이목을 끌었던 것이다. 그리고 더 열받는 사실은 지금 당장 놈들의 뒤를 쫓을 수 없다는 것이었다. 놈들이 달아난 물줄기가 네 군데나 되어 인원을 나눠야 했던 이유도 있었지만 놈들에게 당한 수하들의 뒤처리 때문이기도 했다.

"쿠오오! 이 찢어 죽일 새끼! 갈아먹을 새끼!"

애써 분노를 삭이며 전열을 정비하던 도광덕은 수하들의 시신을 보고 다시금 분노성을 토해냈다.

놈들에게 죽은 수하의 숫자는 무려 백여 명. 전력의 삼분지 일이 한 순간에 날아가 버렸다. 순간의 방심이 치른 대가치고는 너무 컸다. 더구나 놈들의 사망자가 고작 마흔 명에 불과하다는 사실이 더 더욱 도광덕을 못 견디게 만들었다.

"으드득! 어서 전열을 추슬러! 준비되는 대로 당장 놈들을 추격한다! 얼음산 아니라 칼밭이라도 끝까지 따라가 몽땅 요절을 내준다!"

도광덕은 염통이 지글지글 끓는 기분으로 이를 빡빡 갈았다.

한참의 시간이 흐른 후 가릉채들은 전열을 재정비했다. 그리고 물길 따라 네 갈래로 나뉜 가릉채들은 다시 물살을 갈랐다.

도광덕이 길길이 날뛰며 추격을 재촉할 무렵.

독심환 추단은 완전히 기가 죽어 있었다.

이유는 다름 아닌 명령 불복종 때문이었다.

퍼퍼퍽!

쿠당탕!

채로 귀환하자마자 날아든 발길질에 콧등이 주저앉고 입술이 터져 나갔다. 그러나 도무지 사정 봐줄 기세가 아니었다.

"채, 채주. 그만, 제발 그만!"

급기야 독종으로 소문난 추단이 비명을 질렀다. 추단 딴엔 일종의 잔머리였는데, 그렇게 하면 손을 멈출 것 같아서였다. 그러나 오산이었다.

"그만? 그만이라고?"

오히려 곽무한의 눈에서 시뻘건 불길이 일었다. 그리고 눈앞이 번쩍하더니 가슴 철렁한 소리가 들려왔다.

시이잇!

기음과 함께 목에서 느껴지는 이질적인 감촉.

추단은 심장이 목구멍 밖으로 튀어나오는 것 같았다.

"채, 채주!"

"손속에 사정을!"

주변에서 터져 나온 다급한 비명 소리들.

"으… 으으……."

추단은 동료들의 비명 소리를 들으며 간헐적으로 몸을 떨었다.

자신의 목에 감긴 가늘다가는 은사.

오싹했다.

이 은사로 적의 목을 날려 버리던 곽무한의 모습이 생각나 와락 소름이 돋았다.

"감히 명을 어기고 수하들을 죽음으로 내몰다니! 그리고 수장이란 자가 함부로 몸을 굴리다니!"

그가 얼마나 수하들을 아끼고 있는지.

분노로 갈려 나오는 목소리. 활활 타오르는 눈빛.

장난이 아니었다.

추단은 그제야 알았다.

그는 자신의 오판 때문에 분노하는 게 아니라 수하들의 죽음 때문에 더 분노하고 있었다.

"으으으, 채, 채주… 그, 그게……."

추단은 그게 아니라고 말하고 싶었다. 나름대로의 최선이라고 말하고 싶었다. 그러나 공포에 질려 목소리가 나오지 않았다.

팽!

드디어 조여져 오는 은사.

"허걱!"

추단은 눈앞이 캄캄해져 왔다.

바로 그때,

"채주, 제발 손속에 사정을! 어차피 전쟁은 목숨을 담보로 하는 것입니다. 수하들의 죽음을 애통해하는 채주의 마음은 알겠지만, 예전에 말씀하셨듯이 함께 싸우는 것 아닙니까? 독심환은 최선을 다했습니다. 그리고 수하들도 최선을 다해 싸웠습니다. 만약 제가 그 자리에 있었어도 마찬가지 판단을 내렸을 것이고, 마찬가지로 싸웠을 겁니다. 그러니 제발 목숨만은… 그도 다시는 명을 어기지 않을 겁니다. 저희들역시 마찬가지고. 제발 한 번만 용서를……."

"그렇습니다. 수하들도 모두 승전을 기뻐하고 있습니다."

구세주의 음성이었다. 항상 앙숙지간이었던 이탁이 자신을 대신해사정했고 담우치란 자가 거들었다.

"으음……."

낮은 침음성. 악다문 입술.

조마조마한 눈빛들 속에 곽무한의 손이 움직였다.

시이잇!

파파팟!

"큭!"

핏물과 함께 뭔가가 바닥으로 떨어졌다. 추단의 귀 한쪽이었다.

"한 번만 더 불복종하면 그 자리에서 죽는다!"

그는 사라지고 차가운 음성만 남았다.

"휴……."

안도의 한숨이 새어 나왔다.

"고… 맙군……."

추단은 흘러내리는 피를 닦으며 이탁에게 말했다.

"뭘."

이탁은 계면쩍은 웃음으로 고개를 저었다.

'이제 좀 풀리려나?'

밖으로 나선 이탁은 쓸쓸히 웃었다.

추단과 이탁.

둘도 없던 친구 사이가 틀어진 건 여자 때문이었다.

죽음보다 강한 남자의 질투.

그러나 그녀는 최악이었다. 그녀를 차지한 이탁이 절실히 느꼈다.

그러나 추단은 절대 그 사실을 알 수 없었다. 채 깨닫게 해주기도 전에 그녀가 죽고 말았으니.

'이제 과거는 잊고 새로 시작해 보자구, 친구.'

한참 상념에 빠져 있는데 갑자기 등 뒤에서 인기척이 났다.

"고맙다."

낮은 목소리. 곽무한이었다.

"제가 오히려……."

이탁은 얼른 고개를 숙이려 했다. 그러나 곽무한은 설레설레 고개를 저었다.

"아니, 그대는 내가 미처 깨닫지 못한 걸 일깨워 줬어. 우리는 칼끝 위에 사는 인생. 보다 강해지기 위해선 죽음이란 놈과 익숙해져야 한다는 걸. 언제나 가까운 이들을 가슴에 묻고 가야 한다는 걸 일깨워 줘서 고마워."

곽무한은 쓸쓸한 목소리를 남기고 사라졌다.

오늘따라 유난히 처진 어깨. 그러나 이탁에게는 그런 곽무한의 모습이 오히려 크게 보였다.

"삶과 죽음. 그 속에서 인생을 보게 됐으니 채주는 더욱 강해지실 것이오."

이탁은 점으로 변하가는 곽무한의 뒷모습을 보며 홀로 중얼거렸다.

이탁의 말처럼, 곽무한은 점점 커져 가고 있었다.

나이에 걸맞지 않게 살아온 인생 험로. 거기에 더하여 이제 많은 이들의 목숨까지 걸머진 양어깨. 앞으로도 말할 수 없는 단장의 아픔이 계속 닥치리라. 그러나 그 모든 것을 가슴으로 삭이는 방법을 알았으니, 그는 곧 진정한 강자가 될 수 있으리라.

제36장
술바람 피바람

술바람 피바람

짹짹!

지저귀는 새소리가 아침을 깨웠다.

모처럼 싱그러운 아침이었다.

풀잎에 맺혀 있던 이슬들이 내리쬐는 햇볕을 피해 바닥으로 내려앉을 즈음, 그 위로 바쁜 걸음들이 지나갔다.

"빨리빨리. 모두 서둘러!"

우렁찬 호통 소리 따라 수룡채들은 간밤에 쳐두었던 천막을 걷었다.

"육로로 이동한다. 모두 흔적을 남기지 않게 주의해!"

무건과 장직 등이 돌아다니며 재촉을 해대자 움직임은 더 더욱 빨라졌다. 이윽고 모두가 도열한 가운데 곽무한이 앞으로 나섰다.

"모두 준비됐나?"

"예!"

한목소리로 나오는 우렁찬 대답.

곽무한은 잠시 수하들을 훑다가 천천히 입을 열었다.

"이미 명을 전달받았겠지만, 지금부터 사천 동북부를 장악하기 위한 본격적인 행보가 시작된다. 모두 최선을 다하여 한 사람도 낙오하는 일이 없도록 하라!"

"존명!"

터져 나오는 우렁찬 대답을 들으며 곽무한은 등을 돌렸다.

"모두 시간을 잘 맞추도록!"

지렁이와 담우치 등에게 재차 명을 내린 곽무한은 성큼성큼 걸음을 옮겼다. 그러자 곽패를 필두로 옛 쌍부채의 휘하들이 곽무한의 뒤를 따라 바삐 걸음을 움직였다.

"행로에 무운을!"

"무운이 있으시길!"

도열해 있던 나머지 수룡채들은 떠나가는 곽무한 일행을 배웅했다. 그리고 잠시 뒤,

"자, 우리도 출발!"

이번에는 추단과 지렁이 등이 움직였다. 그들은 서쪽으로 향했다.

"모두 치고 빠진다는 것을 절대 잊지 마!"

이탁과 담우치도 움직였다. 그들은 수하들에게 단단히 주의를 주며 남쪽으로 진로를 잡았다.

모두 세 갈래로 나뉜 수룡채.

곽무한이 향한 곳은 칠반채였고, 추단과 지렁이가 향한 곳은 파하채 입구, 이탁과 담우치가 향한 곳은 주하채 방향이었다. 이른바 유격과 양동 작전이 시작된 것이다.

　　　　　　*　　　　　*　　　　　*

덜컥!

선체가 뒤틀렸다.

"이런 빌어먹을!"

갑판으로 나와 본 도광덕은 인상을 구겼다.

강심이 얕아 배 밑판이 바닥에 걸려 버린 것이다.

"도대체 정신이 있는 놈이냐, 없는 놈이냐? 배가 좌초될지도 모르고
배를 몰아?"

애꿎은 수하에게 화풀이를 했지만 내심 한숨이 나왔다.

공연한 헛바람이었다. 명색이 채의 서열 삼위라 위신을 세우려 판옥
선을 딸려달라고 한 자기 탓이었다. 이렇게 얕은 강심에 판옥선이 다
무어냐? 소선만 해도 차고도 넘칠 판이다.

"할 수 없군. 소선을 내려!!"

이미 좌초된 배를 어찌 계속 타고 있으랴? 도광덕은 인상을 찌푸리
며 소선을 내리라 명했다. 그리고 막 소선으로 옮겨 타려는 순간,

"와아아!"

갑자기 함성 소리가 들려왔다.

소리 따라 눈을 돌려보니,

"맙소사!"

기가 막혔다.

강 양편에 늘어선 버드나무에서 갑자기 사람 그림자가 주렁주렁이
다. 뿐인가? 예전처럼 강변의 풀들이 벌떡벌떡 일어난다.

"놈들이다. 막아!"

도광덕의 고함 소리는 약간 뒤늦은 감이 있었다.

"와아아!"

쐐애액!

퓨퓨퓻!

빗발치듯 날아드는 화살 세례.

"이놈들!"

그러나 전열을 가다듬고 추격하려는 순간,

두두두두!

허망한 말발굽 소리만 들을 수 있을 뿐이었다.

"이런 빌어먹을!"

다행히 희생자는 별로 없었다. 그러나 놀림감이 된 기분이라 약이 올랐다.

"이것들이 호랑이 간을 삶아 먹었나? 뻔히 추적하는 줄 알면서도 도발을 감행해?"

도광덕은 일부 수하들에게 하선을 명했다. 그래서 일부는 강변을 따라 움직이고 나머지는 소선을 몰았다. 그러나 바로 그때, 또다시 꼭지가 확 도는 일이 생겼다.

화르르!

"불이야!"

나중에 건인하려고 내버려 뒀던 판옥선이 불길에 휩싸였다.

"크아아! 이놈들. 아직도 근처에서 얼쩡거리고 있었다니!"

예상 밖의 일이었다.

모조리 달아난 게 아니라 일부는 은신하고 있었던 모양이다.

위낙 하찮은 놈들이라, 몇 놈이 달아나는 걸 보고 몽땅 달아난 것이라고 판단한 게 실수였다. 놈들은 이곳 지형에 익숙해서인지 움푹진 바위 밑, 늘어선 갈대밭, 아름드리 나무 위 등, 발견하기 어려운 곳에 은신해 있었다.

좌우간 뱃머리를 돌려 겨우겨우 불을 끄고 나자 다시 들려오는 함성 소리.

"와아아!"

퓨퓨퓻!

약 올리듯 놈들이 다시 나타났다.

놈들은 일부 소선들을 공격하고는 또다시 우르르 달아나 버린다.

이제 도광덕은 분기탱천, 눈에 보이는 것이 없었다.

"잡아! 끝까지 추격해!"

도광덕은 몸소 창을 들고 놈들의 뒤를 추격했다. 그러나 어느 벼랑 끝에 이르자 오리무중. 흔적조차 없었다.

"젠장. 지리에 어두운 탓이로고!"

도광덕은 벼랑 아래로 늘어뜨려진 동아줄을 뒤늦게 발견하고는 탄식을 내뱉었다.

"모두 기습에 주의하라!"

이제 가룽채들은 눈에 불을 켤 수밖에 없었다.

강변을 뒤지고, 물속을 뒤지고, 나무 위를 뒤져 가며 신중에 신중을 기해 전진했다. 그렇게 고생고생하며 겨우 도착한 파하채. 그러나 놈들의 흔적은 그 어디에도 없었다. 수채 인근을 이 잡듯 뒤져 봐도 쌀 한 톨 나오긴커녕 싸늘한 냉기만 흘렀다.

"크으으! 도대체 채를 비우고 어디로 사라진 거야?"

수적들이 채를 비운다는 건 상식적으로 있을 수 없는 일이라 망연한 표정만 지을 수밖에.

그때였다.

"놈들이 주하채 쪽에서 나타났답니다."

주하로 간 녀석들에게서 전서구가 온 모양이었다.

"으드득! 놈들이 모두 주하채로 피신한 모양이군. 가자!"

그러나 주하채에도 인적이 없었다. 밥통 같은 수하들도 자기들과 마찬가지로 당했던지 모두 독이 올라 있었다. 그러나 하늘을 봐야 별을 따고 손뼉도 마주쳐야 소리가 난다고, 도대체 분을 풀고 싶어도 놈들의 코빼기조차 보여야 말이지. 미치고 환장할 노릇이었다.

"으아! 이 빌어먹을 놈들! 대체 어디로 간 거야?"

혹시나 싶었다.

설마 보금자리가 여긴데 언젠가는 돌아오리라 싶었다. 게다가 당한 게 얼마인데 싶어 도광덕은 인적없는 주하채에서 삼 일 밤낮을 기다렸다.

그렇게 사나흘 동안 이만 박박 갈고 있을 때,

파드득!

갑자기 본채에서 전서구가 날아왔다.

"크아아! 이놈!"

도광덕은 서찰을 보자마자 울화통이 터져 박박 찢어버렸다.

〈도대체 자네 뭐 하고 있는 건가? 설마 강남 땅으로 유람하러 간 겐가? 잡으라는 놈은 잡지 않고 도대체 뭐 하는 거야?〉

서찰에는 판잔과 질책이 빽빽해, 보자니 눈이 다 아플 정도였다. 그리고 도광덕의 머리 뚜껑을 열리게 만든 결정적인 글귀.

〈설마 자네, 피라미에비 당해 벌써 죽어버린 겐가? 그렇지 않다면 미창산으로 속히 달려가비. 놈이 칠반채를 접수했다고 하비.〉

"크아아아! 이 찢어 죽일 놈! 밟아 죽일 놈! 으아아!"
약아도 이리 약은 놈이 없었다.
실컷 자신들을 괴롭히고는 엉뚱하게도 칠반채를 접수하다니? 정말 기가 막히고 코가 막힐 노릇이었다. 정말 빌어먹고 갈아먹을 놈이었다.
"빠드득! 가자! 칠반채다!"
도광덕은 이를 갈며 칠반채로 향했다.

                        *   *   *

시잇!
은사가 바람을 갈랐다.
"컥!"
"커컥!"
신음성들은 이내 정적에 묻혔다.
"이게 단가?"
대나무에 은사를 감으며 곽무한이 물었다.
"그, 그렇습니다."

소리없는 죽음에 입을 쩍 벌리고 있던 곽패는 얼른 입을 다물며 고개를 숙였다. 그러나 자기도 모르게 목소리에 격정이 묻어났다.

칠반채의 길목마다 설치된 망루.

모두 다섯 개에 불과했지만, 과거 저 망루 때문에 잃은 수하가 그 얼마였던가? 그러나 이젠 그 일도 모두 추억이 되리라. 오늘 그동안 쌓인 옛 원한들을 모두 갚아줄 수 있을 테니.

"모두 조심하도록. 지금부터가 진짜 시작이니."

나직한 당부를 남기며 앞서 나가는 곽무한. 듬직하기 짝이 없었다.

"수하들이 많이 죽을 것이다. 그래도 고집하려느냐?"

"예, 저희 힘으로 복수하고 싶습니다. 그래야만 자존심이 살아납니다."

곽패는 이곳으로 오기 전날, 곽무한과 나눈 대화를 떠올렸다.

곽무한은 피해가 많이 날 것이라며 다른 채들을 합류시키자고 했다.

그러나 자신이 고개를 저었다. 자신들의 힘으로 싸워 이겨야 진짜 이기는 것이다. 그러나 곽패는 내심으로 최악의 경우가 생길까 봐 노심초사했다. 그러나 지금, 곽무한을 보니 최악의 경우는 전혀 염려하지 않아도 될 것 같아 절로 힘이 솟았다.

"모두 채주님의 말씀 들었지? 조심해서 전진하도록!"

곽패는 쌍도끼를 흔들며 수하들에게 재삼재사 주의를 주었다.

스스슷!

잔뜩 숨죽인 쌍부채들. 소리없이 칠반산을 올랐다.

콰지끈! 와르르!

칠반채 채주 임달극은 뭔가 무너져 내리는 소리에 고개를 들었다. 그 바람에 목에 맺혀 있던 땀방울들이 후두둑! 아래로 떨어져 내렸다.

"으음⋯⋯."

"아!"

떨어져 내린 땀방울 탓인가?

임달극의 배 아래 깔린 하얀 동체가 가녀린 신음성을 흘렸다.

신음성이나 굴곡진 몸매로 미뤄보아 여인들이었다.

"이년들, 주둥이 닥쳐!"

임달극은 흉흉한 눈길로 으르렁거렸다.

임달극의 몸 아래에는 두 명의 여자가 깔려 있었다. 시커먼 눈자위나 터져 나간 뺨을 보아하니 자진해서 시중드는 것은 아닌 모양이었다.

여자들을 조용히 시킨 후 임달극은 청력을 집중했다. 그 순간 밖에서 요란한 발자국 소리가 들리더니 누군가가 방문을 쿵쿵 두드렸다.

"무슨 일이냐?"

임달극은 급히 바지를 걸치며 물었다.

"채주님, 크, 큰일났습니다! 기습입니다!"

"뭣이? 기습?"

임달극은 화들짝 놀라 병장기를 집어 들었다. 워낙 서두른 탓인지 튀어나온 아랫배가 출렁출렁 춤을 췄다.

"아참! 뒤처리를 잊어먹었군."

밖으로 나서려던 임달극은 갑자기 몸을 침상 쪽으로 돌렸다.

쉬이잇!

"끄륵!"

임달극의 손이 번뜩이자 침상에 피가 튀었다.

하얀 동체들은 신음조차 제대로 지르지 못한 채 목과 가슴에 피를 흘리며 널브러졌다.

"웬만하면 몇 번 더 즐기려 했지만, 영 별로였어, 계집들."

임달극은 여인들의 시체를 잠시 바라보다 피 묻은 낫을 허리춤에 꽂으며 밖으로 나섰다.

"와아아!"

카카캉!

"으아악!"

밖으로 나서자마자 요란한 비명 소리가 귀를 찔러왔다.

"도대체 어떤 놈들이?"

임달극은 눈살을 찌푸리며 사방을 둘러봤다.

비록 캄캄한 밤이었지만, 곳곳에 켜진 등불로 인해 흐릿하게나마 주변 정경을 볼 수 있었다.

임달극은 사방을 둘러보다가 몸을 움찔했다.

임달극이 놀란 건 어둠 속을 누비는 검은 인영들 때문이 아니었다. 또한 토벌군에 대항하기 위해 바윗덩이를 쌓아 올려 만든, 단단하기 그지없는 담장이 저리도 쉽게 무너져 버린 때문도 아니었다.

그가 놀란 건 다름 아닌 하나의 눈빛 때문이었다.

사방을 둘러보다 우연히 마주친 눈빛.

그 눈빛은 자기의 애첩들이 있는 곳에서 흘러나왔다. 보다 정확히 말하자면 자기 노예들이 있는 곳. 그곳에서 이글거리는 눈빛 하나가 쏘아지고 있었다.

"네, 네놈은 누구냐?"

임달극은 자기도 모르게 목소리가 떨려왔다.

콰콰쾅!

머리가 정신없이 흔들렸다.

콰지직!

턱이 부서졌다.

퍼퍼퍽!

광대뼈가 함몰되었다.

"으으으……."

당사자는 신음 소리조차 내지 못했다. 오히려 주변에 있던 사람들이 공포에 질려 억누른 신음성을 흘렸다. 주변에 있던 사람들이 오금을 저리는 이유는 바로 때리는 사람의 표정 때문이었다.

무표정한 얼굴.

그랬다.

곽무한은 지금 사람을 때리고 있는 게 아니었다. 한 마리 짐승을 잡고 있는 중이었다.

우연히 칠반채의 지하 석실에 들른 곽무한은 치를 떨었다.

지하에는 벌거벗은 여인들이 우글거렸다.

젖살도 빠지지 않은 어린 소녀에서부터 사십이 넘어 보이는 여인까지.

여인들은 좁고 악취나는 두어 평의 석실에 감금되어 있었다. 그것도 그냥 감금되어 있는 게 아니라, 손과 발에 족쇄를 채워 하나같이 개처럼 엎드려 있도록 되어 있었다. 게다가 어쩌나 얻어맞았는지 모두들 상처투성이에 비쩍 마른 몰골이었다. 그러나 그 모든 것 중 곽무한을 가장 분노케 만든 것은 다름 아닌 식기(食器)였다. 놈들은 감금당한 여인들에게 밥그릇이나 국그릇을 준 것이 아니라 개나 소를 먹일 때 쓰는 죽통을 던져 놓았다.

그래서였다.

이미 어린 시절, 노예로 팔려온 아이들을 보며 이를 갈던 곽무한이다. 그래서 곽무한은 이 짐승을 결단코 용서할 수가 없었다.

빠그득!

힘차게 내리찍은 발길질에 놈의 입이 완전히 함몰되고 말았다.

"그르르. 푸푸푸."

놈은 이미 눈을 까뒤집었다. 짓뭉개진 코와 입에선 피 거품만 일었다.

그러나 곽무한은 모질었다.

놈의 명줄을 아직도 끊지 않았다. 그래서 모두들 처참하기 짝이 없는 임달극의 모습에 고개를 돌리고 말았다.

그러나 곽무한이 놈의 목숨을 끊지 않은 이유가 있었다.

"그대들의 한을 풀어라!"

곽무한은 걸레 쪼가리가 된 임달극을 여인들에게 던져 주었다.

"으아아! 이 악마!"

"으와앙! 죽어! 죽어버렷!"

여인들은 모두 원독 어린 표정으로 달려들었다.

놈의 얼굴을 마구잡이로 할퀴는 여인도, 놈의 살점을 마구 물어뜯는 여인도 있었다.

결국, 임달극은 여인들의 손에 의해 시신도 제대로 남기지 못하는 처참한 죽음을 당하고 말았다. 여인들은 숨이 끊어진 임달극의 시신에 침을 뱉고는 모두 목을 놓아 통곡했다.

쌍부채들은 아무런 말도 할 수 없었다.

사실, 쌍부채들로서는 값진 승리였다.

누가 가장 멋진 활약을 펼쳤고 누가 가장 많은 적들을 죽였는가는 중요치 않았다. 중요한 것은 치열한 전투 끝에 자기들의 손으로 과거의 복수를 해냈다는 사실이었다. 그러나 눈앞에 펼쳐진 광경을 보고는 누구도 승리의 환호를 지를 수 없었다.

그래서였다. 한참을 망설이던 곽패가 앞으로 나섰다.

승리 뒤의 광경이 이래서는 안 되었다. 어떻게든 정리를 해야 했다.

"저어… 채주……."

사실 지금의 곽무한은 말 걸기조차 조마조마했다. 상황은 이해 가지만 한 치의 온정도 없는 모습에 기가 질려 버린 때문이었다.

"말하라!"

곽무한은 곽무한대로 괴로웠다.

여인들의 몰골을 보자니, 과거 자신이 당하던 모습이 떠올라 가슴이 저려온 때문이었다.

"이제 놈들의 우두머리를 처치했으니, 남은 놈들을 거두어 각 휘하로 배치하셔야……."

"됐어!"

곽무한은 곽패의 제안을 차갑게 끊었다. 그리고는 단호히 말했다.

"우리가 아무리 밑바닥을 굴러도 짐승들과는 함께하지 않아. 놈들을 모두 넘겨 버려!"

"넘긴다 하심은?"

곽패가 의아한 표정으로 물었다.

곽무한은 예상외로 냉정을 유지하고 있었다.

"관에 넘겨줘. 어차피 죽일 놈들. 생색이나 내게 해줘."

"아! 그렇군요. 그리 조처하지요. 그런데……."

미처 생각지도 못한 부분이었다. 곽패는 내심 탄성을 터뜨리다가 무슨 생각이 들었는지 말꼬리를 늘였다.

"……?'

곽패는 눈빛으로 묻는 곽무한에게 턱짓으로 대답했다.

"음……."

곽무한은 부지불식간에 침음성을 터뜨렸다.

여인들은 이미 자기들 이야기인 줄 알고 갈망 어린 눈빛을 보내왔다.

"음… 연고가 있는지 물어보고… 정 안 되면……."

"채주님? 그건, 그건 안 될 말입니다!"

곽무한의 말이 끝나기도 전에 곽패는 고개를 저었다. 그간 지켜봐 온 바에 의하면 곽무한은 자신이 내뱉은 말은 무조건 책임지는 성격이다. 그러니 그의 말이 끝나고 나면 도저히 물리기 어려우니 미리 말을 끊은 것이다.

"채에 여자가 있으면 기강이 문란해집니다. 정보가 샐 수도 있고, 무엇보다도 전력에는 전혀 보탬이 안 되면서 돈만 들어갈 뿐입니다. 그리고 관리하는 데 골치도 아프고요."

"음……."

곽무한은 잠시 고민하는 표정을 지었다.

'제기랄…….'

곽패는 인상을 일그러뜨렸다.

항상 단호하던 사내가 결정을 망설이는 걸 보니, 결론은 보나마나겠다 싶어서였다. 그리고 과연 그 예상은 빗나가지 않았다.

"그래도 연고가 없는 사람은 거둬들여. 그리고 나중에 서로 상의해서 좋은 방법을 찾아봐."

곽패는 터져 나오려는 한숨을 억지로 참았다.

'휴우… 분명히 나중에 발목 잡히는 일이 될 터인데…….'

곽패는 머리를 설레설레 흔들면서도 마지못해 여인들에게 다가갔다.

"연고가 있는 사람?"

있을 리가 없다. 아니, 있어도 말 못한다.

만신창이가 된 몸으로 어딜 갈 수 있단 말인가? 또한 간다 하더라도 사람 취급받기가 어려웠다.

"휴우… 그럼 힘들어도 우리와 함께하겠느냐?"

대답은 들으나마나였다.

잠시 후.

여인들의 눈빛은 한 사람을 향했다.

그는 무너진 담장에 홀로 앉아 달빛을 쳐다보고 있는 곽무한이었다.

푸른 강물이 내려다보이는 미창산 기슭 칠반채.

세 갈래로 나뉘었던 수룡채들이 모두 합류했다. 그 때문인지 수룡채의 임시 거처가 된 칠반채에는 활기가 돌았다. 합류한 놈들끼리 서로 부둥켜안으며 정을 나누기도 했고, 팔을 걷어붙이고 산채 주변을 정리하기도 했다. 그리고 그날 저녁,

마당 중앙에서 왁자한 술판이 벌어졌다.

그간 계속된 싸움 탓에 모두들 제대로 쉴 시간이 없었다.

정말 모처럼 만의 휴식이었다.

"와하하! 멋진 전투였어!"

"내가 말이야, 놈들을 어떻게 처리했는지 알아?"

한자리에 모인 수룡채들은 서로 술잔을 나누며 껄껄댔다. 모두들 언제 죽을지 모르는 밑바닥 인생이라 죽은 자를 위한 건배는 하지 않았다. 대신 저마다의 방식으로 쌓인 회포를 풀었다.

옆의 동료와 어깨동무를 한 채 노래를 부르는 놈이 있는가 하면, 자기 자랑에 열을 올리는 놈도 있었다. 공연히 옆 사람에게 시비를 걸어 주먹다짐을 하는 놈이 있는가 하면 어깨춤을 추며 제 흥을 즐기는 놈도 있었다. 정말 와자한 술판이었다.

곽무한은 마음껏 흐트러진 수하들을 보며 홀로 술잔을 기울이고 있었다. 그때 얼큰히 취한 이탁이 다가왔다.

"꺽. 채주, 오늘 같은 날은 만사를 잊고 취하셔야 하오. 홀로 자작하기보다는 수하들과 어울리시는 게 어떻소?"

옳은 말이었다.

'그래. 함께 어우러지는 게 가장 중요하지.'

곽무한은 이탁의 어깨를 툭툭 두드리고는 마당 중앙으로 나갔다.

"오늘 나보다 덜 마시는 놈은 술독에 빠뜨려 버리리라!"

곽무한은 호기로이 외치며 먼저 석 잔의 술을 마셨다.

"와아아! 한 잔 더! 한 잔 더!"

곽무한의 주량이 약함을 아는 수하들이다. 모두 열띤 눈으로 환호를 보내왔다.

"좋아! 그러나 같이 마실 사람이 있어야지? 아무나 나와 봐!"

"와하하! 좋습니다. 제가 함께하지요!"

술고래로 소문난 한 녀석이 가가대소를 터뜨리며 앞으로 나왔다.

곽무한은 그자와 주거니 받거니, 취할 때까지 마셨다.

그 분위기 탓에, 평소 술 한 방울 못 마시던 놈들도 마구 술병을 목에 집어넣었다.

"꺼억! 내가 말이야! 모두를 위해 상을 걸겠다."

어느새 만취한 곽무한. 어느 순간 수하들에게 내기를 걸었다.

"우리는 이슬처럼 사라질 인생들. 내기는 비무(比武)다. 아무라도 좋다. 먼저 삼연승을 거두는 사람은 이곳 창고의 물건을 아무거나 가져도 좋다."

"와아아!"

수룡채들은 모두 열렬히 환호를 보냈다.

"그리고 말이야!"

곽무한은 손을 들어 잠시 환호를 제지했다.

"삼연승 한 사람들에게는 또 다른 상이 있다. 그 상은 다름이 아니라!"

곽무한의 눈이 휙! 본채 건물로 향했다.

"와아아아!"

무엇을 본 것일까?

사내들은 모두 괴성을 지르며 마구 날뛰었다.

본채 건물.

수백 쌍에 달하는 사내들의 눈길이 향하자 창틈으로 내밀어졌던 머리들이 쏙쏙 숨어버렸다.

"그렇다. 여인들이다. 마음에 드는 여인을 고를 수 있는 특권을 주겠다."

"와아아아!"

우레와 같이 터져 나온 요란한 함성 소리로 칠반산이 떠나갈 듯했다.

"단!"

곽무한이 다시 손을 들었다.

꼴깍!

이번에는 또 뭘까 싶어 모두 침을 삼켰다.

"반드시 지목당한 여인의 허락을 받아야만 한다."

"우우우!"

곽무한의 말이 끝나자마자 사내들은 야유를 보냈고, 자존심이 상해 있던 여인들은 픽! 미소를 지었다.

"사내는 능력이다. 불알 찬 사내가 되어가지고 여인의 마음 하나 사로잡지 못한다면 평생 여자들 대신 방바닥이나 뚫도록!"

"와하하!"

곽무한의 입에서 걸죽한 농담까지 나오자 사내들은 폭소를 터뜨리면서도 일제히 고개를 끄덕였다.

"좋습니다! 제가 먼저 도전하겠습니다."

"저요! 저도 도전하겠습니다."

곧 술자리는 땀내 물씬한 비무장으로 변했다.

환호와 열광, 야유와 탄식이 터져 나오며 저마다 희비가 교차했다.

곽무한은 말단 수하들과 어울려 누가 이기나 내기를 벌이기도 하고, 고래고래 고함을 지르며 응원을 보내기도 하며, 수하들이 주는 대로 술을 받아 마셨다. 그런 곽무한의 모습이 보기 좋았는지 이탁이 다가와 술잔을 건네며 넌지시 한마디 했다.

"아주 잘하시는데요? 이왕 하시는 김에 막간을 이용해 채주의 무공을 선보여 주시지요."

"꺼억! 이봐, 이탁. 난 지금 만취 상태야……."

곽무한이 거절하려는 순간,

"와아아! 멋진 제안입니다. 채주, 보여주십시오!"

"모두 비켜! 채주께서 무공을 보여주신대!"

"뭐라고? 채주께서? 야! 얼치기들, 어서 비키지 못해!"

옆에 있던 놈들이 먼저 환호성을 질러 빼도 박도 못하게 만들어 버린다.

"이런, 이런, 정말 만취 상탠데……."

수하들의 강권을 뿌리치지 못한 곽무한은 비틀걸음으로 중앙에 섰다.

꼴깍!

왁자하던 장내는 순식간에 조용해졌다.

열기 어린 눈빛들이 일제히 곽무한에게 쏠렸다. 그런 눈빛은 창틈으로 고개를 내민 여인들도 예외는 아니었다.

'뭘 보여주나?'

곽무한은 잠시 고민하다가 낚싯대를 들었다.

'아저씨…….'

문득 과자안이 사무치도록 그리워졌다.

곽무한은 천천히 낚싯줄을 늘어뜨렸다. 그리고 등 뒤의 도를 잠깐 매만지다가 휙! 지면을 박찼다.

파르릇!

바람이 상쾌하게 뺨을 어루만져 왔다.

곽무한은 아득한 허공으로 날아오르다가 어느 높이에서 가볍게 공중제비를 돌았다. 그와 동시에 낚싯대를 아래로 늘어뜨리며 단전의 기를 쏘아 보냈다.

우우우웅!

마음이 일자 단전이 움직였고, 단전이 움직였다 싶은 순간 이미 기파가 낚싯대를 타고 흘렀다.

팅팅팅!

기파가 흐르자 낚싯대는 물론이고 지면을 향하고 있는 은사까지 꼿꼿해졌다. 곽무한은 정신을 집중하며 빠르게 하강했다.

파아앗!

바람이 강하게 뺨을 스쳐 왔고, 지면은 급작스레 커져 왔다.

곽무한은 낚싯대를 늘어뜨린 상태로 계속 하강했다. 그리고 어느 순간,

"타하압!"

곽무한의 입에서 쩌렁쩌렁한 기합 소리가 터져 나왔다.

"아아!"

"마, 맙소사! 섰다! 거꾸로 섰어!"

모두가 입을 쩍 벌렸다. 도저히 눈을 믿지 못할 정도였다.

팽팽팽!

지금 곽무한은 가느다란 낚싯대, 그것도 힘이라곤 도저히 없을 것 같은 은사로 지면을 지탱하며 거꾸로 물구나무를 선 것이었다. 그것만 해도 신기하기 짝이 없는 일이었다. 극도의 공력을 쏘아 은사에까지 유형의 기로 감싸지 않으면 도저히 불가능한 일이었다. 그러나 그보다

더 놀라운 일이 벌어졌다.

"타하아앗!"

물구나무선 곽무한의 입에서 창룡음이 터져 나왔다. 그와 동시에 곽무한의 손이 잠깐 낚싯대의 끝을 친다 싶더니 아득한 허공으로 다시 신형을 쏘아 올렸다.

"아아!"

모두 눈을 부릅떴다.

곽무한의 신형이 아득한 달 속으로 뛰어든 때문이다.

"도를 아느냐? 아직 모른다. 상승의 요결을 아는가? 아직 깨닫지 못했다. 그러나 도에 내 혼을 실었다. 뇌전폭풍—!"

아득한 허공에서 천신의 음성이 들려오는가 싶더니,

쫘르르르릉!

귀를 찢는 벽력음과 함께 붉은 혈광이 치솟더니, 쩍! 달을 두 조각으로 쪼개 버렸다.

"맙소사!"

"허거거!"

그날 새벽.

수룡채에는 남녀를 불문하고 턱이 빠진 사람이 부지기수였다고 전해진다.

밤의 열기는 어느새 사라지고 모두가 곤히 잠든 새벽.

곽무한은 잠에서 깨어났다.

단전에서 전해지는 통증 때문에 도저히 잠을 이룰 수 없어서였다.

"쿨럭. 쿨럭."

쉼없이 올라오는 핏덩이.

곽무한은 몇 번의 토악질로 겨우 죽은 피를 토해낸 후 단전 부위를 어루만지며 스스로를 자책했다.

'역시 무리였어. 술김에 화를 자초했군……'

곽무한이 피를 토한 이유는 간밤의 무공 시연 때문이었다.

무인이 술김에 도법을 펼친다고 해서 내상을 입는다? 얼핏 들으면 이해가 되지 않는 말이다. 그러나 곽무한에겐 그럴 이유가 있었다.

곽무한은 최근 들어 혈뢰도에 봉인된 초식에 마음을 빼앗긴 상태였다. 그러다 보니 그 초식에 맞게 자신의 심법을 재해석하고 있는 중이었다. 그 때문에 폭풍멸절도법에 맞춘 예전의 심법과 재해석한 심법 사이에서 충돌이 일어나고 있는 중이었는데, 어제 술김에 억지로 무공을 펼친 바람에 내상을 입고 만 것이다.

'휴우. 이러다가 있던 도법까지 잃게 되는 건 아닐까?'

이젠 은근히 걱정이 될 정도였다.

그러나 무공의 새로운 경지를 본 이상, 중간에서 포기할 수는 없는 노릇이다. 곽무한은 잡념을 털어버리고 운기조식에 몰두했다. 그리고 한참이 지나 내상을 추스르고는 천천히 몸을 일으켰다.

이제는 닥쳐올 현실, 놈들의 습격에 대비해야 할 시간이었다.

'지금쯤이면 이곳 상황을 파악했을 터. 과연 놈들은 어떻게 나올 것인가?'

칠반채는 실로 절묘하다고 말할 수밖에 없는 곳에 위치하고 있었다.

산채 우측 끝 자락, 천야만야한 절벽 아래에는 섬서로 넘어가는 가릉강의 푸른 물줄기가 흘렀고, 좌측으로는 사천에서 섬서, 감숙으로 넘어가는 유일한 육로인 잔도가 뻗어 있었다. 그리고 산채에서 그리 멀지 않은 곳에 사천 동북부 지역의 최대 현(縣)인 광원(廣元)이 있었으니, 이런 요지를 가릉채에서 그냥 두고 볼 리가 없었다. 게다가 가릉채에서 운영하는 배가 섬서로 가려면 반드시 칠반채 부근을 지나야 하니 더욱 그랬다. 그래서 벌써 몇 해 전에 가릉채는 이곳을 공격했고, 칠반채는 상납금을 바치는 조건으로 무릎을 꿇고 만 것이다. 그러니 이곳 상황은 벌써 놈들에게 알려졌을 것이다.

'아무래도 육로로 올 확률이 구 할 이상이겠지?'

예상되는 공격로는 두 갈래였다.

하나는 파중(巴中)을 거쳐 오는 육로요, 다른 하나는 가릉강을 타고 오는 수로였다. 이 두 가지 경우 중 최악의 상황은 놈들이 가릉강을 타고 오는 경우였다. 수로를 통해 온다는 것은 만반의 준비를 다 갖추고 오는 것이기에. 그러나 아무리 생각해 봐도 그럴 것 같지는 않았다.

놈들은 지금 금사상채와 전쟁 중인데다 이미 파견한 추적대가 있으니 생각이 있는 자라면 계속 추적대를 이용할 듯싶었다.

'추적대의 우두머리가 좀 걸리기는 하나…….'

곽무한은 잠시 혈창 도광덕을 떠올렸다. 그러나 미리 방비를 한다면 맞상대하지 못할 정도는 아니란 생각이 들었다.

곽무한은 아침이 올 때까지 대책을 세우는 데 골몰했다.

날이 밝자 곽무한은 부채주들을 불렀다.

이제 부채주는 이탁과 추단을 포함해 모두 다섯 명이나 되었다.

"망루를 손봐야겠다."

곽무한은 칠반채 주변에 세워진 망루를 활용키로 했다.

칠반채의 요로마다 세워진 망루는, 지금의 위치에서는 적들의 눈에 띄기 쉬웠다.

"좀 더 은밀하게 위장해. 대낮에도 쉽게 발견하지 못하도록. 그리고 망루에서 본채까지 은사를 연결하도록. 그래서 정해진 시간마다 신호를 보내도록 해서 불미스런 상황이 발생하면 즉각 대처할 수 있도록 해."

부채주들은 모두 고개를 끄덕였다.

그러나 한 가지 미진한 점이 있었다.

"망루를 설치하고 신호 체계를 세우는 건 좋습니다만, 본채에서 신호를 받을 사람이 문젭니다. 하루 이틀은 몰라도 몇 날 며칠을 대기하기엔 인력이 너무 모자랍니다."

그랬다. 현재 수룡채의 총인원은 백오십여 명.

망루 다섯 곳에 파견할 인력과 산채 경계 병력을 빼고 나면 신호를 받기 위한 인력이 모자랐다.

그러나 곽무한은 그 부분에 대한 해결책까지 생각해 두고 있었다.

"채에 있는 여자들을 활용해. 신호만 기다리면 되니 그녀들로서도 마다할 이유가 없을 거야."

"음. 그렇군요. 그 생각을 못했군요."

"다음은 이 산채를 쓸 만하게 꾸미는 문제인데, 둘러보니 손볼 곳이 많아. 그럴 리는 없겠지만, 만약 놈들이 산을 타고 내려온다면 순식간에 무너질 판이야. 보강 공사를 좀 해야겠어."

"예, 알겠습니다."

"참, 그리고……."

곽무한은 추단과 이탁, 담우치에게 별도의 명을 내렸다.

"모두들 관아에 한번 들렀다 와."

"관아에요?"

모두 어리둥절한 표정이었다.

곽무한은 눈을 찡긋거리며 간단한 부연 설명을 했다.

"그래. 선물을 보냈으니 이제 인사를 하고 와야지."

"푸하하. 그렇군요."

담우치는 금방 알아들었다. 그러나 추단과 이탁은 멀뚱하니 고개만 갸웃거렸다.

"이런 맹탕들, 이제껏 얼치기로 운영했었군."

담우치는 웃음을 터뜨리며 곽무한을 대신해 두 사람에게 설명을 시작했다. 담우치가 설명한 건 곽패에게 들은 방식이었다. 시시때때로 관에 선물을 안기면서도 가끔씩 으름장을 선사해 상호 간에 끊으려야 끊을 수 없는 공생 관계를 유지하는 이야기.

"아! 그렇군요. 이미 선물은 갔으니 으름장만 놓고 오면 된다?"

"그렇지!"

"흐흐흐. 재미있는 생각이로군요. 신나겠는데요?"

두 사람은 그제야 웃음을 터뜨리며 고개를 끄덕였다.

회의가 끝난 후 세 사람은 각자 맡은 지역으로 길을 떠났다.

추단은 광원으로, 이탁은 무산으로, 담우치는 수룡채 본채가 있는 대창현으로.

뚝딱, 뚝딱!

와르르!

그날 오전부터 수룡채들은 바빴다.

모두 구슬땀을 흘리며 참호를 파고 망루를 보강하고 방어벽을 쌓았다. 곽무한의 아량으로 채에 머물게 된 여인들도 그냥 놀고 있지만은 않았다. 모두 팔을 걷어붙이며 밥을 해다 나르고 산채 이곳저곳을 청소하기 시작했다. 그렇게 이삼 일 정도 지나자 완벽하지는 않지만 대충의 정리와 방어막 형성이 가능했다.

"좋아. 일단 이 정도면 충분해."

석양 무렵, 곽무한은 수하들의 노고를 치하하고는 산채 주변을 둘러봤다. 그러다가 산채 끝 자락에 자리한 절벽에 다다랐다.

휘우우웅!

절벽을 타고 오른 강풍이 옷자락을 흔들었다.

곽무한은 직각으로 깎여진 절벽과 강물 사이로 삐죽삐죽 튀어나온 바위들을 보며 잠시 탄성을 터뜨렸다.

"음, 깎아지른 듯한 절벽에 황량한 곳이군. 오싹한 기분인걸?"

절벽도 절벽이지만 절벽 위의 초지도 을씨년스럽기 짝이 없었다.

근 삼십 장(丈) 정도 되는 초지에 괴이하게도 나무 한 그루 없었다. 그저 누렇게 말라 버린 초지만 있을 뿐이었다.

곽무한은 잠시 사방을 둘러보다가 유부(幽府)에서 흘러나오는 호곡성 같은 물소리에 재차 절벽 아래로 시선을 향했다.

"물살도 엄청 빠르군. 이건 은와탄 저리 가란걸? 최악의 경우엔 이곳을 이용해서 빠져나가면 아무도 뒤쫓아오지 못하겠군."

곽무한은 아우성치는 물살을 보며 홀로 고개를 끄덕였다.

바로 그때 뒤에서 인기척이 났다.

주저주저한 표정의 장직이었다.

"저어… 이제 아이들도 합류시켜야 하지 않을까?"

장직이 말한 아이들이란, 아직 싸우기에 힘이 부쳐 이번 싸움에 제외시켜 둔 수룡채의 십대들을 말함이었다.

장직이 아이들을 거론한 이유는 매옥 때문이었다.

매옥도 그들과 함께 있었다.

짝사랑의 열병.

장직은 매옥이 곽무한을 좋아하는 줄 뻔히 알면서도 그녀를 보고 싶은 생각에 날마다 애간장이 타 들어가는 것 같았다. 그래서 참다못해, 곽무한이 혼자 나가는 것을 보고는 용기를 내 뒤따라온 것이다. 그나마 남들이 없을 땐 존대를 하지 않고 편하게 말할 수 있으니.

곽무한은 장직의 애타는 마음을 전혀 몰랐다. 그래서 생각해 볼 필요도 없다는 듯이 곧바로 고개를 저었다.

"안 돼. 아직 위험해. 이번 기습을 막아낸 후 이곳 상황이 안정이 되면 합류시킬 거야."

"알… 았어."

곽무한의 대답에 장직은 힘없이 고개를 떨어뜨렸다. 그러나 고개 숙인 그의 얼굴엔 이글거리는 질투와 분노가 스쳤다.

"자! 밥 먹으러 가야지?"

곽무한은 미소를 지으며 앞서 걸었다. 그러다가 갑자기 몸을 휘청거렸다.

쩡!

뇌리를 울리는 통증.

'그러고 보니 오늘이 음력 보름이었구나.'

시각도 음기가 성한 초저녁이다. 그 때문에 양물에서 스멀거리는 기운이 피어올랐다.

"어? 왜 그래?"

뒤에 있던 장직이 비틀거리는 곽무한의 모습을 발견하고는 재빨리 몸을 부축해 왔다.

"음… 괜찮아. 잠깐 현기증이 나서."

대답과 달리 장직에게 기댄 몸은 학질 걸린 사람처럼 덜덜 떨렸다.

"걱정 마, 이젠 다 나아가니."

곽무한은 기이한 눈빛으로 자신을 보고 있는 장직에게 억지 미소를 지어 보이고는 잔뜩 미간을 찌푸린 채 겨우겨우 걸음을 움직였다.

'그렇지! 내가 그동안 잊고 있었군. 놈에겐 약점이 있었지. 음력 보름이 되면 혈음고가 발작한다는……'

최근 들어 곽무한 앞에만 서면 급속히 위축되던 자신이었다. 그러나 오늘, 곽무한의 약한 모습을 보니 뭔가 기이한 느낌이 들었다. 언젠가는 자신이 그를 넘어설 수 있을 것 같다는.

자정 무렵. 곽무한은 들끓는 양기를 진정시키기 위해 밤바람을 맞으며 다시 계곡으로 나왔다.

첨벙!

강물은 시리도록 차가웠다.

뼛속까지 시린 강물 속에 한참 몸을 담그고 나자 그나마 욕정이 식어가는 느낌이었다. 그러나 곽무한의 미간에는 깊은 주름이 생겼다. 증세가 점점 심해져 온 까닭이었다. 이러다가는 정말 조만간에 큰일을 저지르고 말 것 같았다.

"음?"

한참 마음을 다스리고 있던 곽무한은 은은히 들려오는 소리에 청력을 집중했다.

스스슷.

마치 뱀이 풀밭을 기어가는 듯한 소리였다.

곽무한의 얼굴이 와락 굳어졌다.

"놈들이다!"

곽무한은 번개같이 위로 솟구쳤다. 그리고 젖은 물기를 채 말리지도 못한 채 벼락같이 몸을 날렸다.

'제발. 늦지 않았기를······.'

가장 외진 계곡에 있는 자기 귀에까지 소리가 들릴 정도라면 벌써 놈들이 산채로 들어섰다는 뜻. 산채까지의 오백 장 거리가 이렇게 멀게 느껴지긴 처음이었다.

휙휙휙!

아름드리 나무들이 스치듯 물러났다.

후드득!

신형에 부딪친 잔풀들이 하늘로 치솟았다.

오십 장, 삼십 장.

망루가 보였다.

"이런!"

곽무한은 점점 더 조급해졌다.

지나치는 망루마다 부서져 있고, 수하들의 시신이 널브러져 있었다.

곽무한은 신형에 박차를 가했다.

쐐애액!

이제 산채가 코앞.

곽무한은 다시 한 번 나뭇가지를 튕기며 한달음에 신형을 날렸다.

카카캉!

쐐애액!

"크아악!"

곽무한이 당도할 무렵, 이미 산채는 아수라장으로 변해 있었다.

"멈춰라!"

곽무한은 사자후를 지르며 장내에 내려섰다.

그러나 미처 초점도 잡기 전에 무수한 살기가 자신에게 날아들었다.

"웃!"

카카캉!

곽무한은 날아드는 암기들을 쳐내는 동시에 튕기듯 몸을 날려 본채 건물 위에 올랐다.

"모두 손을 멈춰!"

이번엔 전신 내공을 실었다. 그 바람에 발 아래 기왓장들이 미친 듯이 들썩였다.

"채주?"

그제야 잠시 정적이 흘렀다. 그러나 그 시간은 아주 잠깐이었다.

"멈추지 말고 계속 공격해!"

자신과 맞먹는 우렁우렁한 목소리, 그놈이었다. 핏빛 창을 든 놈!

"흐흐흐. 이놈의 쥐새끼. 드디어 꼬리가 밟혔지?"

느물거리는 놈의 얼굴이 들어왔다. 동시에 수숫단 베듯 수하들의 목을 베어넘기는 놈의 핏빛 창도.

"아악!"

마침 놈의 창에 목을 잃은 여인을 발견하자 곽무한은 더 이상 참을 수 없었다.

"이놈!"

와르르!

분노성이 터지며 자욱한 먼지가 일었다. 여파에 휘말린 기왓장은 곽무한의 신형이 쏟아지고 난 뒤에야 와르르 무너져 내렸다.

쐐애액!

곽무한의 신형은 빛살 같았다. 그리고 표정은 얼음 조각 같았다.

"흐흐흐. 어서 오너라!"

도광덕은 쇄도해 오는 곽무한을 보며 차가운 조소를 보냈다.

콰콰콰쾅!

낚싯대와 창이 부딪쳤는데도 귀를 찢는 폭음이 터져 나왔다.

"크음!"

"윽!"

두 사람은 신음을 삼키며 이채 어린 눈빛으로 서로를 노려보다가 다시 공세를 펼쳤다.

패애액!

예상치 못한 공간을 벼락처럼 찔러오는 핏빛 창날.

시시싯!

기음을 토하며 연환으로 날아가는 푸른빛과 은빛 살기.

"으음!"

두 번째 격돌은 서로의 보법에 탄성을 보내며 물러섰다.

'으음. 간단치 않은 놈이군. 그렇다면!'

도광덕의 눈에 짙은 살기가 스치고 지나갔다. 그와 동시에,

"으형!"

도광덕은 폭발적으로 몸을 날리며 휘두르고, 뻗고, 나아가고, 떨치고, 베고. 순식간에 아홉 개의 창 그림자를 만들었다.

패애액! 패패팩!

허벅지 밑에서, 허리를 돌아 나오며, 갑자기 어깨 위에서, 땅바닥에서, 미처 예상치 못한 곳에서 정신없이 튀어나오는 핏빛 창날.

"우웃!"

곽무한은 난생처음 겪는 변초에 당황해 방어에 치중했다.

그러다가 어느 한 순간,

카카칵!

두 사람의 병기가 다시 얽혔다. 그 순간, 도광덕은 기다렸다는 듯 손목을 강하게 비틀어 똬리 트는 뱀처럼 묘하게 낚싯대를 얽어버렸다.

일 초에 아홉 방위를 점하는 구궁만리에 이어 상대가 당황해하는 틈을 타 뱀처럼 상대의 병기를 감아버리는 용권만리의 초식이었다.

"흐흐흐. 이놈! 끝이다!"

회심의 절초를 성공시킨 도광덕은 흉소를 터뜨리며 눈을 빛냈다. 이제 놈의 병기를 튕겨 버리면 그만. 그리고 최후 초식인 혈광만리로 목을 꿰어버리면 상황은 끝이다.

그러나 도광덕이 잠시 잊고 있었던 것이 있었다.

곽무한의 무기는 부러지기보다는 휘어지는 대나무.

튕겨나가는 대신 잔뜩 휘어버린다.

"제기랄!"

도광덕은 인상을 구기며 다시 용을 썼다.

팅팅팅!

창대에 얽혀 잔뜩 휘어지는 낚싯대.

이제 누가 먼저 균형을 깨뜨리느냐로 변해 버렸다.

도광덕은 자신의 승리를 확신했다.

자신의 무기는 철심을 박은 창대인데다, 일 갑자를 상회하는 공력을 지녔으니 금방 결말이 나리라 확신했다.

그러나 웬걸!

창대를 통해 느껴지는 놈의 공력은 오히려 자신을 능가할 정도였다.

"이이익!"

손목을 통해 놈의 내기가 침투하려 하자 도광덕은 즉시 창대를 틀어 대치 방향을 바꿨다.

'치잇!'

곽무한은 내심 발을 굴렀다.

늙은 생강이 맵다더니 지금이 바로 그 짝이었다.

'아쉽지만 어쩔 수 없지.'

곽무한은 탄식을 터뜨리며 낚싯대를 거둬들였다. 놈의 초식 운용이 노련하기 짝이 없어 밀린다 싶을 때마다 살짝살짝 창대를 틀어 힘의 방향을 틀어버리니 들인 공에 비해 실익이 너무 없었던 것이다.

곽무한은 나름대로의 생각을 정리하자마자 즉시 몸을 틀어 눈에 띄는 적들부터 공격해 들어갔다.

수하들 때문이었다.

자신은 지금 보름이라 공력을 극성으로 끌어올릴 수 없는 상태. 때문에 놈과 단시간에 승부를 낼 수 없었다. 그래서 과감히 방향 전환을 한 것이다. 자신이 놈과 대치하고 있는 동안 수하들이 사방에서 죽어가고 있었으니.

"저런 빌어먹을 놈!"

도광덕은 곽무한이 또다시 자신과의 대결을 회피해 버리자 어이가 없다는 표정을 지었다. 우두머리끼리 대결하다가 몸을 돌려 조무래기들을 공격하다니? 완전 상궤(常軌)를 벗어난 일이었다.

그러나 곽무한은 그런 데 신경 쓰지 않았다.

곽무한에겐 수하들의 목숨이 우선이었다. 이탁과 담우치가 외출 중이라, 현재 이곳에서 믿을 만한 고수는 추단과 지렁이뿐이었다. 반면 기습해 온 적들의 숫자는 너무 많았다. 그러니 어쩔 수 없는 선택이었다.

"좋아! 그렇다면 나도!"

도광덕은 잠시 인상을 찌푸리다가 자기도 덩달아 몸을 날리려 했다.

그러나 곽무한은 영리했다. 적들을 공격하면서도 항상 도광덕 근처에 있었다. 그래서 도광덕이 몸을 날리려 할 때마다 간헐적인 공세를 펼쳐 그로 하여금 다른 데로 눈을 돌리지 못하게 만들었다. 공격 범위가 긴 은사와 빠른 신법 때문에 가능한 일이었다.

자신은 공격하지 못하고 상대는 마음껏 수하들을 유린하고.

이런 상황이 계속되자 도광덕은 귓구멍, 콧구멍에서 연기가 치솟아 미치고 환장할 지경이었다.

"크아아! 이놈!"

급기야 도광덕은 만사를 제쳐 두고 곽무한의 앞을 막아섰다. 그 바람에 수하들의 진로가 엉망이 되어버렸지만, 도광덕은 모든 것을 무시했다.

"좋아!"

그제야 곽무한이 돌아섰다. 어느 정도 급한 불은 끈 상태여서였다.

"이노옴!"

이미 머리끝까지 화가 치민 도광덕은 일체의 변초(變招)나 수비를 도외시한 채 생사결의 초식만을 마구 뿌려댔다.

패애액! 패패팩!

벼락같은 속도에 거미줄 같은 공세.

일 초에 쏟아지는 열여덟 개의 핏빛 창날은 가히 혈광만리라 칭할 만 했다. 그 초식이 어찌나 빠르고 완벽했던지, 곽무한은 금세 몇 군데의 상처를 입었다.

'피하기만 하다가는 당하고 만다!'

곽무한은 정면으로 부딪치기로 결심했다.

쐐애액!

환영처럼 날아오는 열여덟 개의 창날 중 목을 노리는 빛 하나.

'저거다!'

곽무한의 눈이 번쩍 빛났다. 동시에 곽무한의 손에서 푸른빛이 날았다.

쐐애액! 콱!

이제껏 마주친 소리 중 가장 작은 소리였다.

"음?"

도광덕은 깜짝 놀랐다.

점과 점. 마치 노리기라도 한 듯, 창끝과 대나무 끝이 만난 것이다.

그러나,

쫘자자작!

창날 끝부분의 예기(銳氣)로 인해 잠시 휘어지나 싶던 낚싯대가 앞부분부터 수십 갈래로 쪼개지기 시작했다.

"어리석은 놈!"

도광덕은 쾌재를 질렀다.

그러나 곽무한은 어리석지 않았다.

쫘자자작!

도광덕의 기파를 따라 계속 쪼개져 나가는 낚싯대.

곽무한은 그 모습을 차가운 눈빛으로 보고 있었다. 그러다가 갈라지는 부위가 손목 부위에 이를 즈음, 곽무한은 환상처럼 빠르게 낚싯대에서 손을 놓았다. 그리고는,

파광!

손바닥으로 낚싯대 끝 부분을 강하게 쳤다.

촤촤촤악!

급작스레 쇄도하는 수십 개의 죽편(竹片)은 하나하나가 섬뜩한 창날이다. 도광덕은 어찌나 놀랐던지 자기도 모르게 급히 고개를 젖혔다.

바로 그 순간,

쐐애애애액!

고막을 찢는 칼바람 소리.

"헉?"

아차 싶어 눈을 돌리자 망막을 가득 채워오는 시뻘건 혈광.

서거걱!

섬뜩한 소리. 낯선 통증.

"크아아악!"

도광덕은 처절한 비명을 지르며 바닥을 굴렀다.

뼈저린 실수였다. 낚싯대에 혹해 곽무한의 등 뒤에 있는 도를 놓쳐버렸다. 그 바람에 낯익은 다리 한 짝이 저쪽에서 시뻘건 피를 뿌리며 펄떡펄떡 뛰고 있었다.

"크아악! 이놈! 이 갈아 마실 놈! 크아아!"

도광덕은 바닥을 기며 울부짖었다. 그 처절한 절규에 가룽채 놈들이 혼비백산했다.

"헉! 장로께서 당하셨다."

도광덕이 쓰러지고 나자 놈들의 전열은 눈에 띄게 흐트러졌다.

곽무한은 그 틈을 놓치지 않았다. 여세를 몰아 호랑이처럼 종횡무진하며 놈들을 베어나갔다. 수하들도 마찬가지였다. 곽무한의 신위에 사기가 오른 수하들은 저마다 우레 같은 함성을 지르며 일제히 놈들을 공격하기 시작했다.

전황은 삽시간에 역전되고 말았다.

놈들은 당황한 표정으로 이리 몰리고 저리 몰리다가 결국 바닥에 쓰러져 있는 도광덕을 부축해 허겁지겁 달아나고 말았다.

곽무한은 냉엄한 눈빛으로 달아나는 놈들을 바라보다가 그들 모두가 사라지자 울컥 피를 토했다.

"쿨럭, 쿨럭!"

"채, 채주?"

수하들이 놀라서 달려왔다.

"난 괜찮아."

곽무한은 수하들에게 손사래를 쳐 보이고 죽은 피를 게워냈다.

한참 뒤 곽무한은 피해 상황을 둘러봤다.

천만다행으로 피해는 예상보다 적었다. 망루마다 설치된 신호 때문이었다. 그리고 그 신호를 즉시에 알린 여인들 덕분이었다.

"큰일들을 하셨습니다. 정말 감사합니다."

곽무한은 겁에 질린 얼굴로 웅크리고 있는 여인들에게 진심을 담아 인사를 보냈다. 그런 곽무한의 모습이 악귀 같던 옛 채주와는 정반대여선지 여인들은 두려움에 떨면서도 미소로 화답했다.

　　　　　　　*　　　　　　*　　　　　　*

언덕 아래로 선착장이 내려다보이는 장원.

펄럭이는 황어 깃발 아래 부서진 문과 무너진 담장이 보인다. 그리고 연무장과 정원 곳곳에 널브러진 시체들도 보였고.

그 물씬한 피비린내의 현장에 수많은 사람들이 모여 있었다.

그들 중 일부는 엎드린 자세였는데, 모두 공포에 질린 얼굴로 사지를 떨고 있었다. 그리고 그들 앞에 피 범벅이 된 한 사내가 보였다.

그는 사지가 끊기고 귀와 코가 잘려 나간 참혹한 모습이었다. 그러나 그는 아직도 살아 있었다. 피가래 끓는 소리로 연신 뭐라 중얼거리며……

"다시 한 번 말해 보시지!"

으스스한 목소리가 중인들의 귀를 울렸다.

그 소리에 피 범벅 사내가 다시 몸을 꿈틀거렸다.

"끄으으. 이놈들, 내가… 흐으으… 내가 바로 곽무한이다……"

들릴락말락 가래 끓는 목소리였다. 그러나 사내의 목소리는 절대 곽무한의 목소리가 아니었다.

참혹한 몰골로 중얼거리고 있는 사내, 그는 담우치였다.

그가 곽무한이 아니란 건 복면인도 잘 알고 있었다.

"크아아! 이놈! 겨우 네깟 놈이 곽무한이라고? 너처럼 비루먹은 새끼가 곽무한이라고? 크아아아!"

복면인은 괴성을 지르며 담우치의 몸을 마구 걷어찼다.

가뜩이나 숨넘어가기 직전의 담우치다. 겨우겨우 이어지던 그의 숨결은 공력이 실린 복면인의 발길질을 감당할 수 없었다.

"조포! 멈춰!"

뒤쪽에 있던 복면인 중 하나가 마구잡이로 발길질하는 복면인을 제지했지만 이미 늦어버렸다. 피 범벅 된 몸통만 남은 담우치는 격렬히 몸을 떨며 서서히 눈을 까뒤집었다.

"쿨럭, 쿨럭. 끄흐흐. 아쉽다. 죽는 건 아쉽지 않으나……."

사위가 암흑으로 변하고 환한 빛 속에 아련히 떠오르는 얼굴.

"아아, 용문협! 용문협에서 회오리가 치면… 절대자가 탄생… 못 보고 죽는 게……. 천추의 한… 끄륵!"

담우치는 곽무한의 얼굴을 잡으려 허우적거리다가 결국 숨을 거두고 말았다.

"저게 무슨 소리야?"

뒤쪽에서 팔짱을 끼고 있던 복면인이 물었다. 그러자 옆에 있던 복면인이 피식! 실소를 지으며 말했다.

"수적들 사이에서 전해오는 허황된 노랩니다. 장강의 절대자를 기다리는… 아마도 이놈 역시 장강의 절대자가 꿈이었던 모양이군요."

흉측한 몰골로 죽은 담우치를 향해 비웃음을 보내는 복면인들. 그들은 피와 공포를 마신다는 웅풍산장의 정예, 귀검대였다.

"쯧. 불원천리 먼 길을 왔더니 결국 동명이인이었군."

귀검대 대주 혈영귀검(血影鬼劍) 오치극은 슬쩍 손을 치켜들었다. 이제 그만 철수하자는 신호였다. 그러나 조포는 이대로 갈 수 없었다.

곽무한.

자신의 명예를 땅바닥에 떨어뜨려 버린 놈.

꿈에서도 잊지 못할 그 무시무시하던 눈빛.

그놈에게 복수하고자 절치부심한 시간들이었다.

그런데 가짜라니?

아니었다.

저 위에 펄럭이는 황어 문장!

절혼도 조포는 곽무한과 싸울 때 그의 목에서 출렁이던 목걸이를 아직도 기억하고 있었다. 그래서였다. 예감은 분명히 놈이 살아 있다고 속삭이고 있었다.

"말하라! 곽무한은 어디로 갔느냐?"

조포는 흡사 미친 사람 같았다.

사색으로 무릎 꿇고 있는 마을 사람들에게 마구 칼질을 해댔다.

"이봐! 멈춰!"

귀검대주가 못마땅한 눈빛으로 제지했지만 미친 듯이 날뛰었다.

조포의 광기에 덜덜 떨던 장 노인은 갑자기 가슴이 철렁했다. 자기 옆에 앉은 임씨의 어깨가 움찔거리는 걸 본 때문이었다. 유난히 겁이 많은 임씨다. 그가 입을 여는 날에는 마을 전체가 줄초상이다.

저 시신을 보라.

보기엔 역겹고 혐오스럽지만 얼마나 장쾌한 모습인가?

죽음에도 굴하지 않는 장부의 기개.

그는 저 흉측한 시신에 남아의 기개를 남기고 죽었다.

'수하를 보면 우두머리를 알 수 있는 법!'

눈앞의 적도 무서웠지만, 담우치의 죽음을 보니 곽무한이 더 무서웠다. 더구나 곽무한은 자기 마을의 은인이 아닌가? 그래서 장 노인은 임씨가 일어서기 전에 먼저 소리를 질렀다.

"정말 그가 곽무한이외다! 우린 그에게 매달 황금 한 냥을 바치고 있었소이다!"

복면인들의 눈이 휙! 자신에게 꽂혔다.

"이 늙은이! 다시, 다시 말해 보라! 이 하찮은 놈이 정말 곽무한이라고?"

시뻘건 눈빛의 사내가 곡도를 목에 댄다.

장 노인은 오금이 떨려왔다. 그러나 이를 악물었다.

"장사(壯士) 분들이 너무 강하신 때문이오. 우린 힘없는 무지렁이들이오. 장사들께서 보시기엔 어떨지 모르나 우리에게 그는 흉신악살이나 마찬가지였소."

장 노인은 덜덜 떨면서도 힘차게 고개를 끄덕였다. 그러면서도 암암리에 임씨를 훔쳐보는 것을 잊지 않았다.

흉신악살!

그 단어에 임씨의 어깨가 움찔했다.

무시무시한 곽무한의 기도가 생각난 것이다.

"맞습니다. 정말 그가 맞습니다."

임씨뿐만 아니었다. 마을 사람들은 이구동성으로 소리치며 애원했다.

"들었지? 엉터리 정보였어. 동명이인이었던 거야. 자라 보고 놀란 가슴 솥뚜껑 보고 놀란다고, 금사채주가 곽무한이란 이름에 놀라 확인도 않고 소식을 보낸 거야. 그러니 미련을 버려."

귀검대주는 조포를 보며 강하게 말했다.

그러나 조포는 포기할 수 없었다.

"대주! 제발, 제발 한 번만 더 생각을. 정 안 되면 제게 열 명만 붙여 주십시오. 놈을 찾겠습니다. 삼음도 서문 대협을 죽인 놈입니다. 제발! 제발!"

조포는 이마를 찧으며 애원했다.

이마가 깨져 피가 흘러도 요지부동이었다.

"휴우… 그토록 원이라면 좋다. 육 개월의 시간을 주마. 육 개월 이후에는 어떤 일이 있더라도 장으로 귀환하라. 아니면 이들이 네 목숨을 거두리라."

삼음도 서문장.

그는 덕망있는 무공 교두 중의 한 명이자 귀검대의 일원이었다.

귀검대들은 조포는 무시할 수 있었지만 삼음도 서문장은 무시할 수 없었다. 결국 귀검대주는 조포의 청을 수락하고 말았다. 그래서 조포는 육 개월의 말미와 함께 열 명의 서문장들을 얻어냈다.

제37장
담판

담판

담우치의 죽음을 들었다.

수룡채들은 모두 비분에 떨었다.

전투 중에 죽은 게 아니라 고문을 당하고 죽었다는 사실이 모두를 못 견디게 만들었다. 그러다가 어제, 담우치의 시체가 도착하자 비분은 광풍처럼 복수의 갈망으로 변했다.

"채주! 제발!"

모두가 피눈물로 애원해 왔다.

그러나 그럴 순 없었다. 그전에 먼저 해결해야 할 일이 있었다.

"물론, 반드시 복수를 한다. 그러나 지금은 아니다!"

어쩔 수 없었다. 가룡채 문제가 먼저였다.

수하들은 모두 원망 어린 표정들이었다.

"보아라! 내 마음도 그렇다!"

곽무한은 피에 젖은 자신의 허벅지를 보여줬다.

순간순간 뛰쳐나가려는 심정을 억누르다 못해 스스로 자해한 상처.

수하들은 그제야 눈을 내리깔았다.

그러나 곽무한은 스스로가 용서되지 않았다.

힘이 부족한 탓이었다.

힘만 있다면 어떤 상황이더라도 복수를 하러 뛰쳐나갔으리라.

곽무한은 밤마다 스스로를 자학했다. 그러나 수하들 앞에선 절대 티를 내지 않았다. 어둠 속에서 홀로 꺽꺽대는 한이 있더라도.

'곧 복수를 해주마. 기다려라!'

이글거리는 눈빛에 하늘이 잿빛으로 몸서리쳤다.

다음날 아침.

곽무한은 가릉채에 한 통의 서찰을 보냈다.

그리고 난 후 곽무한은 수하들을 불러 모았다.

"모두 집합!"

어리석은 노인이 산을 옮긴다고 했다. 마찬가지로 힘이 없다고 한탄하기보다는 힘을 길러야 한다. 목전의 가릉채도 가릉채지만, 웅풍산장의 고수들이 직접 움직였다고 했다. 그리고 그들 모두가 철수한 게 아니라고 했다. 그렇다면 대비를 해야 한다. 그들은 가릉채와는 질적으로 다른 고수들이니.

"복수를 위해서! 그리고 살아남기 위해서!"

곽무한은 수하들에게 훈련을 명했다.

명을 내리는 곽무한에겐 아무런 표정이 없었다. 그러나 수룡채들은 모두 알았다. 저 표정이 바로 폭풍 전야의 고요함이라는 걸. 그걸 알기에 수룡채들은 바짝 긴장했다.

미창산과 대파산.

가파른 산을 오가며 수룡채들의 지옥 훈련이 다시 시작됐다.

천야만야한 절벽, 아슬아슬한 외줄타기.

우거진 숲 속, 굶주린 맹수와의 혈투.

삐죽한 돌 더미, 거친 잠자리.

훈련 상황은 극도로 험악하고 위험했다. 그러나 아무도 군말하는 사람이 없었다. 곽무한도 함께하고 있었기에.

곽무한은 수하들과 함께 뒹굴며 가릉채의 답변을 기다렸다.

＊　　　　＊　　　　＊

세 갈래의 물길이 합쳐지는 곳 합천.

그중 우거진 수초와 무성한 숲으로 뒤덮인 은밀한 강변.

눈빛 흉흉한 사내들이 사위를 경계하는 가운데, 호화로운 배 한 척이 소선들의 호위를 받으며 떠 있었다.

유난히 큰 덩치에 드문드문 보이는 포신, 그리고 이물에 그려진 붉은 닻 그림. 가릉채의 채주가 타고 있는 배였다.

금빛 양탄자와 붉은 휘장이 인상적인 선실.

둥근 다탁을 중심으로 다섯 명의 사내가 앉아 있었다. 그들 중 유난히 좁은 이마에 매부리코를 지닌 석고상 같은 중년인. 그가 바로 가릉채 채주 무정괴조 진묵이었다.

전혀 표정없는 얼굴로 가끔씩 기광만 흘리는 진묵.

수하들의 입씨름을 지켜보는 진묵의 표정은 도무지 무슨 생각을 하고 있는지 알 수가 없었다.

"그들도 마찬가지 고민을 하고 있을 것입니다. 틀림없습니다."

"아니오. 놈들의 선단이 가릉강 입구인 유가대(劉家臺) 근처로 모이고 있다잖소? 곧 대대적인 전면전으로 나올 게 틀림없소!'

설전은 그침이 없었다.

이제껏 확전은 자제하며 소규모 전투로 공방을 벌이던 가릉수채와 금사상채. 최근 들어 싸움이 점점 격렬해지고 있었다.

물밀듯이 늘어나는 물길의 수입. 그 노른자위를 차지하기 위한 본격적인 전투가 목전에 다가온 것이다. 그 와중이라, 혈창 도광덕이 패퇴해 돌아왔지만 곽무한에 대한 응징은 미뤄진 상태였다. 대신 연일 금사상채의 행보와 전황을 살피며 대책을 마련하는 데 분주했다.

무정괴조 진묵의 회의 방식은 독특했다.

각 부채주들로 하여금 설전을 벌이게 만든 후 양쪽의 의견을 묵묵히 듣고 있다가 마지막에 가서 진묵이 최종 결론을 내리는 방식이었다.

그래서 오늘도 선실은 부채주들 간의 설전으로 떠나갈 듯했다.

바로 이때였다.

"채주, 칠반채에서 서찰이……!'

한 놈이 들어오더니 진묵에게 서찰을 전해왔다.

"칠반채?'

치열하던 설전이 뚝 그쳤다. 무슨 일일까 하는 호기심 때문이었다.

진묵은 묵묵히 서찰을 읽어 내려가다가 어느 순간, 뺨을 푸들푸들 떨며 탁자를 후려쳤다.

"채주, 무슨 내용이기에……?'

진묵의 옆 자리에 앉아 있던 배불뚝이 중년인, 독염객(毒鹽客) 유광이 조심스레 물었다. 무표정하기로 둘째가라면 서러울 진묵이 이렇게 노기를 발하는 것은 처음 보는 까닭이다.

"보시오!"

한참 인상을 씰룩이던 진묵이 서찰을 건넸다.

"맙소사!"

"하! 이런 겁대가리없는 놈."

"세상에! 제깟 놈 주제에 감히 담판을? 그것도 채주님과 일 대 일로?"

가릉채주와의 일 대 일 담판을 원한다는 곽무한의 서찰을 읽어가며 처음엔 가볍게 콧방귀를 뀌던 부채주들. 마지막 대목에 이르러서는 모두 분기탱천해 버렸다.

"크아아! 뭐? 쥐새끼처럼 겁이 난다면 응하지 않아도 된다고? 이런 미친새끼!"

"쥐새끼? 겁이 나? 으아아! 도저히 못 참겠다. 채주! 저를 보내주십시오! 저 혼자 가서 이 천둥벌거숭이 놈을 당장에!"

참다못한 부채주들이 저마다 콧김을 씩씩 내뿜으며 흥분한 표정으로 자리를 박찰 때, 어느새 표정을 다스린 진묵이 손을 쓱! 들었다.

"혈창을 불러라!"

조용하나 카랑카랑한 목소리.

그 소리가 선실을 울리자 장내는 쥐 죽은 듯 조용해졌다.

한참 후, 혈창 도광덕이 목발을 짚고 나타났다.

"부족한 것이 채주를 뵈오이다."

도광덕은 진묵에게 목례를 보내고 천천히 자리에 앉았다.

그에게선 예전의 그 기고만장하던 모습은 찾아볼 수가 없었다.

"심기 불편하신데 불러서 죄송합니다."

"어이쿠. 무슨 말씀을요."

진묵은 도광덕을 깍듯이 맞았다. 그 때문인지, 도광덕은 몸둘 바를 몰라 했다.

"묻고 싶은 게 있습니다."

여전히 낮고 카랑카랑한 목소리였다. 그러나 알 수 없는 위엄이 흘렀다. 이른바 절정고수의 기도요, 수장의 관록이었다.

"그는 어떤 잡니까?"

진묵의 목소리에 강한 의문의 감정이 묻어 있었다.

패퇴하고 돌아온 후 처음 묻는 말. 도광덕은 울컥 감정이 북받쳤다.

유난히 자존심이 강한 자신이었다. 그래서 신출내기 수적에게 다리를 잃어버린 수치를 이기지 못해 이제껏 단 한 마디의 변명도 않았다.

무정괴조 진묵은 속이 깊었다. 그 옛날 자신이 몸을 의탁할 때와 마찬가지로 이제껏 아무것도 묻지 않았다. 그런데 지금 그가 묻고 있었다. 그것도 무정이라는 별호에 걸맞지 않게 감정까지 드러내며.

도광덕은 한참 동안 입꼬리를 떨다가 결국 입을 열고 말았다. 지금은 자존심을 내세울 때가 아니었다.

"그는 무척 강한 놈입니다. 그리고 교활하기 짝이 없는 놈입니다."

"강하고 교활하다?"

진묵의 눈이 번쩍! 빛을 토했다.

익히 도광덕의 성품을 아는 바, 그의 입에서 나올 수 있는 최고의 찬사였다.

"알겠습니다. 많은 참고가 되겠습니다."

도광덕이 나가고 진묵은 한참 동안 침묵을 지켰다.

톡! 톡!

한동안 손가락으로 다탁 두드리는 소리만 났다.

"채주, 단번에……."

기다리다 못한 부채주 한 명이 입을 열었다. 바로 그때 진묵이 그의 말을 잘랐다.

"너희들은 몰라도 나는 알고 있다, 추단과 이탁이 어떤 놈인가를. 그 놈들이 배신했다는 소식을 듣고 피가 거꾸로 역류하는 기분을 느낀 순간부터는 더 더욱 확실해졌다."

부채주들은 중얼거리듯 말하는 진묵에게 이목을 집중했다.

평소엔 거의 말이 없는 진묵.

그러나 그가 입을 여는 순간, 일만에 달하는 가릉채가 움직인다.

가릉채에 있어 진묵의 말은 곧 법이었다.

"담판에 나선다!"

"채주?"

"나도 감당이 안 되던 추단과 이탁을 휘하로 맞아들인 놈이다. 놈의 그릇을 본다."

말이 끝남과 동시에 진묵이 가볍게 탁자를 두드렸다.

더 이상의 반론은 허용치 않겠다는 뜻.

"조, 존명."

부채주들은 모두 한숨을 내쉬며 고개를 숙이고 말았다. 그러나 이어진 진묵의 말에 부채주들은 모두 흠칫한 표정을 지었다.

"놈에게 온당협(溫塘峽)으로 오라 이르라."

온당협은 채주의 휴양지.

귀빈이 아니면 절대 받아들이지 않는 곳이었다.

그러나 부채주들은 잠깐 생각을 굴려보다가 채주가 온당협을 택한 이유를 알아차렸다. 온당협에 머물고 있는 가릉채 최고의 악귀들, 무정십팔수객을 떠올린 때문이었다.

'여차하면 묻어버리겠다는 뜻!'

"존명!"

모두의 안색은 그제야 밝아졌다.

*　　　　*　　　　*

"저희도 따라가겠습니다."

추단과 이탁이 결연한 표정으로 말했다.

그러나 곽무한은 고개를 내저었다.

"그건 안 돼. 상대의 감정만 자극하는 거야."

"채주! 그래도 할 수 없습니다. 그곳은 너무 위험한 곳입니다."

두 사람은 완강했다.

온당협이 어떤 곳인가?

나는 새도 침입하지 못한다고 소문난 곳이 아닌가?

그런 사실을 알기에 두 사람은 각자의 병장기를 든 채 문 앞을 막아서며 억지로라도 따라가겠다는 의지를 보였다. 그러나 그들은 곧 무너지고 말았다.

"날 못 믿나?"

서늘하게 가라앉는 곽무한의 눈빛은 세상의 그 어떤 힘보다 강했다. 결국 추단과 이탁은 곽무한을 따라가는 것을 포기했다.

그러나 그렇게 강한 곽무한도 기어코 호위를 데려가는 모습을 봐야만 안심하겠다는 수하들의 간청에는 당하지 못했다. 결국 곽무한은 수하들의 간청과 성화를 견디다 못해 곽패와 지렁이를 데려가기로 했다.

"제기랄. 데려가도 저런 머저리들을 데려가다니?"

추단과 이탁은 곽무한과 함께 멀어지는 곽패와 지렁이를 부러운 눈빛으로 쳐다봤다. 마치 사탕 다툼을 하다 엉뚱한 사람에게 빼앗긴 듯한 표정으로 입을 툭 내밀고 있는 두 사람.

수룡채들은 두 사람을 보며 속으로 킥킥댔다.

"뭘 봐, 이 새끼들아! 훈련 안 해?"

애꿎은 화살은 금방 수하들에게 퍼부어졌다.

＊　　　＊　　　＊

온당협은 중경에서 조금 떨어진 진운산 계곡에 위치해 있었다.

온당협까지 가는 길은 무척 험했다.

가릉강을 타고 가면 금방이지만, 육로로 이동하자니 보통 일이 아니었다. 그러나 도착하고 보니 풍경이 수려하기 짝이 없었다.

기암괴석과 선 고운 봉우리들이 줄줄이 늘어섰고 눈 아래로는 가릉강의 풍광이 한눈에 들어왔다. 가히 소아미(小峨眉)라 불릴 만했다.

"저긴가 보군."

드디어 눈앞에 넘실거리는 하얀 수증기가 보였다.

온당협을 낀 온천, 진묵이 초청한 곳이었다.

수풀 우거진 소로를 따라 한참을 오르자 저 멀리 전각이 보였다.

바로 그때,

"멈춰라!"

사방에서 검은 신형들이 나타났다.

의복에 새겨진 문장을 보아하니 이곳을 지키고 있는 놈들 같았다.

일당백.

놈들의 눈빛은 하나같이 보통이 넘어 보였다.

무공이 일정 수위를 넘으면 기도를 알아보는 법.

지렁이와 곽패는 움찔한 표정을 지었으나 곽무한은 담담한 표정으로 그들에게 말을 건넸다.

"아랫것들은 비켜라. 네놈들 주인의 초대를 받고 온 몸이니라."

"초대?"

놈들의 눈빛에 조소가 어렸다.

그러나 곽무한은 태연하기 짝이 없었다. 오히려 제집에 온 양 곽패와 지렁이를 둘러보며 말했다.

"이놈들이 안내할 놈들인 모양이다. 두 사람은 여기서 기다려."

"예? 예."

곽패와 지렁이는 화들짝 놀라 얼결에 고개를 숙였다.

곽무한 일행을 포위한 사내들은 모두 기가 질린 표정이었다.

일부러 살기를 드러냈건만 눈썹 하나 까딱하지 않다니?

"설마 네놈들 주인이 이리로 오겠다던가? 그럼 기다리고."

"이런. 대단한 배포로군."

결국 사내들은 길 안내를 맡을 수밖에 없었다. 안 그랬다가는 땅바닥에 퍼질러 앉아 채주를 기다릴 자세였다.

"우릴 따르라!"

"말본새 하고는. 네놈들 주인이 그리 가르치더냐?"

"이런 빌어먹을, 젠장. 따, 따르시오."

사내들은 퉁명스레 말했다가, 눈알을 부라리며 일장 훈시를 하는 곽무한에게 가벼운 곤욕을 치르고는 급히 태도를 바꿨다.

결국 어찌어찌 산비탈을 오르자, 확 트인 공지가 나타나더니 수중기에 휩싸인 누각이 멋진 자태를 드러냈다.

"좋은 곳이군."

곽무한이 누각 맞은편의 온천을 보며 탄성을 보내는데,

"네놈이 곽무한인가?"

허공에서 우렁우렁한 목소리가 들려왔다.

"음?"

허공으로 시선을 돌리니 세찬 기파가 먼저 쏘아와 뺨을 따끔거리게 만든다. 이후, 가볍게 지면으로 착지하는 매부리코의 사내.

곽무한은 알 수 없는 긴장을 느꼈다.

무공을 익힌 후 처음 만나는 고수였다.

'저자가 무정괴조 진묵……'

차갑게 가라앉은 눈과 날카로운 손톱이 인상적이었다.

"벙어리냐?"

곽무한은 한참 그를 살피다가 귀를 울리는 카랑카랑한 목소리에 정신을 차렸다.

"당신이 귀머거리가 아닌 한 나도 벙어리가 아니오."

"흠. 그래?"

그의 눈에서 기광이 번쩍였다.

"그런데……"

곽무한은 팽팽히 곤두서는 신경을 죽이려 말머리를 돌렸다.

어차피 협상이 결렬되면 죽기 살기로 겨뤄야 할 상대. 미리부터 기죽고 들어갈 이유가 없어서였다.

"협상은 어디서 하오? 특별한 준비를 하지 않았다면 저기서 할까요?"

곽무한은 펄펄 끓는 온천을 가리켰다.

"음?"

진묵의 눈빛이 한차례 요동을 쳤다.

곽무한이 가리킨 온천. 거기엔 무정십팔수객이 은신하고 있었다.

'그들이 은신하고 있다는 사실을 알아차렸단 말인가?'

진묵은 서늘한 눈빛으로 곽무한을 바라봤다.

"왜? 몸매에 자신이 없소?"

한 치의 흔들림 없이 되받아쳐 오는 눈빛.

묘한 놈이었다. 적지에 들어와서도 상대의 호승심을 자극하는.

"좋아! 따로 준비한 곳이 있기는 하지만, 그리로 가지."

진묵의 말이 끝나자마자 온천에서 미미한 파동이 일었다.

찰나 간에 곽무한의 눈빛이 살짝 흔들렸다.

'워낙 미약한 기운이라 긴가민가했더니… 과연 가득채!'

운이 좋았다. 정확히 맞아떨어졌다.

이제 암습 걱정은 않아도 되니 좋았지만, 상대의 경계심을 자극해 놓았으니 손익을 따지기도 애매했다.

'그래도 강하게 보이는 게 나아.'

곽무한은 긴장으로 굳어지려는 표정을 일부러 활짝 폈다.

"제가 먼저 들어가지요."

말이 끝남과 동시에 홀렁홀렁 옷을 벗고는 곧바로 풍덩! 이다.

'놈!'

진묵은 쓰게 입맛을 다셨다.

왠지 계속해서 기선을 제압당하는 기분이었다.

'젊어서인가?

적지에 와서도 거침없는 언행이니 분명 기백이 있는 놈이다. 게다가 저 치명적인 상흔들을 보니 실력도 상당한 놈이리라.

'제기랄. 이런 기분이라니… 내가 벌써 늙은 건가?'

진묵은 조각을 빚은 듯한 곽무한의 몸매를 보다가 신경질적으로 눈을 휙! 돌리고 말았다.

사람은 누구나 선천적으로 타고나는 품성이 있다. 거기에 후천적인 경험과 깨달음이 더해지면 특유의 기도가 나타난다. 사람들은 이를 가리켜 기세라고 한다마는, 진묵은 곽무한을 보며 배포라는 단어를 먼저 떠올렸다.

배포!

곽무한은 정말 배포가 있었다.

이런 협상은 진묵 평생에 처음이었다.

협상 상대와 벌거벗고 마주 앉은 것도 처음이었지만, 이렇게 일방적으로 끌려 다니기도 처음이었다.

태초의 모습으로 마주 앉은 두 사람.

"네놈 배포를 봐서 하는 말이다. 내 밑으로 들어와라."

진묵은 기선을 잡으려고 자신의 흉금을 내 보였다.

"이 정도 세력을 갖고도 전전긍긍 남의 눈치나 보고 계시오? 차라리 내게 넘기시오. 더 키워주겠소."

그러나 돌아온 건 도발적인 대꾸.

"하룻강아지 같으니. 네놈이 귀계가 난무하는 강호를 어찌 알겠느냐? 전전긍긍이 아니라 필요할 때 쓰려고 아끼는 중이지. 귀가 있다면 들어서 알고 있을 텐데? 우린 화포까지 갖추고 있지. 수틀리면 한 방에 보내는 수가 있어!"

나름대로의 압박이었다.

"후훗. 하룻강아지 잡으려고 황실과 등을 지시겠다? 마음대로 해보시오."

그러나 돌아온 건 통렬한 현실.

이래서야 대화할 기분이 나지 않았다.

"흐흐. 상당히 주둥이가 매운 놈이로구나. 그럼 끝까지 해보자는 건가? 하찮은 조무래기들을 믿고?"

진묵은 비아냥거리며 천천히 몸을 일으켰다. 놈에게 조바심을 일으키기 위해서였다. 어쨌거나 주도권은 자신에게 있다고 생각하고 있으니.

그러나 진묵은 뒤통수를 뜨악하게 만드는 말에 다시 제자리에 앉을 수밖에 없었다.

"내가 움직이면 가릉채의 문장을 내려야 할 거요. 난 혈두타와 안면이 있거든."

거짓말은 아니었다, 악연으로 얽힌 안면이 있으니.

"뭐, 뭣이라고? 혈두타?"

진묵은 자기도 모르게 목소리가 떨려 나왔다.

놈이 혈두타와 짜고서 배후를 공격해 온다면 정말 위기에 봉착하기 때문이었다. 혹시나 싶어 놈의 표정을 살펴봐도 전혀 거짓말 같지가 않아 보였다.

"흐흐. 좋아. 그렇다면 이 자리에서 널 죽여 버리마!"

"그것도 괜찮겠지요. 가뜩이나 내 자리를 탐내던 추단과 이탁이 손뼉을 치며 좋아할걸요?"

"끄응."

추단과 이탁은 자신에게 이를 가는 놈들이다. 얼씨구나 하며 금사상채와 손을 잡고도 남을 놈들이었다.

"그렇다면 네놈의 뜻은?"

"우리가 금사상채를 흔들어놓겠소. 대신, 수로 이용권을 주시오."

수로 이용권을 달라 함은 수채의 수입원을 나눠 가지겠다는 말.

"수로 이용권? 이런 미친놈!"

진묵은 분기탱천해 벌떡 일어나고 말았다.

"싫소?"

"이놈! 그걸 말이라고 하냐?"

"고작 감숙으로 흐르는 물길만인데도요?"

"미친놈!"

감숙으로 흐르는 물길은 장강으로 이어지는 물길만큼은 아니었지만 그 역시 황금 노다지였다. 진묵으로서는 타협의 여지가 없었다.

"후후후. 좋소. 일단 오늘은 협상 결렬이라 해둡시다. 채주께 생각해 볼 기회를 드리겠소. 오 일 이내에 본 채로 직접 찾아오시오."

게다가 저 염장을 지르는 말이라니!

"어흥! 이런 미친놈! 오늘이고 내일이고 생각할 필요도 없다!"

이제 진묵은 곽무한을 절대 곱게 보내주고 싶지 않았다.

벼락같이 몸을 떨치며 사방팔방을 갉아내는 환상의 조법, 무정수라조(無情修羅爪)를 펼쳤다.

"이런 미친 늙은이!"

곽무한은 감히 맞부딪칠 생각을 못하고 비룡번신(飛龍翻身)의 수법으로 공중제비를 돌았다.

"이놈! 빠져나갈 수 있을 것 같으냐?"

진묵은 호통을 터뜨리며 곽무한의 뒤를 쫓았다. 그러나 적취협의 기암절벽을 오르내리며 다진 곽무한의 신법에는 도저히 따를 수가 없었다.

"무정십팔수객! 놈을 잡아!"

결국 진묵은 수하들을 불렀다. 그러자 온천을 둘러싼 빽빽한 수림에서 기이한 대답이 들려왔다.

"키키킷!"

쐐애액!

기이한 음성과 함께 날아드는 수십 개의 칼날!

"웃?"

곽무한은 헛바람을 토하며 급히 신형을 틀었다. 그러나 찰나 간에 몇 개의 상처를 입고 말았다.

"으으음!"

곽무한은 자신의 상처에서 흘러내리는 피를 보다가 자신을 공격한 자들에게 눈을 돌렸다.

괴인들.

자신을 공격한 자들은 실로 괴이하게 생겼다.

원숭이처럼 긴 팔에 푸르죽죽한 피부, 거기다가 온몸에 비늘을 지닌 자들이었다.

"수, 수중족?"

곽무한은 경악으로 눈을 부릅떴다.

그랬다. 자신의 앞을 막아선 자들은 빛이 닿지 않는 심해에서 산다는 수중족(水中族)이었다. 피부는 강철과 같고 체력은 그 끝을 알 수 없으며 물속에서는 천하의 그 누구도 당하지 못한다는 전설의 일족.

괴인들은 곽무한의 놀람엔 아랑곳없이 재차 몸을 날려왔다.

쐐애액!

믿겨지지 않는 빠르기에 무시무시한 기세.

"으읏!"

곽무한은 감히 맞받을 생각을 못하고 다시 몸을 틀었다.

파파팟!

다시 늘어난 상처.

곽무한은 지그시 입술을 깨물었다. 너무 자만했었다. 무기를 가져오지 않은 게 이리도 후회가 될 줄이야.

쐐애액!

생각할 틈을 주지 않고 연이어 날아드는 칼날.

곽무한은 정신없이 몸을 틀다가 순간적으로 스친 푸른빛을 발견하고는 눈을 빛냈다.

푸른빛의 정체는 대나무 숲.

곽무한은 대숲을 발견하자 순간적으로 위기를 벗어날 좋은 방법이 떠올랐다.

쐐애액!

다시 공세가 시작되었다. 그러나 곽무한은 이리저리 몸을 피하며 대숲으로 다가갔다. 그리고 어느 순간 날아오는 칼날을 피하며, 칼날에 베인 대나무를 집어 들었다.

"이놈들. 와랏!"

일방적으로 당하다시피 해 진묵이 합류치 않은 게 얼마나 다행이었던지. 곽무한은 대나무를 정면으로 겨눈 채 자신을 포위한 수중족들을 노려봤다.

"키이잇!"

두 놈이 먼저 몸을 날려왔다.

"타합!"

곽무한은 대나무를 땅에 한 번 튕겼다가 놈들의 가랑이 사이로 번개같이 찔러 넣었다.

갑자기 사라진 대나무에 현혹되었을까?

놈들은 달려오던 기세 그대로 와당탕 넘어졌다.

"타핫!"

곽무한은 허리를 축으로 해 대나무를 돌리다가 원심력을 이용해 나동그라진 놈들 중 한 놈의 머리를 강하게 내려쳤다. 그리고 그 반동을 이용해 비틀거리며 일어서려는 나머지 한 놈의 목을 꿰뚫어 버렸다.

"키이잇!"

갑자기 등 뒤에서 소름 끼치는 괴성이 들려왔다.

동료들의 죽음에 광분했던지 놈들이 한꺼번에 몸을 날려왔다.

"좋아! 해보자구!"

곽무한은 대나무로 힘껏 바닥을 찍었다. 그리고 그 반동을 이용해 훌쩍! 우거진 대나무 숲으로 몸을 날렸다.

"저놈이?"

진묵은 수하들의 일방적인 공세에 안심하고 있다가 대숲에 들어가자마자 신위를 발하는 곽무한을 보고는 대경실색했다.

티이잉!

놈은 대나무 꼭대기에 올라서더니 양 발로 대나무를 밟으며 쭈욱! 수하들 가까이로 내려온다. 그러다가 수하들이 공격해 들어가면 묘하게 몸을 틀어 공세를 피하고는 수하들의 공세에 잘려나간 대나무를 집어 들고 다시 반동을 이용해 허공으로 치솟는다. 그 일이 몇 번 반복되고부터는 놈이 달라졌다.

쒜애액! 퍼퍽!

잘려나간 대나무의 끝 부위를 다른 대나무에 박으며 하나의 긴 줄을 만들어 버린다. 그것도 지면과는 상당히 높은 위치에서. 그리고는 달랑 대나무 하나를 들고 그 위에 올라서서 수하들에게 손가락을 까닥인다.

"자! 본격적으로 싸워보자구!"

"크아악!"

괴성을 지르며 날아오르는 수하들.

하긴 자신이라도 자존심이 상해서 저렇게 했을 것이다.

이때부터였다.

놈은 대나무로 이은 다리? 줄? 좌우간 딱히 뭐라고 부르기 애매한 곳에서 온갖 재주를 부리기 시작했다.

발등을 걸어 빙글빙글 도는 건 기본이고, 출렁이는 탄성을 이용해 뛰어올랐다가, 옆으로 회전했다가, 떨어져 내리는 체하면서 묘하게 튀어 오르며 권법과 창법을 이용해 수하들을 상대한다.

수중족들의 약점은 손가락 발가락이 붙어 있어 섬세한 움직임이 불가능하다는 것. 그러니 출렁이는 대나무 위에서 놈을 당할 재간이 없었다. 정말 약게도, 놈은 수중족들의 약점을 정말 잘 이용하고 있었다.

하나둘 피를 토하며 쓰러지는 수하들.

"이놈! 멈춰라!"

더 이상 지켜보다간 열불이 치밀어 숨이 넘어갈 판이라, 진묵은 한 소리 노호성을 터뜨리며 대나무 줄 위로 몸을 날렸다. 그러나 그게 치명적인 실수였다.

놈은 자신을 빤히 쳐다보더니 휙 튀어 올라 맞은편의 대나무를 걷어차 버린다.

대나무 줄은 양쪽 대나무에 박혀 있다.

그런 상황에서 한쪽 축이 되는 대나무를 차버리면?

와르르!

쿠당탕!

"키익!"

"윽?"

대나무 줄이 아래로 떨어져 버리니 수하들과 자신도 별수없이 아래로 떨어져 내릴 수밖에 없었다.

"이놈!"

다시 지면을 박차고 솟아오르려는데, 아뿔싸!

"오 일 이내요. 그때까지 회답이 없으면 국물도 없는 줄 아쇼!"

놈은 까마득한 대나무. 그 꼭대기에서 신형을 튕기고 있었다. 그리고는 마치 재미있는 놀이를 하듯, 퉁, 퉁, 빽빽한 대나무 숲, 그 꼭대기만 골라 밟으며 저 멀리 사라져 버렸다. 실로 입이 딱 벌어질 수밖에 없는 놀라운 신법이었다.

"맙소사! 원숭이도 못 따를 신법이로군!"

천하의 무정괴조조차 혀를 내두르는 신법. 그것은 곽무한이 적호채 시절, 목숨을 내걸고 매달린 외줄 박투로 단련된 신법이었다.

좌우간, 곽무한과 가룽채 간의 첫 협상은 이렇게 결렬되고 말았고, 진묵은 일방적으로 망신만 당하고 말았다. 그러나 곽무한의 첫인상은 진묵의 뇌리에 강하게 박혔다.

협상은 오래 끌어서 좋을 게 없었다.

곽무한은 돌아오자마자 명을 내렸다.

"우리 문장을 달지 않은 배들은 무조건 공격하겠다는 소문을 내!"

수하들이 벌렁 뒤집어졌다.

"채, 채주, 전면전입니까?"

독종으로 소문난 추단조차 잔뜩 긴장한 표정이었다.

"글쎄, 놈들이 그렇게 나오면 그래야지."

곽무한은 많은 의미가 담긴 미소를 지으며 또 다른 명을 내렸다.

"광원에 장원을 한 채 사둬. 그리고 대대적인 소문을 내. 수룡채의 본거지라고."

"헉! 채주?"

이번엔 번드르르함을 좋아하는 이탁이 뒤집어졌다.

"걱정 마! 소문만 내라는 거야. 당장 들어갔다간 무슨 봉변을 당하려고?"

곽무한은 슬쩍 미소를 지어 보였다. 그리고는 지렁이를 불렀다.

"폭류조를 데리고 한 바퀴 돌고 와."

"한 바퀴라 하심은?"

"이곳에서 광원까지."

"채, 채주, 너무 위험합니다."

지렁이도 넘어갔다. 그러나 곽무한은 또다시 미소를 지어 보였다.

"압박 전술이야. 싸우진 말고 왔다 갔다 하면서 놈들의 피를 말려."

안 되면 되게 하는 전술이었다.

궁지에 몰린 그들이 결국엔 두 손 두 발 들고 협상에 나오게 하는.

그리고 실제로 몇 가지 사건도 벌였다.

"공격!"

"와아아!"

"으악! 수, 수적이다!"

"으으. 이곳에 웬 난데없는 수적들이?"

곽무한은 수하들을 이끌고 칠반채를 지나는 상선들을 공격한 것이다.

'후후후. 상인들은 가진 게 입밖에 없는 작자들이니 금방 소문이 돌 것이다.'

곽무한의 예측은 정확하게 맞아떨어졌다.

"칠반산 부근이 막혀 버렸습니다! 감숙을 왕래하는 배들마다 난리도 아닙니다."

"뭣이? 이런 쳐죽일 놈이!"

"채주님, 놈들이 출몰했습니다. 광원입니다!"

"크아아! 이 떨거지들이?"

상황은 절묘하게 돌아갔다.

곽무한이 가릉채를 슬쩍슬쩍 찌르며 압박하던 그때, 가릉강 입구인 유가대에 집결한 금사상채의 선단이 대대적인 공격을 시작한 것이다.

때문에 전황은 점점 치열하게 흘러, 진묵으로서는 그날 곽무한과의 대화를 떠올릴 수밖에 없는 상황이 되고 말았다.

"제기랄. 감숙의 물길을 일부 떼어주고 놈과 연합한다?"

놈을 보지 않았으면 분명 코웃음 쳤을 일이었다. 그러나 그날, 놈의 기백과 배포, 그리고 그 현란하던 무공을 보고 나니 마음이 흔들렸다.

'그 정도 무공에, 추단과 이탁까지 거느렸다면 분명 이런 전황에선 의외의 변수가 될 수 있다. 제기랄!'

결국 곽무한이 돌아간 지 오 일 만에 진묵은 곽무한의 제안을 받아들이기로 결심했다.

"협상 사절을 보내라!"

"채주? 말도 안 됩니다!"

"말이 돼!"

진묵은 수하들의 만류에도 불구하고 서찰을 보냈다.

그러나 협상 사절로 간 놈은 이틀 만에 뺨이 터지고 다리가 부러진 채로 돌아왔다. 그놈의 사연을 들은 진묵은 뒤로 넘어가고 말았다.

"흑흑. 놈이 글을 모른다고 직접 오시랍니다. 자기도 혼자 왔으니 배짱이 있으면 혼자 오시래요."

눈물 콧물을 쥐어짜며 수하가 전한 말.

"푸하하하! 글을 몰라? 미치고 환장할 노릇이구나. 푸하하하!"

한편으로는 기가 막혔지만 한편으로는 폭소가 터져 나왔다.

스스로 까막눈이란 걸 밝히는 놈이라니? 과연 대단한 놈이었다. 그게 오히려 진묵의 마음을 열게 만들었다.

"좋아, 좋아! 전쟁 때문에 바쁘긴 하지만……."

결국 진묵은 칠반채로 향했다.

그러나 칠반채에 가서도 기가 막힌 일이 발생했다.

"이놈, 좋다. 네놈의 제안을 승낙한다."

"고맙소."

이때까지는 별일없이 진행됐다. 사건은 그 다음에 발생했다.

"자! 상호 간에 양해 각서를 쓰자!"

그 일이 사단이었다.

"난 종이 쪼가리 따위는 믿지 않소. 서로 간의 마음만 진실하다면 된 것 아니오?"

놈은 곧 죽어도 도리질이다.

수채와 수채 간의 약속을 어찌 구두(口頭)로 하고 만단 말인가? 그건 있을 수 없는 일이었다. 향후 분란의 소지가 있어서였다.

"이놈아, 후대를 생각해라. 네놈이 천년만년 살 줄 알았더냐?"

겨우 쥐어짜낸 말이었다. 그게 통했다.

"음… 그도 일리가 있군."

녀석이 고개를 끄덕였다.

좌우간 무식한 놈이 용감하다고, 이 말의 뜻이 마음에 안 드니, 이 말은 헷갈리니 어쩌니 하며 딴죽을 거는 통에 반나절이 넘어서야 겨우 문서를 작성했다.

무정괴조 진묵이 뒤로 나자빠질 일은 바로 그때 발생했다.

"자, 자네부터 서명을 하게."

서명이 문제였다.

"음… 먼저 하시오."

"알겠네."

눈치를 보니 서명을 어떻게 하는지 모르는 것 같아 먼저 본을 보였다.

"음. 그게 뭐 하는 거요?"

"자기 이름으로 약속한다는 뜻이라네. 저게 바로 내 직위와 이름이지. 가릉수채 채주 무정괴조 진묵."

"그래요? 직위와 이름이라……."

놈은 한참 동안 생각에 빠져 있다가 갑자기 도를 꺼내 들었다.

"아니, 다된 마당에 싸우자는 말이냐?"

진묵은 갑자기 치켜든 서슬 푸른 칼에 놀라 급히 진기를 운용했다.

삽시간에 얼어붙은 공기. 여차하면 조법을 펼칠 기세.

그 바람에 곽무한의 눈빛이 차갑게 굳었다.

"지금 뭐 하자는 거요?"

"이놈! 네놈이 먼저 시작했잖아!"

"이런 젠장!"

진묵의 오해였다.

쾅!

곽무한은 도의 손잡이 뒷부분으로 도장 찍듯 찍었다.

"이게 내 직위고……."

그리고는 손바닥에 먹물을 가득 묻히고,

쾅!

"이게 내 이름으로 약속한다는 뜻이오!"

"맙소사!"

정말 맙소사였다.

이름을 쓸 줄 몰라 손바닥으로 찍어버리다니.

상호 간의 문서에 졸지에 시커먼 먹물이 번져 버렸다.

"이러면… 이러면 글씨가 몇 개 안 보이잖나?"

"됐소! 내겐 잘 보이오!"

더 이상 할 말이 없었다.

어차피 그에겐 흰색은 종이요, 시커먼 건 글씨니.

그렇게 수룡채와 가릉채 간의 협상은 기가 막힌 상황 하에 끝이 났다.

좌우간 과정이야 어찌 됐든, 이로써 수룡채는 명실상부한 사천 동북부의 지배자가 된 것이다.

그와 같이 기쁜 날, 곽무한은 하루 종일 인상을 찌푸리고 있었다.

협상이 타결됐다는 소식을 들은 수하들은 환호성을 지르려다 곽무한의 표정을 보고 모두 숨을 죽였다. 무슨 일인가 해서였다.

"혹시 금사상채 놈들이 쳐들어온다는 소식일까?"

"아니면 웅풍산장이?"

곽무한의 표정으로 미루어 분명코 중대 사건이었다. 그래서 수하들은 잔뜩 긴장한 채 출동 준비를 갖췄다.

그러나 아무리 기다려도 출동 명령이 떨어지지 않았다.

"채주, 도대체 뭣 때문에 그러십니까?"

참다못해 이탁이 물었다.

몇 번의 채근 끝에 곽무한이 눈을 번쩍! 뜨며 대답했다.

"그래! 결심했어!"

"무슨 결심을요?"

이탁은 잔뜩 긴장했다가 뒤로 벌렁 넘어가고 말았다.

"글! 글을 배우겠다!"

"맙소사!"

알고 보니 자존심 문제였다.

글을 몰라 진묵에게 은근히 무시를 당하다 보니 자존심이 상한 것이다.

"채주께서 글을 배우신단다."

"맙소사! 지금 글을 배우셔서 뭣 하게?"

수채는 한바탕 난리가 났다.

원체 까막눈이 대부분인 수적들이라 반기기는커녕 고개를 절레절레 젓는 놈이 대부분이었다.

당시 명나라의 교육 기관으로는 중앙에 국자감(國子監)이 있었고, 지방에 부학(府學), 주학(州學), 현학(縣學) 등의 학당이 있었다. 그러나 수하들은 곽무한이 학당에 나가는 꼴만은 도저히 볼 수 없었다. 그래서 몇 놈이 머리를 맞대고 궁리한 끝에 글 선생을 들이자고 제안했다.

"흠. 그래? 좋아. 적당한 사람을 구해봐."

생각해 보니 그게 나을 듯해 곽무한도 흔쾌히 고개를 끄덕였다.

곧 수룡채들은 인근에서 이름난 학자를 수배하느라 정신이 없었다.

좌우간 글 선생 소동이 있고 난 며칠 뒤.

곽무한은 채의 본거지를 칠반채로 정했다. 그리고 광원에 마련된 장원과 대창현의 수채는 임시 거처로 삼았다. 물론 매옥과 아이들도 합류시켰고.

이제 사천 동북부 지역을 완전히 장악하게 된 수룡채.

수룡채가 사천 동북부 지역을 장악했다는 소문이 떠돌자 많은 이들이 모여들었다. 예전에 달아났던 대녕채와 쌍강채 놈들도 있었다.

곽무한은 그들을 엄히 선별해 쓸 만한 자들만 받아들였다.

일거리도 엄청 늘어났다.

사천 동북부뿐만 아니라 감숙으로 이어지는 가릉강까지 이용할 수 있다는 사실이 알려지자 작은 규모나마 미곡상들도 모여들었고, 차와 비단, 약초 등을 취급하는 상인들도 모여들었다. 특히 사천 동북부 지역은 원시림이 많아 목재를 운반하려는 자들도 알음알음으로 몰려들어, 수룡채는 연일 문장을 받으러 오는 사람들로 인해 거의 인산인해를 이룰 지경이었다. 그러나 곽무한은 방심하지 않았고 쉬지 않았다.

조직이 정비되자마자 훈련을 재개했다.

가릉채와의 약속도 약속이었지만, 이제 복수를 할 때가 다가온 것이다. 과자안과 담우치에 대한 복수.

또다시 미창산과 대파산을 오가는 지옥 훈련이 시작됐다.

곽무한의 글 선생 건은 이탁이 맡고 있었는데, 무슨 이유에선지 이 핑계 저 핑계를 대며 차일피일 미루고 있었다.

곽무한은 몇 번 재촉해 보다가 제대로 된 사람을 찾는다는 말에 어쩔 수 없이 돌아섰다. 그래서 글 선생이 구해질 때까지 수하들과 함께 대파산을 오가며 수하들의 훈련을 감독했다.

그러던 어느 날.

그날도 훈련에 여념이 없던 날이었다.

평소엔 조별로 훈련을 실시했지만, 그날따라 수룡채의 훈련 인원 전체가 대파산의 한 분지에서 훈련하게 되었다.

곽무한은 높다란 바위 위에 올라 가끔씩 불호령을 지르며 수하들의 훈련을 감독하고 있었는데, 조금 떨어진 계곡에서 낯선 인기척이 났다.

"음?"

곽무한은 슬쩍 눈을 돌리다가 다시 시선을 거두고 말았다. 행색을 보아하니 약초꾼이어서였다. 그러나 곽무한과 시선이 마주친 약초꾼은 자리를 뜰 수 없었다. 그는 마치 얼어붙은 듯한 표정으로 곽무한을 보고 또 보고 있었다.

"맙소사! 그놈이다! 그놈이야! 그 불한당 놈이야!"

한참 곽무한을 쳐다보던 약초꾼은 넋 나간 듯 중얼거렸다.

그러고 보니 약초꾼의 행색이 일반적인 약초꾼들과는 조금 남달랐다.

어찌나 오래되었는지 금방이라고 삭아버릴 듯한 마의며, 보기에도 기기묘묘한 약초가 담긴 망태기. 게다가 얼굴은 또 어떤가? 온통 검버섯 핀 얼굴에 단춧구멍만한 눈과 얇실한 세 가닥 수염.

약초꾼은 바로 채 노인이었다.

곽무한과 설아를 떼어놓으려 과감히 이주를 결심한 채 노인.

그럼에도 불구하고 또다시 곽무한과 마주치고 말았으니 채 노인의 입장으로는 기절초풍할 노릇이었다.

'더, 더 흉측해졌어. 저 많은 수하들을 보란 말이다. 저건 보통 수적이 아냐. 세상을 말아먹을 흉악하기 짝이 없는 도적이야!'

채 노인은 사지를 덜덜 떨며 겨우 그 자리를 벗어났다.

"이 일을 어찌할꼬? 어찌해야 좋단 말인가?"

눈앞에 보이는 모옥.

채 노인은 안으로 들어갈 생각도 못하고 밖에서 한숨만 푹푹 쉬었다.

아까 마주친 그 불한당을 보니 분명코 이 근처를 횡행하는 놈이라, 애지중지 키운 고운 손녀딸과 한두 번은 마주치게 될 것이 불을 보듯 뻔했다. 설아는 요즘 무슨 놈의 절세신단을 만들려는지 자기 이상으로 약초 채집에 정신이 없으니.

"할아버지, 오셨어요?"

수심에 잠긴 채 노인의 귀를 울리는 영롱한 목소리.

세월이 미녀를 만드는가?

꽃다운 나이 열여섯.

설아는 막 피어오르는 꽃봉오리 같았다.

까무잡잡하던 피부는 백설같이 변했고, 진주 같던 눈동자는 투명한 물기까지 머금어 청순하기 그지없다.

앵두를 머금은 듯한 저 도톰한 입술은 뭇 사내들의 애간장을 녹일 듯하고, 학같이 가는 목이며 천상의 복숭아를 숨긴 듯한 가슴, 우아한 곡선을 그리며 잘록하게 들어간 가냘픈 허리며 팽팽이 솟아오른 둔부.

가히 물고기가 부끄러워 가라앉고 기러기가 날다가 떨어질 정도의 미모였다.

"아아! 이 일을 어찌할꼬? 이 사태를 어찌할꼬?"

채 노인은 이제 쳐다보기만 해도 눈부신 손녀딸, 설아를 보며 한숨만 푹푹 내쉬었다.

설아는 채 노인을 보며 고개를 갸웃거렸다.

몇 날 며칠 허탕 친 약초 때문인가 하여 망태기를 보니 그토록 찾아 헤매시던 약초가 들어 있다. 혹시 어디를 다쳐서 그러시나 싶어 이곳저곳을 훑어봐도 상처는커녕 멍든 흔적조차 없다.

"할아버지, 무슨 일이에요?"

참다못한 설아가 물었다.

채 노인은 설아의 말에 화들짝 놀라 상념에서 벗어났다.

의아한 표정으로 또르르 구르는 저 흑백 뚜렷한 눈동자.

하늘이 무너져도 사실대로 말할 순 없다.

"음? 그게 말이다. 어찌 된 일인고 하니……."

찰나 간에 오만 가지 핑계가 떠올랐다. 그중 가장 그럴듯한 생각.

"옳거니! 내가 말이다. 저 건너 마을에 내려가 보니 뉘 댁에서 글 선생을 구한다고 하더구나. 그런데 그놈의 집구석엔 돈이 썩어져 나가는

지 사례금이 무려 은자 열 냥이라는구나. 그래서 한숨을 쉬고 있던 중이란다.”

아무리 물산 풍부한 사천 땅이라고 해도 지금 같은 춘궁기엔 끼니를 굶는 사람들이 태반인 현실이다. 그런데 고작 한 달 글 선생 품삯이 은자 열 냥이라니! 가난한 서민들이 들으면 눈이 뒤집힐 일이었다.

그러나 설아는 세상 물정을 모른다.

“그게 그렇게 대단한 일인가요?”

하며 고개만 갸웃거릴 뿐이다.

채 노인 역시 세상일에는 별 관심이 없었다. 그러나 그 말을 꺼낸 이유는 설아의 발목을 묶을 좋은 생각이 떠올라서였다.

“대단하지. 대단한 일이고말고. 그래서 내가 이렇게 한숨을 쉬고 있지 않느냐? 정말 불공평한 세상이로고. 에휴휴. 진짜로, 정말로 안타까운 현실이로고.”

“안타까운 현실이라뇨?”

‘옳거니! 걸렸구나!’

채 노인은 몰래 쾌재를 지으며 한껏 목소리를 드높였다.

“휘휴휴. 설아야, 너도 한번 생각해 보려무나. 어느 놈의 집구석엔 저렇게 돈이 썩어 나자빠지는 판인데, 저 건너 마을, 요 아래 마을, 온 동네방네 입에 풀칠할 게 없어 굶는 사람이 어디 한둘이더냐? 그래서란다. 에효효.”

채 노인은 설아의 눈치를 살피며 목소리에 구성진 가락을 넣었다.

“이 할아비가 마을에 갔다가 눈물이 왁 쏟아졌다는 게 아니냐. 가난한 백성들. 먹을 것도 모자란 판에 병에 걸렸다고 해서 의원을 찾는 일이 어디 가당키나 하다더냐? 이 할아비가 둘러보니 말 못하는 아기들이 아파서 엉엉 우는데도 약 한 첩 못 쓴다고 눈물짓는 사람들이 한둘이 아니더구나."

말하고 나니 정말 그럴듯했다.

"아파서… 운다구요? 아기들이요?"

역시나 순진한 설아의 눈에 울먹울먹 물기가 어렸다.

채 노인은 마음이 아팠지만, 내친김이라 모질게 마음먹었다.

"그렇다는구나. 말 못하는 짐승도 새끼가 아프면 애간장이 찢어지는 법인데 하물며 부모 된 심정들이 오죽하겠느냐? 에구구. 말하다 보니 다시 억장이 무너지는구나. 아파도 치료를 받지 못하는 신세라. 가련하도다. 애석하도다."

채 노인은 이제 가슴까지 펑펑 쳤다.

채 노인이 이렇게까지 나온 데에는 이유가 있었다.

채 노인의 삶에 있어 유일한 바람은 오직 하나, 손녀딸이 사람들과 어울려 정상적인 생활을 하는 것이었다.

그러나 설아는 세상에 나가는 걸 두려워했다. 이제껏 동물들과 지내온 세월 때문이었다. 채 노인이 가만히 생각해 보니 그럴 수도 있겠다 싶었다. 또 세상 물정을 전혀 모르는 손녀딸이니 오히려 세상에 나갔다가 돌이킬 수 없는 마음의 상처를 입을 수도 있겠다 싶었다. 그래서 채 노인은 작전을 바꿨다. 설아에게 의가(醫家)를 열자고 했다.

의가를 열면 환자들이 오가기 마련. 그러면 자연스레 사람들과 대화를 나누며 어울리게 되고, 그렇게 세월이 흐르다 보면 더 이상 세상에 대해 두려움을 갖지 않으리라 싶었다.

결국 실랑이 끝에 승낙을 받아냈다. 고작 열흘에 한 번 열기로 한 것이었지만, 그것만 해도 채 노인은 만족했다. 알음알음으로 드나드는 사람들이 많아지게 되면 설아의 생각도 바뀌리라 생각한 것이었다.

그러나 결과는 자신의 예상과는 정반대로 흘렀다.

그 이유는 단약 때문이었다.

설아가 이곳으로 이사 오자마자 열을 올리기 시작한, 혈음고인가 뭔가를 퇴치하기 위해 만든다는 단약.

단약 제조의 효과는 엉뚱한 데서 나타났다.

두뇌가 명석하다 못해 고금에 드문 손녀딸. 거기다가 황궁 어의를 지낸 자신에게 의술을 사사받아서인지 웬만한 환자는 안색만 보고도 병증을 알아맞힌다. 게다가 그녀가 만든 단약은 어떻고? 어지간한 병은 단약 몇 개로 그냥 해결되고 말았다.

그래서였다. 열흘에 한 번, 그것도 단약으로 병을 해결해 버리니 도무지 환자들과 말을 섞을 일이 없었다.

좌우간 그런 이유로 채 노인이 내심 애를 태우던 참이었다.

그런데 오늘!

꿈에 볼까 두려운 놈이 나타났으니 채 노인의 가슴이 타 들어갔다.

그래서 이런 연기를 하게 된 것이다.

쳐다보기만 해도 눈부신 손녀딸. 눈에 넣어도 아프지 않을 곱디고운 손녀딸을 놈과 부딪치지 않게 할 유일한 방법.

설아의 여린 가슴을 자극해 놈과 부딪칠 계기만 없애 버리면 된다.

그게 바로 열흘에 한 번인 진료 일을 매일로 늘리는 것.

그렇게 하면 매일같이 환자가 드나드니, 마음 약한 설아로서는 도저히 약초 채집하러 갈 엄두를 내지 못하게 된다. 또 그렇게 되면 놈과 부딪칠 일이 전혀 없게 된다.

과연 연기는 통했다.

"그러면… 그러면 어떡하면 좋지요? 아기들이 너무 불쌍해요. 흑흑."

손녀딸의 눈에 고인 이슬은 찰랑이다 못해 줄줄 흘러내릴 지경이다.

"어떡하긴? 진료하는 날짜를 늘리면 되지!"

"날짜를 늘려요? 그럼 아기들이 안 아플까요?"

"물론 그렇진 않지. 생로병사는 하늘이 내린 것이라 인력으로는 안 아프게 할 방법이 없단다. 그러나 진료하는 날을 늘리면 보다 많은 아이들을 치료할 수 있지 않겠느냐?"

"그렇군요. 그럼… 그렇게 할게요. 난 왜 그 생각을 못했지. 흑흑."

손녀딸은 그제야 안심해 눈물을 단채 함박웃음이다.

"이제 매일이다? 약속한 거다?"

"네."

내일부터 시작될 진료를 위해 부산스레 준비하는 설아를 보며 채 노인은 내심 한숨을 쉬었다.

'휴우… 미안하구나, 설아야. 그러나 이게 다 너를 위한 것이니라.'

채 노인은 손녀딸을 속인 것에 대해 가슴이 아팠다. 그러나 채 노인 생각에는 이게 최선의 방법이었다.

제38장
마주한 두 여인

마주한 두 여인

꽃향기가 살랑이더니 대륙에 봄이 왔다.

따스한 훈풍은 겨우내 얼어붙었던 장강을 녹였다.

물길이 풀리자 대륙을 오가는 상인들의 발길이 엄청나게 늘었다.

그 때문인지, 가릉강과 금사상채의 전투도 점점 치열해졌다.

그러나 예상외로 가릉채는 저력이 있었다. 한때는 본거지인 합천이 무너진 일도 있었으나, 용케 잘 버티고 있었다.

웅풍산장의 지원까지 받고 있는 금사상채가 가릉채를 쉽게 무너뜨리지 못한 데에는 몇 가지 이유는 있었다.

그 첫째 이유는 지난 수십 년간 가릉채가 세력을 확장하는 대신 관에 공을 들인 때문이었다. 가릉채는 위기의 순간마다 관을 이용해 교묘히 위기를 빠져나왔다. 물론 그런 대응에는 세 갈래로 나뉜 가릉강의 물길 때문이기도 했다.

두 번째 이유로는 가끔씩 금사상채의 후미를 공격한 정체 불명의 인물들 때문이었다. 그들은 이백 명이 채 못 되는 세력이었는데 어찌나 빠르고 강했던지, 뻔히 승기를 잡고 있던 금사상채가 그들의 공세에 못 이겨 뒤로 물러나고 만 적이 한두 번이 아니었다. 물론 전황을 판단하는 혈두타의 안목이 짧은 탓도 있었겠지만 그만큼 정체 불명의 무리들은 강했다.

가릉채가 지금껏 버틸 수 있었던 마지막 이유이자 핵심적인 이유는 지난겨울, 갑자기 나타난 장강의 초거대 세력 덕분이었다.

그들은 안휘 쪽에서 맨 처음 움직이기 시작했는데, 불과 수개월 만에 강소, 절강을 집어삼키는 무서운 힘으로 장강 하류를 장악하더니 서서히 호북 쪽으로 세력을 움직이기 시작했다. 그 바람에 몇 개의 문파가 그들을 주목하기 시작했고, 드디어는 안휘 땅의 명문, 남궁세가가 움직였다.

누대의 명문 남궁세가.

강호 오대세가의 수장인 남궁세가가 움직이자 그 여파는 일파만파가 되었다.

사실, 강호의 명문들은 전통적으로 물길의 일에는 잘 나서지 않았다.

그들 스스로가 워낙 힘과 명예를 갖춘 곳들인지라 굳이 명성에 흠집을 남기면서까지 물길을 장악할 이유가 없기도 했거니와 그 누가 물길을 장악하든 알아서 그들을 배려해 준 때문이었다.

그러나 이번에는 달랐다.

모처로 향하는 남궁세가의 물품이 일언지하에 거절당하고 만 것이다.

그 일에 자존심이 상한 남궁세가에서 그들을 방문했다가 오히려 창피를 당하고 말았다는 소문이 떠돌았다. 그런데 세상에 나도는 풍문과는 달리, 남궁세가에서는 의외로 큰 타격을 입었던지 몇 개의 문파를 돌며 은밀히 무림첩을 돌리는 중이었다. 그래서 웅풍산장이 초긴장 상태에 돌입, 금사상채와 가릉채 간의 전쟁에 적극 개입하지 못한 것이다. 결국 이런 이유들로 해서 금방 끝날 것만 같았던 전황이 밀고 밀리는, 한 치 앞도 모르는 혼전 상태에 들어간 것이다.

그 즈음.
사천 동부를 장악한 곽무한은 무척 바빴다.
가릉채와 협상한 대로 금사상채의 뒤를 공격하느라 바쁘기도 했지만, 매일같이 문장(紋章)을 받으러 오는 상인들 때문에도 바빴다. 더구나 그 와중에도 수룡채의 기반을 다지느라 이리저리 뛰어다니다 보니 그야말로 눈코 뜰 새가 없을 정도였다.
그러나 이렇게 바쁜 와중에도 곽무한은 주도면밀하게 움직였다.
비록 본채는 칠반산에 두었다지만 곽무한 스스로는 대창현, 칠반산, 광원 등지를 두루 오갔다. 웅풍산장의 기습을 우려해 절대 한곳에 오래 머무르지 않았다. 또 칠반채를 제외한 대부분의 수채를 사람들에게 개방했다. 아니, 정확히 말하자면 사람들로 하여금 이곳이 수채라는 생각을 가지지 못하게 자신이 머무는 곳마다 채의 담장을 허물고 그곳에서 상인들을 맞았다. 또한 인근에 있는 마을 사람들에게 많은 일자리를 주선하기도 했다. 그러다 보니 부근 사람들은 곽무한을 신흥 상단의 마음씨 좋은 주인인 줄로만 여겼다.
하루에도 수십, 수백 명의 상인이 오가는 장원.

그런데도 담장이 없는 장원.

그 때문에 곽무한이 머무는 곳에는 장이 들어서고 아이들이 쫓아다녔다.

곽무한은 별일없으면 늘 사람 좋은 미소를 지으며 아이들과 어울렸다. 곽무한 딴에는 신분을 속이기 위한 위장이었지만, 시간이 지날수록 상인으로서의 명성도 커져 갔다.

그 때문인지 올봄부터 사천 동부 지역에 두 가지 소문이 돌았다.

그중 하나가 바로 곽무한에 대한 소문이었다.

'사천 동부에 마음씨 좋은 상인이 나타났다.'

신분을 위장하기 위한 처세가 좋은 소문으로 되돌아온 것이다.

곽무한에 대한 소문이 사람들로 하여금 흐뭇한 미소를 짓게 만드는 소문이었다면, 다른 하나는 뭇 사내들의 가슴을 설레게 만드는 묘한 소문이었다.

'대파산에 절세미인이 산다. 더구나 그녀는 절세신의이기도 하다.'

설아에 대한 소문이었다.

늘 면사로 얼굴을 가리고 치료를 한 게 세인들의 호기심을 자극해 절세미모의 신의로 소문나 버린 것이다.

그런데 설아에 대한 소문을 들으며 가슴이 쿵! 떨어진 사람이 있었다.

"설마… 설마 그녀는 아니겠지?"

두근대는 가슴을 억누르며 불안한 표정을 짓는 사람, 그녀는 다름 아닌 매옥이었다.

매옥은 떠도는 소문에 전전긍긍하다가 어느 날 결심을 내렸다.

"뒷조사를 해보자!"

매옥은 은밀히 수하를 불렀다.

최근 금사상채에 대한 기습과 채의 세력 확장 때문에 곽무한이 워낙 정신없다 보니 수룡채의 대소사는 두 사람이 도맡다시피 했다.

그중 채의 대외적인 일은 이탁이 전담했고 일상적인 일은 매옥이 도맡았다.

아직 혼례를 올리지 않은 곽무한. 그 옆에서 늘 시중을 드는 매옥.

수룡채들은 모두 매옥을 안주인으로 여겼다. 그러니 매옥의 밀명을 거절할 수 있는 사람은 아무도 없었다.

매옥의 밀명을 받은 열 명의 수룡채들은 대파산의 절세신의에 대해 은밀히 탐문을 벌였다.

그로부터 며칠 후.

탐문 나갔던 수하들이 돌아왔다.

그러나 모두 돌아온 게 아니라 일부만이 겨우 돌아왔다. 더구나 그들 중 한 사람을 제외하고는 대부분 넋이 나간 상태였다.

나중에 알고 보니 영물인 백호를 보고 모두 혼이 나가 버린 것이었다.

"알아본 결과 열여섯 살쯤 된 소저랍니다. 이름은 설아라고 하고요. 더 이상은 도저히 알아낼 방법이 없었습니다. 그녀 근처에는 온갖 맹수들이 들끓고 있어 살아 돌아온 것만 해도 기적입니다."

그나마 멀쩡히 돌아온 수하가 창백한 표정으로 전한 말이었다.

수하의 전언을 들은 매옥은 가슴에 찬바람이 이는 걸 느꼈다.

'죽지 않았어… 살아 있었어……'

하루에도 몇 번이고 빌고 또 빌었는데, 결국 악몽은 현실이 되고 말았다.

'안 돼! 절대 안 돼! 어떻게 찾은 평화인데, 내가 어떻게 살아남았는데? 난 단 한 번도 그를 잃는다는 생각을 해본 적이 없어! 게다가… 난 아직 그의 마음을 확인도 못했단 말이야! 흑흑.'

매옥은 밤새 울었다.

자신의 사랑이 서러워서 울었고, 이런 운명을 준 하늘이 야속해서 울었다.

다음날 아침.

매옥은 뜬 눈으로 이탁을 찾았다.

"실종된 수하들… 오라버니껜 비밀로 해주세요. 그리고 제가 개인적인 볼일이 있어서 외출을 해야 하니 날랜 수하들 몇을 붙여주세요."

매옥의 부탁을 들은 이탁은 기분이 나빴다. 그러나 가뜩이나 바쁜 곽무한이다. 그런 그에게 말단 수하들 문제까지 알리자니 도저히 내키지가 않았다. 게다가 매옥은 수채의 안주인이나 마찬가지가 아닌가?

결국 이탁은 실종된 수하들에 대한 처리는 알아서 하기로 했고, 그녀를 수행할 무사들로는 자기 휘하의 폭류조(瀑流組)를 붙여주기로 했다.

"젠장. 이 바쁜 시국에 호위를 거느리고 외출할 생각을 하다니."

이탁은 아직 저간의 사정을 모르는지라 초췌한 표정으로 멀어져 가는 매옥의 뒷모습을 보며 혼잣말로 투덜거렸다. 그러다가 무슨 생각이 들었는지 자기 머리를 쳤다.

"아참! 그리고 보니 보고를 까먹었군."

이탁은 부랴부랴 곽무한을 찾았다.

모처럼의 한가한 아침.

창밖을 내다보며 앞으로의 계획에 골몰하고 있던 곽무한은 헐레벌떡 뛰어오는 이탁을 미소로 맞았다.

"아침부터 뭐가 그리 급한가?"

사람은 누구나 한순간에 달라져 보일 때가 있다.

요즘의 곽무한이 그랬다.

다섯 개의 채를 통합해 근 이백여 명에 달하는 휘하들을 다스리며 하루에도 수없이 드나드는 상인들과 협상을 벌인 경험 때문인지, 곽무한의 기도는 예전과는 비교할 수 없을 정도로 달라져 있었다.

특히 오늘같이 환한 아침 햇살을 받으며 미소 짓고 있는 곽무한의 모습은 한 폭의 영웅도 같았다.

이탁은 곽무한의 미소를 홀린 듯이 바라보다가 퍼뜩 정신을 차렸다.

"아! 잊은 게 있어서요."

"잊은 거라니?"

"다른 게 아니라 일전에 말씀하신 글 선생 문제 때문인데요……."

"아! 드디어 적임자를 찾은 모양이군?"

곽무한의 반색에 이탁은 설레설레 고개를 저었다.

"아뇨. 그게 아니라… 제가 지금껏 이 일을 미뤄온 이유는 이 문제가 아주 중요하다고 생각한 때문입니다. 왜냐하면 그는 항상 채주의 지근거리에 있으면서 채주를 가르치는 입장에 있게 되니 향후 채주님의 판단에 중요한 영향을 미치게 됩니다. 그래서……."

이탁의 말은 대충 이랬다.

문사를 뽑되 병법까지 알고 있는 자를 뽑자. 그게 장래를 위해 유리하다. 그러나 그가 채의 중요 정책에 영향을 미쳐서는 안 되니 복수의 문사를 뽑자. 그래서 각자 가장 자신있는 분야를 맡아 채주를 가르치되, 한두 달 가르치는 것으로 끝나는 게 아니라 자문 역할을 맡김으로

서 계속 채와 유기적인 관계를 맺게 하자. 그게 미래를 위한 보다 바람직한 방향이다.

이탁의 설명에 곽무한은 무릎을 쳤다.

"아! 정말 좋은 생각이군. 내가 미처 생각하지 못한 방법이야."

"그럼 그렇게 추진하겠습니다."

곽무한의 승낙이 떨어지자 이탁은 홀가분한 표정을 지으며 향당(鄕黨) 쪽을 알아보겠다고 했다.

향당이란 지역의 문인들과 전, 현직 관리들로 이루어진 당시의 지배계급 모임이었다. 그들의 힘이 어찌나 강한지, 웬만한 풍습, 규범에 대한 사안들은 황법이 미치기도 전에 향당에서 먼저 처리할 정도였다.

"그들이 허락할까 몰라?"

곽무한은 반신반의하는 표정을 지으면서도 허락을 했다. 사천 동부쪽에서 자신은 상단의 단주로 알려져 있으니 가능할 것 같기도 한 때문이었다.

그리고 과연, 그날 저녁 세 명의 노문사가 곽무한을 찾아왔다.

하나같이 고집스런 눈빛에 단정한 옷매무새를 지난 초로의 문사들.

한눈에 보기에도 평생 공자 왈 맹자 왈 할 것 같은 모습이었다.

"돈이면 귀신도 부리는 세상이랍니다."

곽무한은 이탁의 귀엣말에 쓰게 웃으며 그들을 자리로 안내했다.

"공회(公會)를 만들어주시오."

이미 이탁의 설명을 들었는지, 그들은 거두절미하고 단 하나의 요구를 해왔다.

"공회라구요?"

곽무한은 고개를 갸웃했다.

노문사들은 조금 실망한 표정을 짓다가 천천히 설명을 시작했다.

"이곳은 정치적으로나 경제적으로 너무 낙후된 곳이오. 그래서 뜻있는 인사들과 중지를 모아본 결과, 각 대도시에 이곳 출신들을 위한 모임 장소가 필요하다는 결론을 내렸소. 그게 바로 공회요."

설명을 듣자 하니 향당과는 또 다른 차원의 지역 결사인 듯했다.

황도인 북경을 비롯해 대륙의 각 성도마다 공회라 불리는 모임 장소를 만들어, 이곳 출신 인사들이 어디를 가든 공회를 통해 각 지역의 정치, 경제 동향을 남보다 빨리 알 수 있도록 하려는 것이었다.

"좋습니다."

생각해 보니 장기적으로는 수룡채에도 좋은 일일 듯해 곽무한은 흔쾌히 고개를 끄덕였다.

"그럼 내일부터 오겠소."

노문사들은 내일을 기약하며 꼬장꼬장한 걸음으로 사라졌다.

"쯧. 뭔가 그럴듯한 스승을 기대했건만……."

곽무한은 왠지 실망스러워 이맛살을 찌푸렸다.

"하하. 채주, 저래 뵈도 이 근처에서는 명망이 자자하신 분들입니다. 나중에 반드시 도움이 되실 겁니다."

이탁은 잔뜩 볼을 부풀리고 있는 곽무한을 보며 한참 동안 웃음을 터뜨렸다.

*   *   *

크르르.

청랑은 봄 향기 가득한 신록을 보며 기분 좋은 울음을 터뜨렸지만,

청랑을 앞세운 채 걷고 있는 매옥의 마음은 심란하기만 했다.

'그녀를 만나서 뭐라고 말할까? 어떻게 말해야 그녀가 더 이상 그를 떠올리지 않을까?

매옥은 이 궁리 저 궁리를 하며 산길을 걸었다. 바로 그때 상념을 깨는 목소리가 들려왔다.

"소저, 저깁니다."

호위 무사는 언덕 끝 자락에 키 작은 나무들과 어울린 한 채의 모옥을 가리켰다.

'후웁. 나중에 세상 사람들이 어떤 욕을 할진 몰라도 나 자신을 위해 최선을 다해보자!'

매옥은 심호흡으로 마음을 다스리고는 모옥으로 걸음을 옮겼다.

한 발, 한 발.

판자와 풀잎을 엮어 만든 모옥이 점점 가까워졌다.

소문대로 많은 환자들이 줄지어 서 있었다.

"모두 비키거라!"

수하가 눈을 부라리며 호통을 지른다.

매옥은 잠깐 말릴까 생각하다가 내버려 뒀다.

수하의 호통에 찔끔해 분분히 물러서는 사람들. 그 모습을 보니 긴장됐던 마음이 한결 가셨다.

바로 그때,

삐걱!

모옥 문이 열렸다.

"무슨 소리지?"

빠끔 고개를 내민 얼굴. 면사 차림의 소녀.

그러나 매옥은 한눈에 알아볼 수 있었다. 면사 위로 저 진주처럼 반짝이는 눈동자가 있는 한!

자신을 향한 것일까? 아니면 환자들을 물리는 수하들을 향한 것일까? 흑백 뚜렷한 눈동자가 살짝 찌푸려졌다.

그랬다. 그녀는 단순히 눈살을 찌푸린 것뿐이었다.

그런데 놀라운 일이 생겼다.

크와앙!

갑자기 흰 빛이 번쩍이며 거대한 뭔가가 나타나더니 수하를 와락 덮쳐 가는 게 아닌가?

"헉! 백호?"

얼마 전 수하들이 봤다던 바로 그 백호였다.

크르르르!

백호의 거대한 눈동자가 휙 자신을 돌아본다.

매옥은 오금이 덜덜 떨렸다.

수하들도 마찬가지였다.

"으으으……."

이탁이 그토록 자신한 폭류조들, 산전수전 다 거쳤다는 호걸들이 백호의 위용에 질려 모두 사시나무 떨듯 하고 있었다. 그러니 이제 믿을 건 청랑뿐.

"청랑! 막아!"

매옥은 안간힘으로 소리쳤다.

끼깅.

그런데 청랑의 울음소리가 이상했다.

매옥은 설마 하는 심정으로 청랑에게 시선을 돌리다가 그만 숨이 넘어갈 뻔했다.

'맙소사!'

아무리 백호라지만 공포의 흡혈청랑을 당할쏘냐 싶어 그를 데려왔는데 그토록 믿었던 흡혈청랑마저 바닥에 넙죽 엎드려 꼬리를 살랑살랑 흔들고 있는 게 아닌가?

"청랑! 뭐 해? 일어서! 저놈을 공격해!"

매옥은 거의 울 듯한 표정으로 소리쳤다.

그러나 청랑은 도무지 움직일 생각을 않았다. 계속해서 어딘가를 쳐다보며 꼬리만 살랑살랑이었다.

"혹시?"

매옥은 그제야 알아차렸다. 지금 청랑이 누군가에게 아양을 떨고 있다는 것을.

"설마?"

매옥은 청랑의 시선을 따라가다가 가슴이 철렁했다.

매옥의 예감은 정확히 맞아떨어졌다.

"어머? 청랑?"

청랑의 줄기찬 아양 덕분인지 설아가 청랑을 발견했다.

캬옹, 캬옹!

설아의 음성을 듣자마자 청랑은 기쁜 듯 몸을 꼰다.

"맙소사!"

벌써 청랑까지 알고 있었다니?

매옥은 알 수 없는 질투가 온몸을 감아오는 것을 느꼈다.

"······!"

설아는 청랑을 보고 나서야 매옥을 발견했다.

매옥을 보고 약간 놀란 표정을 짓던 설아는 이내 차분한 눈빛으로 산왕을 돌아봤다.

"산왕, 아는 사람이야. 물러서!"

크르르.

산왕은 아쉬운 듯 입맛을 쩝쩝 다시다가 뒤로 물러났다.

"와아! 신의께서 영물까지 다루신다!"

환자들의 환호 속에 설아가 걸음을 옮겼다.

매옥은 차분한 걸음으로 다가오는 설아를 보며 얼어붙은 듯 서 있었다.

컹! 컹!

청랑은 매옥의 심사엔 아랑곳없이 환호성을 지르며 설아에게 뛰어갔다. 물론 청랑 딴엔 영과를 주지 않을까 하는 흑심이 있어서였다.

그런 청랑의 심보를 헤아리고나 있을까?

"어서 와, 청랑. 날 기억하고 있었구나. 호호호."

설아는 맑은 웃음으로 청랑을 안았다.

달그락.

매옥은 조용히 찻잔을 내렸다.

그녀도 따라서 찻잔을 내린다.

서로 마주친 시선.

그녀는 잔잔한 눈길로 자신을 바라보고 있었다.

매옥은 잠시 눈빛을 허둥대다가 간신히 인사말을 꺼냈다.

"오랜… 만이네요."

"그는… 잘 있죠?"

매옥은 곽무한의 안부를 묻는 설아의 말에 가슴이 덜컥했다. 그러나 매옥은 곧 냉정을 되찾았다.

"잘 있어요. 잘 있고말고요."

매옥은 자연스럽게 찻잔을 들어 올려 입술을 축이고는 차분한 어조로 입을 열었다.

"아실런지 모르겠지만… 이제 오라버니는 이 인근에서 제일가는 세력가랍니다. 그래서 날마다 바쁘시지요. 그래서 왔어요. 저러다 몸이 축나시면 어쩌나 싶어서요. 오라버니 몸에 좋은 보약을 지어드리려고 용한 의원을 찾던 중에 마침 아가씨 소문이 들리더군요. 그래서 오라버니의 허락을 받고 왔지요."

매옥은 자신의 강점을 알아차렸다.

곽무한의 일상을 꿰뚫고 있다는 것. 그걸 잘만 포장하면 충분히 설아를 무너뜨릴 수 있다고 생각했다. 그리고 그 생각은 맞아떨어졌다.

"허락… 이라구요? 그럼 그도 여기를 아나요?"

움찔하는 그녀.

"알고말고요. 돕는 셈치고 일부러 여길 가라시더군요."

매옥은 입꼬리를 말아 올리며 보란 듯이 돈주머니를 열어 보였다.

화려하게 빛나는 은자들.

그러나 매옥은 곧바로 후회했다.

'칫. 이건 아니군.'

설아는 은자에 아무런 관심이 없어 보였다.

오히려 곽무한이 이곳을 알고 있다는 사실에, 또 일부러 매옥을 보냈다는 사실에 감동해 눈물까지 글썽이고 있었다.

웬만한 여자였다면 매옥의 말속에 숨은 가시를 보고 모멸감을 느꼈을 것이나, 워낙 순진한 설아다 보니 '돕는 셈치고' 라는 말을 액면 그대로 믿어버린 것이다.

'그는 역시 착한 사람이었어. 서로 말 한마디 나눈 적도 없는데 날 기억하고 있었어. 게다가 내가 하는 일을 알고 도움까지 베풀려 하다니! 그는 정말, 정말 착한 사람이야!'

이런 식으로.

그런 설아를 보며 매옥은 기가 막혔다.

분명히 자존심이 상해야 정상인데 오히려 감동한 표정이라니?

'이 여자는 달라! 세상의 때가 전혀 묻지 않았어.'

매옥은 뒤늦게 자신의 실수를 알아차렸다.

매옥은 입술을 잘근 깨물며 작전을 바꾸기로 했다.

"오라버니는 제가 만든 장포가 아니면 입지를 않아요. 또한 제가 한 음식이 아니면 손도 대지 않아요. 꼭 어린 아기 같아요."

매옥은 계속해서 자신의 강점으로 수다를 떨었다. 그리고 어느 순간에 이르러 이 유치한 말장난을 끝내야겠다고 생각했다. 워낙 목석 같이 말도 없고 표현도 없는 곽무한인지라 그에 대한 이야기를 하면 할수록 자기 자신만 더 초라해지니.

"참! 오라버니는 요즘 글을 배우시기로 했답니다. 그러니 조금만 있으면 학식과 덕망, 그리고 거대한 세력까지 거느린 명실상부한 대인이 되실 겁니다. 그리고 난 후……."

매옥은 의도적으로 말꼬리를 늘였다. 이제 설아의 가슴속 깊숙이 박힐 치명적인 비수를 들이대야 했기 때문이다.

설아에겐 참으로 미안한 일이었지만 매옥 입장에선 어쩔 수 없었다.

연적과 마주한 지금 이 상황에선 자기 아닌 그 어떤 여자라도 이렇게 나올 수밖에 없을 거라 생각하며 또박또박 입을 열었다.

"그리고 난 후 오라버니께선 저와 혼례를 올리기로 했답니다."

매옥의 말이 떨어지자마자 설아의 눈망울이 파르르 떨렸다.

"혼… 례라구요?"

매옥은 침착했고 냉정했다.

"네. 이제껏 부모 없이 외롭게 커서 그런지 오라버니는 저와 혼례를 올리자마자 아이부터 가지자 하시더군요."

이제 끝났다.

그녀의 몸이 순간적으로 출렁이는 걸 느꼈다.

매옥은 이제 그녀가 어떤 모습을 보일까 너무 궁금해졌다.

충격과 비통에 사로잡힌 그녀의 표정을 보면 이제껏 질투에 몸부림쳐 왔던 자신의 지난 세월이 단번에 상쇄될 것 같았다.

그러나 매옥은 곧 나락으로 떨어지는 기분을 맛보고 말았다.

"두 분… 진심으로 행복하시길 빌게요."

파르르 눈망울을 떨다가 어느새 차분한 신색을 회복하고 조용히 일어서는 그녀.

매옥은 스스로가 수치스러웠다. 분명 독사의 이빨로 그녀를 깨물었는데, 분명 결혼과 아이라는 비수로 그녀의 영혼까지 찔렀다고 생각했는데 오히려 비참해진 건 자신이라니?

매옥은 설아가 품 안 가득 영약을 들고 올 때까지 아무 말도 하지 못했다.

'그러나… 잘한 거야. 정말 잘한 거라구…….'

매옥은 모옥을 떠나면서 스스로에게 몇 번이고 되뇌었다.

실로 진창에 빠진 기분이었지만, 결과는 어차피 정해져 있다.

그녀는 눈물을 뿌리면서도 그를 잊게 될 것이고, 자신은 곽무한을 차지하게 될 것이다. 분명 처음 의도한 대로 되었다. 그러니 더 바랄 게 무에 있는가? 이제 더 이상 그녀를 신경 쓸 필요 없이 곽무한의 관심만 끌면 되는 일이다.

그러나 아무리 스스로를 위안해도 가슴 깊숙한 곳에서 느껴지는 진득한 패배감만은 떨칠 수 없었다.

'아냐. 난 그녀에게 지지 않았어! 지지 않았다구!'

매옥은 뿌옇게 흐려지는 눈시울을 닦으며 힘없이 돌아섰다.

수채로 돌아가는 길은 왜 이리도 먼지, 아무리 걸어도 그 끝이 보이지 않았다.

*   *   *

밤이 깊었다.

설아는 전전반측 몸을 뒤척이다가 자리에서 일어났다.

모옥을 나서니 환한 달빛이 자신을 반긴다.

설아는 달에 시선을 고정했다.

달은 언제나 한 사람의 모습만 보여준다.

그 사람의 모습을 떠올리면 늘 가슴 한쪽이 찡해오지만, 그럼에도 불구하고 설아는 달이 좋았다. 달 속에서는 그를 마음껏 볼 수 있으므로.

'그러나 이제는… 보지 않으려고 해요.'

설아는 슬프게 중얼거렸다.

이곳으로 이사 오고 난 후, 날이면 날마다 그를 향한 그리움에 몸살을 잃었다.

설아는 한동안 곽무한을 잊어보려고 발버둥을 쳤다.

밤낮을 잊고 미친 듯이 의술에 몰두했다. 그러나 어느 순간 정신을 차리면 늘 넋을 잃기 마련이었다.

자신이 밤새 만든 것.

망막을 아프게 찔러오는 단약.

그를 위한 단약.

'전혀 쓸모가 없는데도……'

그랬다.

오늘 방문한 그 여자 아이는 이미 처방을 알고 있다고 했다. 그러니 자신이 아무리 단약을 만든다 한들 전혀 소용이 없다. 그리고 그 여자 아이는 자신보다 나았다. 늘 곁에서 그를 챙겨주고 있을 테니. 자신은 아직 처방조차 찾지 못했는데…….

이번에도 그랬다.

그녀의 눈을 읽으니 그녀의 마음이 보였다.

그녀의 눈에는 그를 향한 일념이 가득해 보였다.

우물쭈물하는 자신과는 완전히 달랐다. 그래서 일어서고 말았다.

자신은 조부의 명조차 어기지 못하는 바보.

그녀는 당차게 그를 챙기는 재녀.

설아 생각에, 자신은 도저히 그녀와 비교가 되지 않았다.

그녀는 저 밤하늘에 떠 있는 보름달. 자신은 눈앞에 날아다니는 반딧불만큼도 되지 않았다.

'이젠 잊을게요. 잊도록 노력해 볼게요.'

설아는 또르르 눈물 한 방울을 흘렸다. 그리고 한참 뒤, 눈물방울을 매단 채 달을 보며 미소를 지어 보였다.

'멋진 여자 같아요. 부디… 행복하세요.'

설아의 슬픈 웃음을 보았을까?

달은 은은한 빛 무리로 환히 웃고 있었다.

'가엾은 것…….'

채 노인은 모옥 뒤에서 설아를 보며 눈시울을 적셨다.

애타는 연정을 이기지 못하는 손녀딸이 너무 가여웠다.

'그러나 어쩔 수 없어. 오히려 잘된 일이야.'

채 노인은 설아와 매옥의 이야기를 몰래 엿들었다.

이제 달을 보며 눈물짓는 설아를 보니 그를 잊기로 한 것 같아 조금 안심이 됐다. 그러나 근심을 완전히 던 것은 아니었다.

'저 불한당 패거리가 벌써 이곳을 알아냈으니 큰일이야. 이미 한 번 왔으니 두 번도 올 수 있는 것. 만약 그 불한당 괴수 놈이 오기라도 하는 날이면 설아의 마음이 단번에 무너질 것이야. 이 일을 어쩐다?'

채 노인은 숲을 거닐며 홀로 고민에 휩싸였다. 그러다가 번쩍 스치는 생각.

'아미파!'

"손녀따님에게 언제고 아미파의 경진 사태를 꼭 한 번 찾아오라고 전해주십시오."

자신이 감히 우러러보지도 못할 신승의 이름이 떠올랐다.

'설아를 그곳에 보내야겠다. 도력과 불심 높은 비구니들만 있는 곳이니 충분히 마음을 다잡을 수 있을 것이다. 게다가 구대문파의 하나이니 혹시 알아? 속가 출신의 최고 신랑감을 만나게 될지도……'

채 노인은 날이 새면 설아를 꼬드겨 보리라 결심했다.

짹짹.

날은 금방 샜다.

채 노인은 아침을 먹는 둥 마는 둥 하고는 설아를 불러 앉혔다.

"험, 험. 설아야, 이 할아비가 할 말이 있단다."

이미 손녀딸은 무슨 이야기가 나올지 짐작이라도 한 듯 고개만 숙이고 있었다. 채 노인은 그 모습을 보자 공연히 울화가 치밀었다.

'우리 가문이 어떤 가문인데 그깟 불한당 때문에 고개를 숙여?'

그러나 그런 불호령을 내렸다가는 산통이 다 깨진다.

채 노인은 울화를 가라앉히며 낯빛을 부드럽게 만들었다.

"네가 겪어봐서 더 잘 알겠지만, 놈들은 흉악하기 짝이 없는 것들이다. 무슨 일을 빌미 삼아 또다시 지분거릴지 모른단다. 그러니 더 큰 사단이 나기 전에 우리가 이곳을 떠나자."

설아는 잠시 흠칫한 표정이었다가 다시 고개를 묻는다.

"아가야, 이 할아비가 기가 막힌 곳을 알아놓았단다. 너도 이름은 들어봤을 것이니라. 도력 높고 불력 높은 고승들이 지친 심신을 어루만져 주는 곳. 바로 아미파란다. 그곳으로 가자꾸나."

"아미파……."

솔직히 설아는 마음이 흔들렸다. 지친 심신을 어루만져 주는 곳이란 말에 마음이 흔들린 것이다. 그러나 못다 한 일이 아직 남아 있었다.

"여기 오는 환자들… 특히 아픈 아가들… 그들을 두고 어찌 갈 수 있단 말이에요?"

'빌어먹을……'

채 노인은 꿀 먹은 벙어리가 되고 말았다.

애초에 설아의 발목을 잡기 위해 한 말이 외려 발목 잡히는 말이 되고 말았다.

"험, 험… 한번 깊게 생각해 보거라. 아가들은 언제나 아프단다. 평생 아가들만 돌보며 살 순 없지 않느냐? 그리고 네가 잘 몰라서 알려주는 것인데, 우리 말고도 이 근동에는 의원이 강변의 모래알처럼 널렸단다. 최근에 우후죽순처럼 생겼지. 험, 험."

전혀 앞뒤가 맞지 않는 말이었다. 그러나 설아는 전혀 외출을 않으니 자신의 말이 진짠지 가짠지 알 수 없으리라. 그리고 이렇게 말해 둬야 나중에 한 번 더 써먹을 수 있다. 채 노인은 그렇게 말을 맺고는 오늘은 일단 물러서기로 했다. 어차피 보기보다 고집이 있는 녀석이라 단박에 움직일 리는 없었으니.

그러나 지금 이 순간, 채 노인은 설아의 아미행이 자신의 예상보다 훨씬 빨리 찾아오게 될 줄은 꿈에도 생각지 못했다. 그것도 자신의 봉변을 발판 삼아.

＊　　　＊　　　＊

본채로 돌아온 매옥은 그날부터 바빴다.

설아와 나눴던 대화, 자신이 한 말을 지키려 새벽같이 일어나 곽무한을 위해 음식을 만들었고, 처소를 청소했으며, 밤이 되면 날밤을 꼬박 지새며 무복을 지었다.

"아유, 소저께서 왜?"

옛 칠반채에서 거둔 여인들은 그런 매옥을 보고 질겁하며 만류했지만 매옥은 듣지 않았다. 오히려 곽무한의 눈길이 미치지 않는 곳까지 두루 살피며 스스로를 혹사했다.

'언젠가는 알게 되리라. 언젠가는 그가 날 인정하리라!'

매옥은 미래의 어느 날, 환한 미소로 안아줄 곽무한을 떠올리며 날마다 이를 악물었다. 그러다 보니 매옥의 얼굴은 날마다 초췌해져 갔다.

반면, 청랑은 날마다 투실투실 살이 올랐다.

그 이유는 설아가 만들어 준 영약 때문이었다.

매옥은 설아가 준 영약을 모두 시궁창에 버려 버렸다. 자신의 부탁대로 단순한 보약인 줄로만 알았기 때문이다. 그러나 바로 그때 시궁창을 향해 맹렬히 뛰어드는 녀석이 있었으니, 그 녀석은 바로 엉뚱하게 호사하게 된 청랑이었다. 난데없는 청랑의 모습에 매옥은 기가 막혀 했지만, 청랑 생각엔 '희대의 영약을 먹는 판에 시궁창을 뒤진들 대수랴?' 였다. 그래서 청랑은 날마다 살이 올랐다.

매옥이 초췌해져 가고 청랑이 피둥피둥 살이 오를 동안 곽무한은 글공부에 여념이 없었다.

이탁이 소개한 세 명의 노문사.

그들은 이탁의 장담대로 겉보기와는 전혀 달랐다.

꼬장꼬장하던 첫인상과는 달리, 모두 진정한 배움이 무언지 아는 사람들이었다.

그들은 곽무한을 가르침에 있어 우직하게 단계를 밟아 나가려 하지 않았다. 물론 글을 배움에 있어 가장 기본이 되는 천자문이야 당연히 짚고 넘어갔지만 다음 단계인 소학이나 대학, 논어나 맹자 등 구태여 사서삼경을 따지지 않고 그때그때 필요한 부분을 따로 떼어 가르쳤다.

예를 들면 어떤 날은 사마천의 사기(史記)를 통해 춘추 전국 시대의 뭇 영웅들과 철학자들, 그리고 다양한 군상들의 뒷이야기를 가르쳤고, 또 어떤 날은 소동파의 시를 읊으며 꿈결 같은 인생에 대해 이야기했다.

또 어떤 날은 사천 땅의 각종 유적지를 들먹이며 그에 대한 고사들과 교훈을 가르치기도 했다.

그들은 당시에 유행했던 서법(書法)에도 별 신경을 쓰지 않았다.

워낙 곽무한이 바쁜 사람이어서 진득하니 엉덩이를 붙이고 있을 시간이 없어서이기도 했겠지만, 어차피 글이란 자신의 의사를 바르게 나타내고 상호 교통하면 그만이라고 생각했다.

난생처음 글을 배우는 곽무한.

다른 식의 공부였다면 복습할 시간이 없는 관계로 배우자마자 뒤돌아서면 잊기 마련이었겠지만, 이런 식의 공부는 그 분위기나 가르침이 남아 있어 날마다 배움에 흥미를 가지게 되었다.

하긴, 노문사들이 가볍게 흥얼거리는 시 속에 역사가 있고, 옛이야기처럼 들려준 역사 속에 오늘의 처세와 마음가짐에 대한 가르침이 있고, 상상으로 여행해 보자던 옛 유적 속에도 면면부절 이어지는 삶이 있으니 어찌 안 그렇겠는가?

노문사들.

그들은 죽은 학문보다는 살아 있는 학문을 가르치는 사람들이었다.

그러니 곽무한으로서는 실로 멋진 스승들을 만났다고 할 수 있었다.

그 덕에 글을 배운 이후부터는 날마다 신천지요, 새로운 깨달음이었다. 그래서 곽무한은 지식을 습득하는 재미에 빠져 침식을 잊었다.

어떤 날은 예전에 받았던 공문들을 뒤적이며 홀로 고개를 끄덕이기도 했고, 또 어떤 날은 저잣거리에 나붙은 방(榜)을 기웃거리거나 마을 정자에 새겨진 시구를 읽어보기도 했으며, 심지어는 학동들이 들고 다니는 책을 어깨 너머로 훔쳐보기도 했다.

그러나 곽무한이 이런 새로운 재미에 빠져 있는 동안, 옆에서 그 모습을 지켜봐야 하는 수하들은 그야말로 죽을 맛이었다.

이를 테면,

"누가 능히 혼탁한 것을 고요하게 하며 점차 맑게 할 수 있으며 누가 능히 고요한 것을 움직이게 하여 점차 소생시킬 수 있는가? 이런 방법을 유지할 수 있는 사람은 자만하지 않는다. 자만하지 않기 때문에 잘못된 것을 새롭게 이룰 수 있다."

몇 날 며칠을 이런 도덕경 구절을 입에 달고 살질 않나, 아니면,

"아아! 슬프다 검문관(劍門關)이여! 너는 촉나라 충신의 피를 머금은 채 오늘도 도도히 서 있구나!"

이런 전대 고사를 읊조리며 홀로 탄식을 하질 않나, 그것도 아니면,

"말을 적게 하여 내기를 기르고, 색욕을 조심하여 정기를 기르고, 입맛을 담백하게 유지해 혈기를 기르고, 진액을 보존하여 오장의 기운을 기르고, 분노를 조절하여 간장의 기운을 기르고……."

하루 종일 이런 도가의 양생 비결을 읊조리고 다니니 어찌 귀가 따갑지 않겠는가?

그러나 이런 수하들과는 반대로, 노문사들은 흥이 났다.

"대단한 놈이로고. 열정이 있는 놈이야!"

그들은 어떡하든 그날 가르침을 그날 소화하려고 애쓰는 곽무한의

열정에 찬탄을 보냈다.

사실, 노문사들로서는 곽무한의 나이도 있거니와 욱일승천하는 상
단의 단주라기에 별다른 기대를 않았다. 그저 나이가 있어 관직으로의
출사는 애저녁에 글렀으니, 숨 놓기 전에 이 돈 많고 권세 많은 녀석에
게 하나라도 올바른 가르침을 남길 수만 있다면 죽어서도 할 말이 있
겠다 싶어 알아듣든 말든 진정한 가르침을 베풀자 약속하고 한 일인데,
이리도 열심일 줄은 몰랐던 것이다.

"그러나 안타깝도다……."

물론 노문사들은 아쉬운 탄식도 흘렸다.

곽무한의 저런 남다른 노력과 열정이라면, 이 악물고 몇 년간만 노
력하면 뭐가 되어도 될 것 같은데, 이미 상단의 단주인지라 관직과는
인연이 없었기 때문이다.

좌우간 곽무한이 이렇게 글공부에 여념이 없을 때, 드디어 장강의
판도를 바꿀 운명적인 사건들이 시작되었다.

"채, 채주! 급봅니다! 가릉채로부터의 급봅니다!"

어느 날 저녁, 놀란 토끼 눈으로 뛰어온 수하의 전언이 풍운의 시작
이었다.

"음? 드디어!"

곽무한은 서찰을 보자마자 무겁게 인상을 굳혔다.

가릉채가 보내온 소식은 금사상채가 얼마 전부터 서릉협에서 발을
빼고 있다는 소식이었다.

서릉협.

삼협의 마지막 관문이자 호북으로 향하는 발판.

금사상채가 서릉협에서 발을 뺀다는 소식은 의미하는 바가 무척 컸

다. 그 말은 금사상채가 대륙으로 향하는 발판을 포기하고서라도 이번 전쟁에서 총력을 기울이겠다는 말이었다.

"음… 암중의 초거대 세력 때문인가?"

곽무한은 금사상채의 결정에 대해 대충 짐작이 갔다.

아마도 안휘 땅에서 일어난 초거대 세력 때문에 몇 개의 문파가 움직이고 있다는 것이 가장 큰 이유일 것이다.

그들도 바보가 아닌 이상, 지금 같은 상황에서 청강채(淸江寨), 동정수채, 한수채(漢水寨), 양자채(梁子寨) 등 막강 수채들이 줄줄이 버티고 있는 호북 쪽으로 발을 뻗어봐야 오히려 사면초가의 입장만 될 뿐이라는 것을 알아차렸을 것이다. 그러니 후일을 기약하고 일단 사천 쪽의 물길을 장악하는 데 총력을 기울이려 하는 것이리라. 물론 그런 결정의 배후는 당연히 웅풍산장이 있었을 테고.

'으음… 그렇다면 이제 우리도 위험하게 됐군.'

곽무한은 대충의 그림이 그려지자 어슴푸레한 위기감을 느꼈다.

그들이 사천 쪽에 총력을 기울인다면, 자신에 대한 탐문도 포함될 게 뻔했다.

곽무한은 나름대로 생각을 정리하며 다시 한 번 서찰을 펴 보았다.

〈놈들의 뒤를 흔들어달라.〉

망막을 선연히 파고드는 글씨.

곽무한은 쓴웃음을 지었다.

바로 조금 전까지만 해도 글이란 자신에게 무한한 기쁨을 주는 것이었는데, 불과 얼마 지나지 않아 이렇게 근심을 안기는 애물덩어리로 변해 버리다니?

"좋아!"

곽무한은 와락 서찰을 구기며 일어섰다.

"그동안 미뤄왔던 담 부채주의 복수를 이제는 할 때도 됐지."

곽무한은 처참한 시신으로 돌아온 담우치의 모습을 떠올리며 수하들에게 총동원령을 내렸다.

"곧 출정한다. 칠반산 계곡에서 전체 훈련을 실시하라!"

『장강수로채』 5권에 계속…